# 유령에게
# 말 걸기

새로운 교육생태계를 위한 제안

# 유령에게 말 걸기

1판 1쇄 2014년 9월 1일  1판 7쇄 2020년 11월 25일
글쓴이 김진경 이중현 김성근 이광호 한민호
펴낸이 염현숙  책임편집 엄희정 이복희  디자인 이은하
마케팅 정민호 최원석  홍보 김희숙 김상만 지문희 김현지 이소정 이미희
제작 강신은 김동욱 임현식  제작처 영신사
펴낸곳 (주)문학동네  출판등록 1993년 10월 22일 제406-2003-000045호
주소 10881 경기도 파주시 회동길 210
전자우편 kids@munhak.com  홈페이지 www.munhak.com  카페 cafe.naver.com/mhdn
북클럽 bookclubmunhak.com  인스타그램 @kidsmunhak  트위터 @kidsmunhak
대표전화 (031)955-8888  팩스 (031)955-8855
문의전화 (031)955-3570(마케팅) (02)3144-3237(편집)

ISBN 978-89-546-2561-6 03800

이 도서의 국립중앙도서관 출판예정도서목록(CIP)은 서지정보유통지원시스템 홈페이지(http://seoji.nl.go.kr)와
국가자료종합목록 구축시스템(http://kolis-net.nl.go.kr)에서 이용하실 수 있습니다.(CIP제어번호: CIP2014023983)

새로운 교육생태계를 위한 제안

# 유령에게
# 말 걸기

김진경 · 이중현 · 김성근 · 이광호 · 한민호 지음

문학동네

# 한국이라는 세월호에서 우리 스스로를 구하기

## 내 친구 푸어들

해직교사 15년 등 거의 평생을 야인으로 살아온 나에게 가정경제에 얼마나 보탬을 주었느냐고 물으면 참 할 말이 없다. 그래도 내 하숙비 정도는 한 번도 거르지 않았다고 궁색한 변명을 할 수밖에 없는데, 그나마 한 가지 큰소리칠 수 있는 건 2009년 무렵 아내가 살고 있는 단독주택을 팔고 은행 융자를 보태 아파트를 사려고 할 때 못 사게 말린 거다.

그땐 중국 소주대학 한국어과에 1년 동안 교수로 가 있던 때였다. 나는 아내의 이야기를 듣고 안 좋은 느낌이 들어 잠시 기다리라고 하고 3개월 동안 밤을 새워 경제 공부를 했다. 그랬더니 그때부터 2016년 즈음까지 가계 부채가 터지면서 닥칠 경제적 위기와 아파트의 몰락이 눈에 보였다. 그래서 골치 아파하는 아내를 붙들고 몇 시간 경제 강의도 하고, 협박도 해서 아파트를 못 사게 했다. 아마 그때 아파트를 샀으면 우리 집도 하우스푸어의 대열에 합류했을 것이다.

그런데 문제는 그다음부터였다. 이명박 정부와 박근혜 정부에서 역시로 아파트 가격을 유지하기 위해 부양책을 내놓고 그때마다 언론에 이른바 경제전문가란 것들이 나와 이제 바닥을 지나 오를 거라고 떠드는데 그 말이 꼭 세월호의 순진한 아이들에게 위험하니 선실에 꼼짝 말고 있으라고 한 선내 방송이나 진배없었다. 평생 경제 공부만 한 작자들이 국문학 전공한 글쟁이가 3개월 공부를 해서 아는 걸 모를 리도 없고, 더구나 우리나라 기득권층이 해외로 빼돌린 돈이 900조가 넘는다고 하니 이건 분명히 일부러 침몰을 방치하면서 최대한 더 챙겨 저희들만 배에서 튀려는 음모처럼 보였다. 아파트를 사려는 친구들에게 어쭙잖은 경제 지식으로 사지 말라고 설득을 했지만 이젠 바닥이라 곧 오를 것이니 선내에 꼼짝 말고 있으라는 정부와 경제전문가들의 방송이 나오면 번번이 도로아미타불이었다. 동화나 쓰는 놈이 경제를 뭘 알아, 하는 핀잔만 잔뜩 들었고 지금도 들으며 울화통만 터지고 있는 중이다.

이것이 이제 하우스푸어가 된 지인들이 세월호 참사가 터지고 참담한 심정을 전해 올 때마다 대한민국 자체가 세월혼데 뭘, 하고 퉁명스럽게 말을 받게 된 이유이다.


## 무게중심이 기운 배는 넘어진다

어찌 하우스푸어뿐이랴? 에듀푸어도 있고 워킹푸어도 있다. 이렇게 푸어가 붙은 말이 많아지고 있다는 것은 중산층이 전면적으로 무너지고 있다는 뜻이다. 이미 수년 전 삼성경제연구소는 우리 사회의 계층구조가 중산층이 두터운 단봉형 낙타 등 구조에서 중산층이 무너진 쌍봉형 낙타 등 구조로 급격히 이행해 가고 있다는 보고서를 낸 바 있다.

중산층이 두터운 사회는 무게중심이 안정되어 있는 배와 같아서 잘 흔들리지 않는다. 중산층이 무너져 양극화된 사회는 용량에 비해 너무 많은 짐을 실은 배와 같아서 넘어질 위험이 있다. 게다가 부와 권력을 거머쥔 상층이 부패하여 멋대로 설쳐 대면 부실해진 선체에 과도하게 실린 짐들이 고정되지 않아 왔다 갔다 하는 꼴이어서 급회전을 할 때 배가 침몰할 수밖에 없다.

세월호 사건이 어찌 배 한 척의 이야기로 끝날 수 있으랴? 대한민국호는 미국이 양적완화를 종료하고 기준금리 인상을 시작하는 앞으로 1, 2년 사이에 급회전을 할 수밖에 없다. 저금리로 빚을 늘려 유지해 오던 대한민국호는 급회전과 함께 5000조에 육박하는 가계 부채, 국가 부채, 공기업 부채, 기업 부채 문제가 터지면서 배 밑창에 구멍이 숭숭 뚫릴 수밖에 없다. 그 상태에서 탐욕과 부패에 찌든 상층 계급이 지금처럼 설쳐 댄다면 세월호의 참상은 대한민국 전체로 확대되어 재현될 수밖에 없다.

세월호 참사에서 가장 끔찍한 것은 300명이 넘는 죄 없는 청소년들이 차가운 물속에서 구조를 기다리며 죽어 가는 동안 구조 책임이 있는 국가 기구를 독점한 상층 카르텔이 생명을 구하는 건 안중에 두지 않고 자신의 기득권을 어떻게 지키고 확대할 것인가에만 골몰하고 있었다는 것이다. 카르텔의 이해관계가 얽혀 있는 언딘으로 일감을 몰아주기 위해 해군과 미군, 공적 구조대와 민간 자원봉사자들의 접근을 차단하느라 생명을 구할 수 있는 골든타임을 허비하였고, 마치 육해공에서 국가의 전 역량을 기울인 대구조작전이 펼쳐지는 것처럼 언론을 조작하여 정치적 기득권을 지키려 하였으며, 진실을 알리려는 이들을 정보기관과 경찰, 사법기구를 총동원하여 억압하는 데 골몰하였다. 이것은 국가기구를 독점하고 있는 상층 카르텔의 명백한 학살 행위이다. 이 카르텔은 정부와 여당, 사법부, 재계뿐만 아니라 언론과 야권의 상층부, 보수 학계 등에 넓게 형성되어 있다.

대한민국호가 불가피하게 급회전을 시도할 때 세월호 참사는 전 국가로 확대되어 반복될 것이다. 대한민국호의 나날이 부실해져 가는 선체에 비해 너무 과도하게 실려 있는 컨테이너 속의 짐은 불행히도 탐욕과 부패에 찌든 악어들이다. 이 악어들에게는 대한민국호의 침몰조차 위기가 아니라 탐욕의 파티를 즐길 수 있는 기회이다. 그래서 대한민국호의 선실에는 계속해서 꼼짝 말고 있으라는 방송이 반복되고 있다. 한국 경제는 펀더멘털이 튼튼해서 문제가 없고 부동산은 이제 바닥을 치고 오를 테니 너희도 조만간 우리와 같이 탐욕의 파티를 즐길 수 있을 것이다. 그러니 꼼짝 말고 선실에 있으라는 것이다.

탐욕의 파티에 참여하는 건 틀림이 없을 것이다. 악어들의 먹잇감으로 참여해서 문제이긴 하지만.


**우리는 가만히 있으라는 말에 너무 익숙해져 있지 않은가?**

세월호 참사 이후 이민 가겠다는 이야기를 많이들 한다. 말이 그렇지 우리의 거의 대부분은 그럴 형편이 되지도 못한다. 상층 카르텔에 속한 자라면 언제라도 떠날 수 있겠지만 우리 대부분은 어쩔 수 없이 살아남기 위해 대한민국호의 침몰을 막아야만 하는 사람들이다. 그래서 세월호 참사 이후 "가만히 있지 않겠습니다."란 구호가 많이 나온다.

그런데 '가만히 있지 않겠다'의 내용을 들어 보면 저게 정말 가만히 있지 않는 건가 하는 생각이 든다. '가만히 있지 않겠다'의 구체적 내용은 대개 정권, 즉 배의 선장을 바꾸어야 한다는 것 정도이다. 그게 '가만히 있지 않겠다'의 전부라면 우리는 이제까지 가만히 있었던 적이 없다. 대통령 선거 시기에 가만히 있었나? 선거 끝나고는 부정선거에 대해 가만히 있었나? 우리는 가만히 있지 않았다. 하지만 결과는 가만히 있은 것과 다름이 없었다. 왜 그럴까?

문제는 우리가 선장만 바꾸면 모든 게 해결될 것처럼 착각하는 데 있다. 미안하지만 선장을 바꾸는 것은 배의 침몰을 막기 위한 필요조건이지 충분조건이 아니다. 대통령이 바뀐다고 관료들과 사법부 등을 싹 물갈이할 수 있나? 아니다. 대통령이 바뀐다고 재벌과 언론, 학계 등을 싹 물갈이할 수 있나? 아니다. 대통령이 바뀐다고 강남 사교육이 가지고 있는 교육의 주도권을 싹 물갈이할 수 있나? 아니다. 대통령이 바뀌어도 상층 카르텔은 엄연히 존속하고 힘을 발휘한다. 대통령이 바뀌어도 다른 조건이 갖추어지지 않는 한 기껏 할 수 있는 일은 상층 카르텔들이 사회의 합리적 기준을 넘어서 과도하게 탐욕을 부리는 것을 제한하는 일 정도이다. 바뀐 선장이 딴생각을 품고 있는 선원들을 데리고 할 수 있는 일은 고정되지 않아 흔들리는 컨테이너를 고정시키는 일 정도이다.

그런데 컨테이너를 고정하는 것만으로 배의 침몰을 막을 수 있는가? 지연시킬 수는 있지만 막을 수는 없다. 그렇다면 배에 타고 있는 보통 사람들은 어차피 배는 침몰할 거고 위에서 해 처먹는 놈들만 달라질 뿐이라는 냉소주의에 빠져 선장을 바꾸는 일에 소극적으로 될 수도 있다. 상층 카르텔은 매카시즘, 언론 조작, 사기 공약을 통한 차별성 무화 등의 방법으로 이러한 냉소주의를 자기 지지 기반으로 끌어들인다. 그렇기 때문에 선장을 바꾼다는 필요조건만을 추구하는 운동은 대개 실패에 있다.

필요한 것은 필요조건과 함께 충분조건을 충족시키는 것이다. 그 충분조건이란 배의 침몰을 막을 수 있다는 일말의 희망에 대한 확신을 주는 것이다. 확신이 없으면 대중은 움직이지 않고 바람도 일어나지 않는다. 상층 카르텔이 장악하고 있는 한국 사회에서 민주진영이 바람 없이 조직으로 승리할 수 있는가? 없다.

## '가만히 있지 않는다'는 것은 무엇인가?

'가만히 있지 않는다'는 것은 선장을 바꾸는 것에 그치지 않고 상층 카르텔이 가지고 있는 헤게모니를 점진적으로 분산시키고 해체하는 행위를 지속적으로 해 나가는 것이다.

중앙부처에서 경제부처는 예산을 쥐고 있기 때문에 부처 위의 부처다. 경제관료들은 비단 경제와 관련된 정책만을 입안하지 않는다. 경제관료들은 산하 연구원을 통해 교육, 사회복지, 노동 등 국가정책 전반의 장기 정책을 입안하고 또 관철시킨다.

그런데 경제관료들은 어떤 네트워크 속에 있는가? 재벌 네트워크 속에 있다. 재벌 경제연구소와 긴밀한 네트워크를 형성하고 있고, 퇴직하면 대개 재벌 회사의 임원급으로 자리를 옮긴다. 그렇기 때문에 경제관료들이 거의 전 영역의 장기 정책을 입안하고 관철시킨다는 것은 재벌을 중심으로 한 상층 카르텔의 이해관계가 거의 전면적으로 관철되고 있다는 것을 의미한다.

경제 관련 부처 중에서도 국토교통부는 상층 카르텔의 부패한 이해관계가 집중적으로 얽혀 있는 부처이다. 우리나라가 아직 토건국가의 패러다임에서 벗어나지 못했기 때문이다. 이번 세월호 참사의 핵심 책임자 중 하나인 해양수산부도 독립하기 전에는 국토부에 속해 있었다. 상층 카르텔의 부패한 이해관계가 집중적으로 얽혀 작동하는 모습은 재개발 지역의 주민 총회를 떠올려 보면 된다. 한탕을 노리는 건설사와 조합과 관료의 이해관계가 얽힌 가운데 어마어마한 조폭 떡대들이 둘러싼 채 진행되는 주민총회에는 주민의 삶의 질이나 생명 존중 따위가 들어갈 틈이 없다. 건설사와 조합과 관료의 이해관계가 결정적으로 침해당할 상황이 되면 칼부림도 서슴지 않는다. 그 극단적인 모습이 용산 참사이다.

운 좋게도 세월호 참사 직전에 밀려난 윤진숙 전 해수부장관은 기름 유출 사건이 터졌을 때 사고의 일차 피해자가 유조선 회사라는 발언을 해서 비웃음을 샀는데 그 발언이 윤진숙 전 장관이 멍청해서 한 헛소리라고 생각하면 대단한 착각이다. 그 말은 진심이다. 순진하기 때문에 진심을 숨기지 못하고 말한 것일 뿐이다. 토건의 상층 카르텔들은 사고가 발생했을 때 당연히 자기들이 일차 피해자라고 생각한다. 용산 참사에서도 그랬다. 용산 개발을 둘러싼 분쟁에서 용산 개발에 참여한 건설사와 거기에 투자한 재벌과 정권은 자기들이 피해자라고 생각했다. 그래서 항의농성하는 주민들을 무력진압하다 불태워 죽였지만 절대 사과하지 않았다. 그들에게 주민들은 가해자고 폭도이고 테러리스트일 뿐이니까.

이번 세월호 참사도 마찬가지다. 해운사나 언딘이나 해경이나 해수부나 정부의 행동을 보면 그들은 자신을 참 운 나쁜 피해자로 생각하는 것 같다. 그래서 유족들을 좌파로 몰거나 미개하다고 몰거나 시체 장사꾼으로 모는 발언도 서슴지 않았다. 좌파, 미개인, 시체 장사꾼은 가해자의 다른 표현이고, 이건 그들의 진심이다. 게다가 그들은 자신들을 정말 개수 없는 피해자라고 생각하고 있을 것이다. 하필이면 학생들이 희생되었으니 그들을 가해자, 폭도, 테러리스트로 몰 수 없는 것뿐이다. 그래서 하는 수 없이 유족과 참사에 항의하는 시민들을 좌파, 미개인, 시체 장사꾼으로 몰고, 정말 하는 수 없이 국무위원을 향해 대리 사과하거나 뒤늦은 예약제 사과를 하는 것이다. 그들은 진심으로 자신을 운 나쁜 피해자라고 생각하고 있다. 그렇기 때문에 피해자인 상층 카르텔을 낱낱이 까발리는 수사나 조사는 최대한 막는 것이다.

노무현 대통령이 한 최대치의 일은 국토부를 축소하고 그 예산과 인력을 돌려 복지부를 키운 것 정도이다. 경제관료들을 통해 관철되는 재벌의 헤게모니에는 손을 대지 못했다. 노무현 대통령의 "권력은 이미 시장으로 넘어갔다."는 한탄은 이를 두고 한 말이다. 그럼에도 불구하고 국토부를 축소하고 복지부를 키운 통치행위는 박정희 이래 유구한 토건국가 상층 카르텔의 치명적 아킬레스건을 건드린 것으로 받아들여졌다. 당연히 상층 카르텔 전체가 절치부심할 수밖에 없었다. 시민사회의 힘이 받쳐 주지 않는 상태에서 대통령 개인의 결단으로 밀어붙인 것이니 결국 죽임을 당할 수밖에 없었다. 토건세력의 중심에서 성장한 이명박이 그냥 놓아둘 리가 없고, 토건국가의 창시자 박정희의 딸인 박근혜가 부관참시를 안 할 리가 없는 것이다.

노무현 대통령처럼 죽음으로 자신의 진정성을 담보하는 대통령은 다시 있기 어려울 것이고, 다시 나와서도 안 된다. 시민사회가 상층 카르텔의 헤게모니를 분산, 해체시키는 만큼 대통령은 일을 할 수 있다. 그러지 않고 대통령 개인의 결단으로 밀어붙이면 그건 금방 원위치되어 버린다. 그만큼 상층 카르텔의 힘은 막강하다.

그러면 시민사회가 상층 카르텔의 헤게모니를 어떻게 분산, 해체시킬 수 있을까? 시민사회에 그렇게 할 힘이 있는 걸까? 있다. 아직은 상상이지만 예를 들어 보자.

아마도 2016년이나 2017년 무렵이면 우리나라는 IMF와 유사한 경제위기를 겪거나, 그렇지 않더라도 가계 부채 문제가 한계에 이르고 내수가 죽어 그에 준하는 극악한 상황에 이를 것이다. 지금도 젊은이들에게 희망이 없지만 위와 같은 상황이 되면 대부분의 청년들은 절망적 상태에 이를 것이다. 이러한 상황에서 청년들과 희망 나누기, 일자리 나누기 운동을 벌이면 어떨까? 한 달에 2만 원씩을 5년간 내기로 약정하는 교사를 1, 2만 명 정도 조직하는 것이다. 전교조 1세대가 움직인다면 그리 어려운 일이 아니다. 교사 1, 2만을 조직하면 매달 200만 원씩을 주며 청년 100명에서 200명을 고용하고, 이들을 교육시킨 뒤 어려운 지역의 사회적 일자리에 배치할 수 있다.

1, 2만으로 출발하면 2, 30만을 조직하는 것은 어렵지 않다. 그리고 2, 30만이 조직되면 100만 명을 조직해 가는 국민운동의 바람은 어렵지 않게 일어날 수 있다. 바람이 일어나면 선장을 바꾸는 일도 어렵지 않을 것이고, 바뀐 선장이 복지국가로 서서히 방향을 트는 일도 가능해질 것이다.

하지만 시민사회의 자발적 참여를 씨앗으로 하더라도 정부가 많은 재원을 충당하는 공익복지재단 등의 형태로 발전시키지 못하면 경제관료들을 통해 관철되어 오는 재벌 네트워크의 힘을 제압하고 복지국가를 향해 방향을 트는 것은 불가능하다. 시민사회에 힘이 없는 게 아니라 시민사회가 중앙권력 따먹기에만 올인하는 낡은 패러다임에 묶여 과잉 정치화되어 있기 때문에 안 되는 것이다. 낡은 패러다임에 묶여 있으면 아무리 과격하게 행동을 해도 가만히 있는 거나 마찬가지이다. 가만히 있으면서도 자기가 가만히 있는 줄도 모르는 것이다.

## 우리에게 국가란 무엇인가? 역사란 무엇인가?

세월호 참사에서 선원을 제외한 승객의 대부분을 구한 건 그 지역의 어민들이었다. 어민들은 막대한 손실을 감수하며 생업을 중단한 채 사람들을 구하기 위해 달려왔다. 어민들뿐만 아니라 이종인 씨를 비롯한 민간 잠수사 등 아이들을 구하기 위해 자원봉사자들이 전국에서 속속 모여들었다. 이들은 사후에도 배 안의 아이들을 구하지 못한 것에 대해 심각한 죄책감에 빠져 있다.

이에 반해 해경을 비롯한 정부는 구조를 방기했을 뿐만 아니라 자발적으로 모여든 전문 인력과 장비들을 현장에 접근하지 못하게 차단하였다. 그러고도 일말의 죄책감도 없이 모든 책임을 해운사인 청해진과 구원파에 떠넘기기 위한 대국민 쇼만 지루하게 벌이고 있는 중이다.

그런데 더 기이한 것은 구조에 가장 큰 역할을 했던 현지 어민들이나 자원봉사자들이 참사 이후의 보도에서 철저하게 배제되고, 피해 당사자인 학생들과 가족의 휴대폰 통신 기록이 이동통신사의 기록을 포함하여 치밀하게 제거되고 있다는 점이다. 왜 국가는 세월호 참사의 중심에 있었거나 당사자인 이들을 세월호 참사로부터 배제하고 가능한 한 지워 버리려 하는가? 단순히 사건의 진실을 은폐하여 책임을 모면하기 위해서인가? 물론 일차적으로 그럴 것이다. 그러나 똑같은 현상이 정권 담당자가 바뀜에도 불구하고 반복되어 나타난다면 그것은 국가의 구조나 성격의 문제일 것이다.

우리는 그 사회에 심각한 위기가 닥쳤을 때 개인의 이해관계나 심지어는 죽음을 넘어서 유적 차원의 자기, 집단적 차원의 자기를 보존하기 위해 놀라운 헌신성을 발휘하는 사람들의 모습을 보아 왔다. 세월호 참사에서도 우리는 이러한 사람들의 모습을 보았다. 막대한 손실을 감수하며 그물을 내던지고 아이들을 구하기 위해 달려온 어민들, 잠수사를 비롯한 자원봉사자들, 보상이 문제가 아니라 진상을 규명하여 재발을 방지하는 법제도를 마련하는 게 우선이라고 나선 유가족들, 세월호 참사 내내 마음 졸이며 지켜본 대다수 국민들. 사실 우리 사회를 유지시키는 것은 이러한 힘들이다. 그런데 기이하게도 국가가 나서서 이런 사람들을 배제하고 이런 사람들의 행위를 치밀하게 삭제해 가고 있다. 우리 사회를 존속시키는 근본적 힘들을 부정하고 억압하고 배제하는 국가란 도대체 무엇인가?

왜 세월호 참사의 피해 당사자인 학생과 가족 들의 기억은 배제되고 삭제되는가? 왜 구조의 중심에 있었던 어부와 자원봉사자 들은 철저하게 배제되는가? 답은 기득권 상층 카르텔의 우발적인 발언 속에 들어 있다.

기득권 상층 카르텔은 세월호 참사의 유가족들을 사태에 합리적으로 대응하지 못하고 시체 장사나 하는 미개한 자들이라고 했다. 선거를 의식해서 금방 실언이라고 사과했지만 프로이트의 말대로 진실은 농담이나 실언 속에 드러나는 법이다. 사회의 심각한 위기를 극복하기 위해 헌신성을 발휘하는 국민들을, 위기에 직면하여 뿜어져 나오는 공동체적 에너지를 기득권 상층 카르텔은 왜 미개하다고 하는 것일까? 그러한 발언을 하는 기득권 상층 카르텔의 세계관은 어떤 것일까?

헤겔은 세계사가 신의 기획에 따라 절대정신이 자기상승의 전개를 해 가는 자기실현 과정이라고 했다. 그런데 이 절대정신의 자기실현 과정은 단계적으로 이루어지는 것이어서 역사를 아예 갖지 못한 아프리카·아메리카 대륙, 유아 단계에 머물러 있는 동양, 청장년 단계의 그리스·로마, 완성 단계인 노년기의 게르만 세계(유럽)로 수직적인 위계구조를 갖는다. 그래서 헤겔의 세계사에 아프리카·아메리카 대륙과 유아 단계에 있는 동양은 포함되지 않는다. 게르만 세계, 즉 유럽만이 헤겔의 세계사에 속한다. 아프리카·아메리카는 문자 기록이 없어 아예 역사가 없고, 동양은 자각적인 민족국가가 없기 때문에 역사 이전의 단계에 있다는 것이다. 헤겔에게 아프리카·아메리카 대륙과 동양은 역사 이전의 미개한 지역일 뿐이었다.

헤겔은 이러한 논리를 통해 유럽의 아프리카·아메리카 대륙, 동양에 대한 제국주의 식민지배를 합리화하였다. 세계사에 속한 문명화된 유럽이, 역사가 없는 미개한 지역을 정복하고 지배하는 건 당연한 권리라는 것이다. 문명화된 일본이 미개한 조선을 지배하는 게 당연하다는 일제의 식민지배 논리 역시 이러한 헤겔 역사철학 논리의 아류이며, 박정희 시대 근대화 논리의 근거였던 로스토의 경제성장단계론 역시 넓게 보면 헤겔의 역사철학 논리의 연장선에 있다.

식민지배를 받은 경험이 있는 한국의 입장에서 보면 헤겔의 역사철학 논리는 참으로 황당하게 느껴진다. 기독교도가 아닌 한국인의 입장에서 보아도 헤겔의 역사철학 논리는 천년왕국류의 기독교 구원 사상을 논리화한 것으로밖에 보이지 않는다. 그놈의 신은 어찌해서 유럽만 그렇게 편애하는가? 그런 미신에 가득 찬 역사철학 논리가 뭐가 이성적이고 합리적이란 말인가?

구전의 전통이 강하게 살아 있는 나라에 갔을 때 그 나라 사람들이 천

년 전의 먼 과거도 아주 가깝게 이야기하는 것을 보고 깜짝 놀란 적이 있다. 천 년 전의 이야기를 하면서 한국 사람을 형제처럼 대하는 것이 천 년 전의 일은 우리와 무관한 것으로 여기며 사는 나에겐 충격이었다. 대체로 구전의 전통이 강한 나라들은 문자 기록의 역사 전통이 강한 나라보다 과거의 역사를 현재의 삶 속에 살아 있는 것으로 가깝게 느끼는 경향이 있다. 그런데 문자로 기록된 게 없다고 역사가 없다는 게 말이 되나? 또 유럽보다도 훨씬 일찍부터 역사를 기록해 온 동양에 역사가 없다는 게 말이 되나? 아마도 헤겔이 오늘날의 한국에 와서 자신의 역사철학을 대중이 알아들을 만한 쉬운 말로 떠들고 다닌다면 '불신 지옥 믿음 천국' 팻말을 몸에 걸치고 전철 칸을 오가는 광신도 취급을 받기 쉬울 것이다.

그런데 문제는 헤겔의 역사철학 논리에 기원을 두고 있는 서구 중심의 식민주의 논리가 단순히 과거에 그치지 않고 있다는 데 있다. 유럽 중심의 식민주의 논리는 식민지 시대 이후 서구 중심의 경제·사회·문화적 헤게모니로 다소 완화된 형태를 띠었지만, 한국 사회의 엘리트들에게는 더욱 광범한 영향을 끼쳤다. 그 영향은 식민지 시대처럼 반강제적인 수용이 아니라 자발적인 수용이라는 점에서 훨씬 깊은 것이기도 했다.

그러면 서구 중심의 식민주의 논리가 한국 사회의 엘리트들에게 자발적으로 수용되었을 때 어떤 모습으로 나타나는가? 그것은 문명화된 엘리트들의, 미개한 국민 대중에 대한 지배가 당연하다는 극단적 엘리트주의로 나타난다. '세계사에 속한 문명화된 유럽'의 자리에 '문명화된 혹은 서구화된 한국 사회의 엘리트들'이 놓이고 '역사가 없는 미개한 지역'의 자리에 '한국 사회의 미개한 대중'이 놓인다. 이러한 극단적 엘리트주의는 식민주의가 내면화된 내부 식민주의의 다름이 아니다.

위와 같이 살피고 보면 왜 우리 사회의 배울 만큼 배운 보수 엘리트들이 그렇게 터무니없는 말과 행태를 보이는지 쉽게 이해할 수 있다. 세월호 참사 중에 나온 미개한 국민 발언은 실수가 아니라 우리 사회 보수 엘리트들이 가지고 있는 국가관의 핵심을 드러낸 말이다. '서구화되고 문명화된 엘리트의 미개한 대중 혹은 국민에 대한 지배체제'. 이것이 그들이 생각하는 국가이다. 이러한 국가관에 입각하면 사회적 위기에 직면하여 대중들이 발휘하는 헌신성이나 그를 통해 분출되는 공동체적 에너지는 미개한 국민의 비합리적인 억지에 불과하기 때문에 과거 일제가 그러했듯이 배제하고 억압해야만 하는 것이다. 그래서 세월호 구조 활동에서 중심적 역할을 했던 어부나 잠수사 등 자원봉사자들, 재발 방지를 위해 진상 규명과 특별법 제정을 요구하는 유가족들을 철저히 배제한다. 뿐만 아니라 그들의 세월호 사건에 대한 기억도 과거 일제가 그러했듯이 치밀하게 지워 버린다. 역사란 건 엘리트들이 장악한 국가에 독점적으로 속한 거니까. 역사 없는 미개한 대중의 기억은 오히려 역사에 혼란만 일으키는 거니까.

보수 엘리트들의 국가관에 의하면 노무현 정부는 태어나서는 안 되는 정부였다. 문명화된 혹은 서구화된 엘리트 집단을 제치고 미개한 대중 속에서 대통령이 나온다는 것은 결코 있어서는 안 되는 일인 것이다. 헤겔식으로 말하자면 신의 기획에 반하는, 있을 수 없는 일이다. 보수 엘리트들은 이러한 사고를 가졌기 때문에 노무현 정부 임기 내내 거의 신경증적 발작 상태에 있을 수밖에 없었다. 그리고 다시 노무현 정부와 유사한 정부가 탄생하는 것을 막기 위해 지난 대선에서 관권을 동원하여 여론을 조작하는 등 부정선거를 서슴지 않았다. 보수 엘리트들은 이를 조금도 부끄러워하지 않고 당연시한다. 문명화된 엘리트들이 미개한 대중을 지배하는 건 당연한 거니까 그것을 이루기 위한 어떤 수단도 정당하다고 굳게 믿고 있는 것이다.

그런데 보수 엘리트들도 무척 조심하는 대목이 있다. 그것은 바로 자신들의 세계관을 역사와 관련하여 드러내는 것이다. 특히 일본과 관련하여 자신들의 역사관을 드러낼 때는 무척 조심한다. 과거 식민지배와 관련한 대중들의 반일 감정이 여전히 크기 때문이다. 그래서 학문이라는 전문성의 방패막이 뒤에 숨어 뉴라이트를 조직하고 국사 교과서 파동 등을 통해 조심스럽게 간을 보고 있는 중이었다. 그런데 문창극 장로가 순진하게도 교회 강연이라는 형태이긴 하지만 대중 앞에서 너무도 정확하고 일목요연하게 보수 엘리트들의 역사관을 드러냈고, 총리 후보자로 지명되는 과정에서 이 발언이 드러나 여론의 반발에 부딪쳤다. 보수 엘리트들로서는 참으로 난처한 일이 아닐 수 없다. 잘못하다간 반일 감정의 블랙홀에 빠져 정치적으로 몰락할 수도 있는 일이다. 하는 수 없이 눈물을 머금고 자를 수밖에 없는 일이었다.

문창극이 드러낸 역사관은 벤츠 급의 헤겔 역사철학 논리를 찌그러진 맥주캔 급으로 복사한 것으로 보수 엘리트들의 역사관을 정확하고 일목요연하게 드러낸 것이라 할 수 있다. 신의 기획에 따라 서구는 가장 높은 발전 단계에 이르렀고, 일찍 서구 문명을 받아들인 일본 역시 높은 발전 단계에 이르러 세계사에 속한다. 반면 여타 아시아 지역은 역사 이전의 미개한 상태에 놓여 있었다. 조선은 수천 년 이래 여전히 유아 단계에 머물러 미개한 상태였고, 그 결과 조선인은 게으르고 남에게 기대어 살 수밖에 없는 의존성을 가지고 있었다. 조선이 일본의 식민지가 된 것은 신의 뜻이다. 조선은 그러한 과정을 통해 비로소 근대화, 문명화되기 시작했다. 분단과

6·25 전쟁 역시 그것을 통해 가장 문명화된 미국을 만나는 행운을 얻게 되었다는 점에서 신의 뜻이다. 이것이 문창극을 비롯한 보수 엘리트들의 역사관이다. 그 뒤에 생략되어 있는 주장은 아마 이러할 것이다.

한국은 분단과 6·25를 겪으면서 운 좋게 세계에서 가장 높은 발전 단계에 있는 미국을 만나게 되었고 덕분에 한국의 보수 엘리트들은 높은 문명화 단계에 이르렀다. 보아라 한국의 경제 엘리트인 대기업들이 당당히 세계 기업으로서 세계사에 참여하고 있지 않느냐? 한국은 높은 문명화 단계에 이른 보수 엘리트들이 과거 일제가 그러했듯이 미개한 대중을 잘 통제하며 이끌어 나가면 미국과 같은 문명화 단계에 이를 수 있다. 그렇게 나가는 데 있어 관건이 되는 것은 미개한 대중의 지도자가 정권을 차지하는, 다시는 있어서는 안 되는 참사를 막는 것이다. 내가 총리가 되려는 것은 그러한 참사를 막아 한국을 높은 문명화 단계로 확실하게 올려놓겠다는 것이다. 그런데 왜 나를 매국노라고 매도하느냐? 나는 애국자다.

한국 사회의 주류를 이루고 있는 보수 엘리트들의 역사관, 국가관은 명백하게 과거 식민주의의 역사관, 국가관의 연장선 위에 있는 것이다. 이러한 왜곡된 역사관이 주류로 힘을 발휘하고 있는 오늘날의 현실을 도대체 어떻게 이해해야 하는가? 우리에게 진정 국가란, 역사란 무엇일까?


## 매트릭스에서 벗어나기─지워진 기억을 되찾는 일

세월호 참사에서 그 현장에 밀착해 있던 피해 당사자와 자발적으로 구조 현장에 참여했던 어부와 자원봉사자 들의 기억이 치밀하게 삭제되거나 배제된다는 것은 중대한 문제이다. 그렇게 생생한 현장을 알고 있는 대중의 기억이 지워지면 기득권 세력의 의도에 따라 편집되고 조작된 기억만 남게 된다. 이렇게 편집되고 조작된 기억의 매트릭스에 갇히면 세월호의 진실은 사라진다. 원인도 알 수 없고 참사의 재발을 막기 위해 무엇을 해야 하는지도 알 수 없어 개혁이니 개조니 하는 말들은 속이 텅 빈 헛소리로 제자리를 맴돌 수밖에 없다. 결국 아무것도 변한 것 없이 참사는 반복되어 일어나게 되는 것이다.

지워진 것이 어찌 세월호 참사의 기억뿐이랴? 오랜 세월에 걸쳐 거의 전 영역에서 진실의 편린을 담고 있는 현장의 생생한 기억들이 지워져 온 게 아닐까? 그래서 우리는 편집되고 조작된 기억의 매트릭스 속에 갇혀 있는 게 아닐까? 그래서 바뀌는 정부마다 외쳐 온 개혁이니 개조니 하는 속이 텅 빈 헛소리를 따라 제자리를 맴돌고 있었던 것은 아닐까?

아마도 헛소리들을 따라 제자리를 맴돈 대표적인 분야가 교육일 것이다. 바뀌는 정권마다 교육개혁을 부르짖으며 중앙정부 차원에서 수많은 정책들을 쏟아 냈지만 조금 변하는가 싶다가도 제자리로 돌아가고 오히려 문제는 나날이 악화되어 왔다. 왜일까? 우리가 편집되고 조작된 기억의 매트릭스 안에 갇혀 있었기 때문은 아닐까? 그래서 교육문제의 진실과 원인조차 제대로 파악 못 하고 헛발질만 계속해 온 것은 아닐까? 도대체 어떤 기억이 지워졌기 때문일까?

원로 교육학자였던 고 성래운 교수가 살아 계실 때 늘 하시던 말씀이 있다. 고 성래운 교수의 말에 의하면 해방 이후 전국 각지에서 지역민들의 자발적인 학교설립운동이 요원의 불길처럼 번져 갔다고 한다. 지역 주민들이 땅과 쌀과 돈을 기부하여 학교를 세우고 지역 주민들 중 식자가 교사를 맡고 부족하면 외부에서 초빙하고 교과서도 스스로 제작 하여 일제의 식민지

교육이 사라진 빈 자리를 빠른 속도로 메워 가고 있었다 한다. 이 자발적 학교설립운동이 발전하여 해방 이후의 교육으로 자리 잡았다면 우리 교육의 모습이 지금처럼 되지는 않았을 것이다.

그런데 미군정이 들어서면서 요원의 불길처럼 번져 가던 학교설립운동은 금지되고 기왕에 설립된 학교들은 폐교당했다. 그리하여 일제 때의 하향식 중앙집중 교육체제가 그대로 온존하게 되었다. 그 결과가 어떠한가는 오늘날 지방 소도시의 학교현실과 강남이 주도하는 교육현실을 보면 쉽게 알 수 있다.

강남으로 상징되는 상층 엘리트의 압도적인 교육 헤게모니는 하향식 중앙집중 교육시스템이 만들어 낸 것이다. 우리나라 학교교육에 대한 평가권은 사실상 중앙의 교육부와 이른바 서울의 스카이대에 집중되어 있다. 교육부가 대학입시정책을 어떻게 만들고 스카이대가 그 정책의 범주 안에서 입학정책을 구체적으로 어떻게 운용하는가가 사실상 학교교육을 평가하는 기준이 되어 왔다. 그런데 이 중앙으로 집중된 평가권에 영향력을 갖는 상층관료나 스카이대 교수 등은 대부분 강남에 산다. 당연히 강남이 대학입시에 대한 정보가 가장 많을 수밖에 없고, 돈과 막강한 인적 네트워크가 있으니 가장 빠르고 정확하게 대응할 수밖에 없다. 그래서 중앙집중의 교육시스템 속에서 자연스럽게 강남으로 상징되는 상층 엘리트의 압도적 교육 헤게모니가 형성되었다. 이 헤게모니를 분산, 약화시키지 않으면 입시 위주의 획일적 무한 경쟁 체제의 변화는 궁극적으로 불가능하다. 학부모 대부분이 지금의 학교교육에 문제가 있다고 생각하지만 막상 자기 자녀를 대학에 보내기 위해서는 강남의 교육 헤게모니를 따라갈 수밖에 없는 것이다.

중앙정부가 교육정책을 바꾸면 강남의 압도적인 교육 헤게모니를 약화시킬 수 있을까? 천만의 말씀이다. 오히려 중앙정부 차원의 잦은 교육정책 변화는 강남의 교육 헤게모니를 강화하는 역효과를 만들어 낸다. 변화하는 정책에 대한 정보를 가장 빠르게 확보할 수 있는 것도 강남이고, 변화에 가장 빠르게 적응할 수 있는 재력과 인적 네트워크를 가지고 있는 것도 강남이기 때문에 "과연 강남!"이라는 각인 효과를 강화시킬 뿐이다. 정 자신들의 이해관계에 반하는 정책은 막거나 비틀어서 무력화할 수 있는 힘 또한 가지고 있기 때문에 정책의 성격은 별로 문제가 되지 않는다.

앞에서 말한 고 성래운 선생의 말씀은 극소수의 교육학 논문에 나온 바 있긴 하지만 사실상 지워진 기억이다. 그런 기억을 다루는 논문을 쓰거나 이야기하고 다녀서는 교육계에서 살아남기가 어렵기 때문에 아무도 이야기하지 않게 되고 시간이 지나면서 사실상 지워진 기억이 되어 버렸다. 이러한 기억들이 지워지면 하향식의 중앙집중 학교교육체제라는 매트릭스 안에 갇히게 된다. 이는 식민주의 학교교육체제의 유산으로 사실상 내부 식민주의를 의미하는 극단적 엘리트주의를 재생산해 낸다. 하향식의 중앙집중 학교교육체제에 대한 문제의식이 사라져 문제의 근본 원인조차 모르게 된다. 문제의 근본 원인도 모르는 상태에서 문제의 당사자인 중앙집중형 교육관료체제를 통해 내리먹이기식 정책을 대책이라고 양산해 낸다. 당연히 나날이 교육문제는 악화될 수밖에 없다.

## 혁신학교—엘리트주의교육에서 벗어나는 출발점

근래의 보수정권 7년 동안 한국의 학교교육은 극단적 엘리트주의를 제생산하는 방향으로 무섭도록 빠르게 진화해 왔다. 특목고·자사고의 확대, 그 위에 국내형 국제고, 그 위에 외국계 국제고. 미개한 국민의 자녀가 상층 엘리트로 진입하는 것을 원천적으로 차단하기 위해 교육을 통한 진입 장벽을 나날이 높여 왔다. 국제고에 이르면 그 장벽은 이미 학력경쟁으로 넘어설 수 있는 게 아니다. 연간 등록금만 3, 4000만 원에 이르는 국제학교에 자녀를 보내는 것은 이미 일반 학부모의 능력 범위를 벗어난다. 취업 문제까지 고려하면 더욱 그렇다. 특별한 연줄이 없는 일반 학부모의 경우 자녀가 그 좁은 바늘구멍을 통과해 이른바 스카이대를 나온다고 해도 꼭 안정적이고 좋은 직장이 보장되는 것이 아니다. 그럼에도 불구하고 학부모들은 막상 자녀 진학 문제에 부딪치면 강남의 교육 헤게모니를 따라갈 수밖에 없고 극단적 엘리트주의를 재생산하는 현행의 학교교육체제에 순응할 수밖에 없다.

그 결과가 어떤 것인가는 지방 소도시의 학교를 보면 쉽게 알 수 있다. 지방 소도시의 학교는 외계에서 날아와 앉은 UFO 같다. 우선 교장을 비롯해서 그 지역에 사는 교사가 단 한 명도 없는 경우가 대부분이다. 교사들은 아침 8시 전후 일제히 비행정을 타고 나타났다가 오후 4시 반 전후에 쏜살같이 사라진다. 교사들은 낮 동안 UFO 안에서 그 지역 아이들의 뇌를 조작한다. "넌 열심히 공부해서 하루빨리 외계로 나가야 해." "네가 학교를 졸업하고도 이 지역에 계속 남아 있다면 넌 낙오자가 된 거야."

그런데 소도시 학교에 다니는 아이들은 대부분이 IMF를 겪은 이후 가족이 해체되어 할머니 할아버지에게 맡겨진 아이들이다. 그 아이들은 자신이 선택하기도 전에 이미 삶에서 낙오되었고, 그 삶에서 벗어날 길이 없다고 느낀다. 이 아이들에게 학교가 주는 메시지는 어떤 효과를 발휘할까? 대부분의 경우 아이들을 더 무기력하게 하고, 아이들의 삶을 황폐화시키며, 그럼으로써 결국 그 아이들의 삶의 터전인 지역사회를 붕괴시킬 것이다. 이러한 상황은 지난 7년 동안 점점 확대되어 지금은 서울의 일반 인문계 고등학교까지 유사한 상황에 놓여 있다. 대도시 중산층 지역의 일반 인문계학교까지 대부분의 아이들은 무기력증에 빠져 있고, 아이들의 삶이 황폐화되어 있다. 당연히 수업이 잘될 리가 없고 학생 사안이 빈발할 수밖에 없다.

문제가 이렇게 악화됨에 따라 학부모들은 지쳐 가기 시작했다. 나날이 진입 장벽이 높아지는 극단적 엘리트주의교육체제를 죽을 둥 살 둥 따라가 보지만 희망은 보이지 않고 아이와 가족의 삶은 팍팍해지기만 한다. 에듀푸어란 말도 있듯 계속해서 따라가다가는 집안이 거덜 날 판이다. 적당한 대안만 있다면 이 지긋지긋한 강남의 교육 헤게모니에서 벗어나 돌아설 수도 있을 텐데. 학부모들의 이러한 요구가 커지는 시점에서 나타난 것이 '혁신학교'이다.

혁신학교는 특목고나 자사고, 국제학교와 대척점에 있다. 특목고나 자사고, 국제학교가 성적이 우수한 아이들(시간이 갈수록 이 말은 점점 상층 엘리트의 자녀들과 동의어가 되어 가고 있다.)을 별도로 선발하여 좋은 환경에서 교육시키는 엘리트주의교육이라면 혁신학교는 아이들이 거주하는 곳의 평범한 학교를 바꾸어 다양한 아이들의 특성과 장점을 살려 나갈 수 있는 기회를 주자는 반엘리트주의의 보편교육을 지향한다. 혁신학교는 아이들이 거주하는 지역의 학교를 그 지역의 교사, 학부모, 학생, 교육자치체와 지자체가 힘을 합해서 바꾸어 가려 한다는 점에서 우리 학교교육이 잃어버렸던 기억 즉, 해방 이후 전국 각 지역에서 요원의 불길처럼 번져 갔던 자발적인 학교설립운동에 맥이 닿아 있다. 그렇기 때문에 혁신학교가 성공한 지역에서 학부모들의 문화적 공동체가 복원되는 것은 자연스러운 흐름이다. 혁신학교가 지역사회복지 차원의 교육시스템, 평생교육시스템과 연계하여 폭을 넓히며 발전해 간다면 지역생활공동체의 복원으로까지 나가게 될 것이다.

과거 식민주의 패러다임을 극단적 엘리트주의로 계승하고 있는 상층 보수 엘리트들은 혁신학교에 대해 알레르기 반응을 보일 수밖에 없다. 중앙집중화되고 획일적으로 서열화된 학교교육은 내부 식민주의로서의 극단적 엘리트주의를 재생산하는 유력한 장치 중 하나이기 때문이다. 그래서 상층 보수 엘리트들은 혁신학교의 주요 교사 동력이 되고 있는 전교조를 법외노조화하여 말살시키려 들고, 혁신학교를 지지하는 교육감들이 대거 당선되자 아예 교육감 직선제 자체를 폐지하려 들고 있다.

그러나 어떠한 수단 방법을 동원해도 혁신학교로 상징되는 흐름을 막을 수는 없을 것이다. 그러기에는 국민 대중의 삶이 너무 극악한 상태에 몰려 있다. 이제 엘리트주의교육을 쫓아가며 나날이 높아지는 장벽을 넘기 위해 몸부림쳐 볼 여력조차 남아 있지 않다. 그렇다고 희망 없이 무기력해지고 삶이 황폐해진 자신의 자녀를 그대로 방치할 수도 없는 것이다. 엘리트주의가 아닌 다른 대안을 찾을 수밖에 없고, 그러한 요구들이 혁신학교에 대한 기대와 진보 성향의 교육감 후보에 대한 지지로 나타난 것이다.

## 혁신학교가 넘어야 할 벽

혁신학교는 초등학교에서 성공적으로 진행되는 경우가 많고 중학교에서도 어느 정도 진행될 수 있다. 그러나 고등학교의 경우 성공 사례가 없진 않지만, 일반적으로 진전이 매우 어렵다. 고등학교는 대학입시의 영향이 직접적으로 미치기 때문이다. 학부모 입장에서 초등학교, 더 용기를 낸다면 중학교까지는 아이를 위해 자유롭고 바람직한 교육을 모색해 볼 수 있다. 하지만 대학입학이 발등의 불로 떨어지는 고등학교 단계에 오면 그런 용기를 내기가 쉽지 않다.

고등학교에서 혁신학교가 성공적으로 확대되어 나가기 위해서는 중앙으로 집중되어 있는 평가권, 그로 인해 형성된 강남 중심의 교육 헤게모니를 분산시키지 않으면 안 된다. 어떻게 그것이 가능할까? 현재로서는 혁신고등학교 클러스터의 연합 교육과정을 교육자치체가 주체로 나서 미국의 AP 제도 수준으로 발전시켜 내는 방안이 유일한 틈새로 보인다.

교육청이 그 지역 학생들의 관심과 진로에 맞게 다양한 분야의 대학 교양, 전공 수준 강좌를 개설하고 그 지역 고등학생에게 선택해 수강하도록 한다. 그리고 이 강좌를 그 지역 고등학교의 연합 교육과정으로 인정하여 내신에 반영하도록 한다. 교육감과 지자체장은 정치력을 발휘하여 가능한 대학들과 MOU를 맺어 출발 단계부터 이 사업에 끌어들일 필요가 있다. 대학이 강좌와 강사의 질 관리 등에 공동 참여하고 그 대학의 입학사정에 학생의 이 강좌 수강 성적을 중요하게 반영하도록 하는 것이다.

이러한 사업이 성공적으로 많은 지역으로 확산되고 많은 대학들이 입학사정에 반영하기 시작한다면 한국의 초중등 학교교육을 학생들의 관심과 특성에 따른 다양한 수월성을 키워 주는 방향으로 바꾸는 모멘텀이 될 수도 있을 것이다. 더 나아가 대학이 자기 필요에 따라 고등학교 교육과정 개선에 참여하고 각 분야의 우수 학생 유치를 위해 적극성을 발휘함으로써 대학을 특성화하는 출발점이 될 수도 있다. 대학이 특성화되면 지금과 같은 대학의 서열화도 점차적으로 완화되어 나갈 수 있다.

학생과 가정이 자신의 모든 것을 쥐어짜 내야만 하는 획일적이고 소모적인 경쟁 체제는 더 이상 지속되어서는 안 된다. 또 이미 학생과 학부모들의 삶이 황폐화되어 더 이상 지속되기도 어렵다. 교육에 대한 부담이 저출산의 큰 원인이 되고 있는 현실이 이를 웅변으로 보여 준다. 이제는 학생들이 경쟁하는 게 아니라 학교와 교육자치체, 지방자치체, 대학이 더 다양하고 질 높은 교육프로그램을 마련하기 위해 생산적인 경쟁을 하는 체제로 바뀌어야 한다. 중앙정부는 이를 지원하고 이 과정에서 나타나는 불균형을 보완하는 역할을 해야 할 것이다.


## 복합국가론

식민주의의 가장 큰 특징은 피식민지 인민의 공동체적 에너지를 부정한다는 것이다. 식민주의를 계승한 내부 식민주의로서의 극단적 엘리트주의 역시 마찬가지다. 우리는 세월호 참사에서 이러한 끔찍한 모습을 여과 없이 목격했다.

극단적 엘리트주의는 진보 보수의 이념적 성향을 떠나 객관적으로 보아도 한국 사회와 국가에 치명적이다. 극단적 엘리트주의가 고착화되면 우선 그 사회를 밀고 나가는 근본적 힘인 대중적 동력이 식어 버릴 수밖에 없다. 지금의 한국 사회는 그러한 위험한 조짐을 보이고 있다. 경제적으로만 보아도 내수의 끝없는 침체는 한국 경제에 심각한 위기를 가져올 것으로 보인다. 경제의 최상위 엘리트인 수출 위주의 대기업만 살리면 된다는 발상이 언제까지 통할 수 있겠는가? 경제의 대중적 동력인 내수가 죽으면 결국 경제 전체가 무너지고 국민 대중의 출혈을 대가로 성장해 온 수출 대기업도 기반이 사라져 죽을 수밖에 없다.

둘째로 극단적 엘리트주의는 한국 사회와 국가를 국제적 흐름에서 뒤떨어지게 하여 몰락의 길로 이끈다. 한국 사회의 극단적 엘리트주의는 그간 세계적 흐름이었던 신자유주의와 맥이 닿아 있다. 식민주의 잔재가 온존해 있는 한국 사회 상황으로 인해 더욱 극단화된 신자유주의라고나 할까? 신자유주의는 이미 2008년 미국발 세계금융위기로 파탄에 이르렀다. 세계는 지금 신자유주의가 남긴 상처들을 치유하는 방향으로 정책을 변화시켜 가고 있다. 그런데 한국만 유독 이에 역행하여 극단적 신자유주의 정책을 추진해 가고 있다. 계속 이렇게 간다면 한국 사회는 국제사회에서 낙후되어 몰락의 길을 걸을 수밖에 없을 것이다.

셋째로 한국은 그간 미국 등 서구 선진국 모델 따라가기를 통해 압축적 성장을 이루었다. 그리하여 따라가기로는 더 이상 나갈 수 없는 선진국의 문턱에 이르렀다. 이제는 창조적인 자기 길을 모색해 나가야만 한다. 이러한 상황에서 극단적 엘리트주의는 창조적인 길의 모색을 원천적으로 차단하여 정체와 급속한 퇴행을 가져올 수 있다.

그러면 우리 사회에 만연해 있는 엘리트주의를 넘어서 어떻게 대중의 동력을 살려 내 끌어올릴 수 있을까? 참으로 어려운 물음이다. 우리 사회는 모든 것이 고도로 중앙집중화된 사회이다. 고도로 중앙집중화된 하향식의 관료체제와, 고도로 중앙집중화된 엘리트주의 정치체제 속에서 대중의 의사가 반영되는 시스템인 대의민주주의는 상당 부분 허구화되어 왔다. 특히 박근혜 정부 들어 불거진 부정선거 논란은 대의민주주의의 위기를 극명하게 보여 준다. 중앙집중화된 관료체제 아래서는 행정부가 막강한 힘을 가질 수밖에 없기 때문에 삼권분립은 사실상 허구화되어 버리고, 그 막강한 힘에 의해 대의민주주의 역시 얼마든지 훼손될 수 있는 것이다.

노무현 정부에서는 위와 같은 고민이 시민사회가 국정에 참여하는 거버넌스 구축이라는 지향으로 나타났었다. 그래서 노무현 정부는 시민사회가 참여하는 위원회를 많이 만들었다. 이러한 지향은 바람직한 방향이었고 일정한 성과도 있었지만 그리 성공적이지는 못했던 것 같다. 이유는 크게 두 가지로 생각해 볼 수 있다.

첫째는 행정관료체제는 매우 타이트하고 빠른 속도로 돌아가는 데 비해 회의체인 위원회는 과정을 중시 여겨 매우 느리다는 점이다. 이러한 속도의 차이가 누적되어 커지면서 위원회는 시간이 갈수록 실질적 의사결정에서 소외될 수밖에 없다.

둘째로는 상층 보수 엘리트보다는 훨씬 덜하지만 시민사회 상층부 역시 엘리트주의에서 자유롭지 않다는 점이다. 엘리트주의에 빠지면 대중의 동력을 끌어올리기보다는 자신의 생각을 중앙권력을 통해 관철시키는 데 사활을 걸기 때문에 작은 차이를 확대하여 분열주의에 빠질 가능성이 크다. 시민사회운동이 과잉 정치화되었다는 것은 이를 두고 하는 말이다. 물론 시민사회가 국정에 참여하는 거버넌스체제는 앞으로도 적절한 선에서 내실 있게 활성화될 필요가 있다. 하지만 그것만으로는 어려울 것이다. 그렇다면 여기에서 더 나아간 대안은 무엇일까?

앞에서 들었던 예를 다시 한번 들어 보자. 경제가 극악한 상태에 이를 2016, 2017년 시점에서 5년 동안 월 2만 원을 내서 청년들을 고용하고 필요한 교육을 시켜 사회적 일자리에 배치하자는 '청년들과 희망 나누기 운동'이 촉발되어 100만이 참여했다고 가정하면 1만 명의 청년을 고용하게 된다. 당연히 규모가 큰 공익재단을 설립하여 일을 추진할 수밖에 없다. 이 공익재단의 규모가 더 확대되고 차기 정부가 민간 투자 이상으로 투자하여 3만의 청년을 고용했다고 가정하면 기초자치체마다 평균 100명의 청년들이 사회적 일자리에 배치될 것이다. 아마도 서울의 구에는 500명 가까운 청년들이 배치될 수도 있을 것이다. 이러한 공익재단이 두세 개 만들어져 움직인다면 그러한 형태의 국가는 무엇이라 부르는 게 타당할까? 복합국가란 말이 적절하지 않을까? 엘리트주의 관료체제와 정치체제에 시민사회의 자활적 대중조직이 병립하면서 균형을 이루어 협치해 가는 복합국가가 아니겠는가? "가만히 있지 않겠다."라는 말은 이러한 정도의 지향을 갖지 않으면 별 의미가 없는 말이 될 것이다.


## 과정으로서의 유토피아

현실 사회주의체제가 무너졌을 때 대표적 우파 논객인 미 국무성의 후쿠야마는 "역사는 끝났다!"고 선언했다. 헤겔이 말하는 절대정신이 시간상 전개를 해 가는, 절대정신의 자기실현 과정으로서의 세계사가 완성되었다는, 그래서 드디어 우파가 꿈꾸던 유토피아에 도달했다는 것이다. 이 말은 기독교도도 아니고 기독교문화가 몸에 밴 유럽인도 아닌 한국인으로서는 수천 년 전부터 역사를 기록해 온 동양에 역사가 없다는 말만큼이나 이해하기 어려운 말이다. 그놈의 역사는 어떻게 저희 맘대로 시작되고 저희 맘대로 끝나는가? 그럼 그 이후에 미국의 쌍둥이 빌딩도 무너지고 한국의 세월호도 침몰하여 300명 가까운 어린 학생들이 숙은 건 역사노 아니란 말인가?

후쿠야마의 '역사는 끝났다'는 선언은 기독교 천년왕국류의 구원 사상을 전제로 하지 않으면 이해가 불가능한 말이다. 후쿠야마의 사상이 뿌리를 두고 있는 헤겔의 역사철학 역시 마찬가지다. 세상이 타락하여 말세에 이르면 드디어 예수가 재림하여 죽은 자를 무덤에서 일으키고 악한 자들을 심판하여 지옥불에 던지고 의로운 자는 구원하여 함께 천년왕국에 들어간다는 구원론의 근대 철학적 판본의 하나가 헤겔의 역사철학이다. 헤겔을 뒤집어 해석하긴 했지만 마르크스주의 역시 마찬가지다. 역사는 자기모순의 극복 과정을 통해 필연적으로 공산주의 유토피아에 도달한다는 마르크스 사상 역시 기독교적 구원론의 근대 철학적 판본 중 하나이다.

근대 사상은 위와 같이 좌파든 우파든 유토피아 지향의 특성을 갖는다. 그 유토피아는 역사가 그에 도달하기 위한 과정으로서 의미가 있다고 본다는 점에서 궁극적 목적으로서의 유토피아다. 목적으로서의 유토피아는 필연적으로 엘리트주의를 수반한다. 목적에 도달하기 위해서는 먼저 깨닫고 구원을 예비하는 자가 필요한 법인데 그러한 자들이 끝까지 엘리트주의에 빠지지 않고 겸손할 수만은 없기 때문이다. 그래서 실제로는 소수 엘리트들이 영원히 도래하지 않는 비현실적 유토피아를 근거로 인민을 억압하는 식민주의, 파시즘, 사회주의적 전제주의가 횡행해 왔고, 근래에는 세계화된 자본주의가 야기하는 사회적 파시즘이 판을 치고 있다. 이 모든 디스토피아의 공통된 특성은 극단적 엘리트주의이다.

아마도 세계적으로 극단적 엘리트주의가 야기하는 디스토피아들을 골고루 지긋지긋하게 맛본 것으로 두 번째 가라면 서러운 족속이 한국인일 것이다. 그럼에도 불구하고 극단적 엘리트주의에 가장 깊게 물들어 있는 것으로 두 번째 가라면 서러운 것도 한국의 지식인들이다. 그만큼 목적론적 유토피아론을 특성으로 하는 서구 근대 사상의 세례를 깊이 받았고, 또 경제적으로 서구 따라가기의 성공 사례로 칭송받으며 그에 대해 강한 자부심을 가지고 있기 때문이다.

남한 상층 보수 엘리트의 한심한 엘리트주의에 대해서는 앞에서 누누이 이야기했거니와 북한의 상층 엘리트들은 남한의 상층 보수 엘리트보다 훨씬 더 심각한 것으로 보인다. 도대체 도래하지도 않을 유토피아를 근거로 언제까지 인민들에게 농성체제를 강요할 것인가? 언제까지 이른바 미제의 위협을 근거로 인민의 공동체적 에너지를 농성체제로 왜곡시켜 소진할 것인가? 설령 초기에는 그러한 농성체제가 다소 정당성을 가졌다 하더라도 지금에 와선 소수 엘리트의 사회주의적 전제를 위한 수단으로 전락한 것 아닌가?

한심하기로 말하자면 하루아침에 극좌에서 뉴라이트로 전향한 남한의 지식인들 역시 못지않을 것이다. 극좌와 극우는 극단적 엘리트주의, 극단적 상층 권력 지향이라는 점에서 통한다. 사회주의적 전망이 사라졌을 때 극좌는 그 권력적 결핍감을 메우기 위해 얼마든지 극우로 돌아설 수 있다. 훨씬 정도는 덜하지만 분열주의에 빠져 있는 상층 지식인들 역시 엘리트주의에서 자유롭지 못할 게다.

언젠가 필연적으로 도래할, 그래서 그것을 위해 과정을 희생해도 좋은, 궁극적 목적으로서의 유토피아는 존재하지 않는다. 유토피아는 한용운의 시에 등장하는 '님'처럼 어느 순간 문득 다가와 운명의 시침을 돌려놓고 사라져 버리는 그런 존재인지도 모른다. 숨어 버림으로써 그 부재로 우리들을 매혹시키는 그런 존재, 그러나 망각에 빠질 듯하면 다시 안면 나타나 운명의 시침을 돌려놓는 그런 존재. 그것은 사회가 심각한 위기에 부 딪쳤을 때 자신의 이해관계와 때로는 죽음까지도 넘어 대중들이 발휘하는 헌신성 속에 언뜻 모습을 드러냈다 숨어 버리는 어떤 것, 굳이 이름을 붙 이자면 '과정으로서의 유토피아'일 것이다.

그렇기 때문에 우리는 후쿠야마의 "역사는 끝났다!"라는 선언에 대해 이렇게 대답해야 할 것이다. 그래, 궁극적 목적으로서의 유토피아를 지향 했던 유럽 중심의 근대사는 끝났다. 우리는 그 근대사 속에서 필연적으로 도래할 것이라는 유토피아는 구경도 못 했고, 오히려 그 유토피아라는 목 적을 근거로 해서 횡행하는 식민주의, 파시즘, 사회주의적 전제주의를 실 컷 맛보았고, 지금은 세계화된 자본주의가 야기한 사회적 파시즘을 질리 도록 맛보고 있는 중이다. 그런 점에서 목적으로서의 유토피아를 지향했 던 유럽 중심의 근대사는 좌절한 것이다. 이제 목적으로서의 유토피아는 폐기되어야 하고, 서구도 서구의 편견에서 벗어나야 한다. 우리는 좀 더 인 간적인 얼굴을 한 사회를 만들어 나가기 위한 과정으로서의 유토피아를 추구할 것이다. 과정으로서의 유토피아는 사회가 위기에 부딪쳤을 때 대 중이 자기 개체의 생존을 넘어 발휘하는 헌신성 속에 나타났다 사라지는 어떤 것이다. 우리는 이 과정으로서의 유토피아를 수용하는 사회체제와 역사를 만들어 나갈 것이다.

우리는 앞에서 사회적 위기 시에 대중이 발휘하는 헌신성과 뿜어내는 에너지를 조직으로 가시화하여 기왕의 엘리트주의적 관료체제와 정치체제 에 병립시켜 균형을 잡아야 한다는 복합국가론을 이야기했다. 이 복합국 가론은 과정으로서의 유토피아를 수용하여 좀 더 인간적 얼굴을 한 사회 를 만들어 나가기 위한 작은 시도일 수 있을 것이다.

바보야,
문제는 헝겊원숭이야

# 김진경

서울대 국어교육과와 동대학원 국문과를 졸업했다. 국어 교사 생활을 하며 시인이자 소설가로 이름을 알렸다. 1985년 교육개혁을 부르짖은 『민중교육』지 사건으로 해직과 옥고를 치렀다. 1989년에는 초대 정책실장으로 전교조 창립을, 참여정부 시절에는 교육문화비서관으로 교육정책을 주도했고 15년의 해직 기간에도 아이들에게 현실의 이야기를 들려주기 위한 출판, 저술 등 교육민주화운동을 꾸준히 신개아냈다. 한국 최소의 판타시 연작 동화인 『고양이 학교』 시리즈는 프랑스, 중국, 일본, 대만, 폴란드 등에 수출되었으며 프랑스 독자가 뽑은 아동청소년 문학상인 앵코립티블 상을 받았다. 시집 『갈문리의 아이들』 『슬픔의 힘』, 청소년소설 『우리들의 아름다운 나라』 『굿바이 미스터 하필』, 동화 『거울 옷을 입은 아이들』 『종이옷을 입은 사람』, 교육에세이 『스스로 비둘기라고 믿는 까치에게』 『미래로부터의 반란』 등 다양한 책을 썼다.

# 바보야, 문제는 헝겊원숭이야

## 헝겊원숭이가 사라진 사회

어떤 심리학자가 새끼 원숭이를 가지고 실험을 했다. 우리 한쪽에 철사를 얽어 만든 어미 원숭이 모양에 우유병을 달아 놓고 다른 한쪽에는 우유병 없이 헝겊으로 만든 어미 원숭이 모양을 만들어 놓았더니 새끼 원숭이는 헝겊으로 만든 어미 원숭이에 달라붙어 지내며 우유병이 있는 철사로 만든 어미 원숭이에게는 가려 하지를 않았다. 또 철사로 만든 어미 원숭이만 있는 우리에서 자란 새끼 원숭이는 우유를 충분히 공급하는데도 도중에 죽거나, 생존하더라도 무리에 잘 적응을 못 하는 개체가 되었다. 반면 헝겊 어미 원숭이가 있는 우리에서 자란 새끼 원숭이는 실제 어미가 없이 자라도 정상에 가까웠다. 이 실험은 어루만짐에 대한 욕구, 따뜻한 관계에 대한 욕구가 인간을 포함한 영장류에게 얼마나 근원적인 것인가를 잘 보여 준다.

위의 실험은 오늘날의 현실과 관련하여 매우 상징적으로 읽힌다. 오늘날 자본주의의 생산력은 현재의 두 배에 해당하는 인류를 먹여 살릴 수 있다. 그럼에도 수많은 인류가 굶주림으로 죽어 가고 그 숫자가 나날이 늘어가는 것은 헝겊원숭이, 즉 인간과 사회의 유기적 관계가 파괴되었기 때문이다. 경제적으로 가장 빈곤한 방글라데시가 행복도가 가장 높은 축에 속하고 과거에 비해 물질적으로 비교할 수 없이 풍요해진 한국의 행복도가 가장 낮은 축에 속할 뿐 아니라 자살률이 가장 높은 것 역시 헝겊원숭이, 즉 유기적 인간관계가 살아 있느냐 없느냐의 문제이다.

신자유주의 경제의 위기와 파탄은 자본의 생산력 부족에서 오는 게 아니라 부의 지나친 집중으로 인한 소비의 부족에서 오고 있다. 철사원숭이가 달고 있는 우유병에 우유가 부족해서가 아니라 헝겊원숭이, 즉 사회 경제의 유기적 관계의 파괴로부터 위기와 파탄이 오고 있는 것이다.


## 학교교육의 위기

오늘날 학교교육의 위기에 대해서도 똑같은 이야기를 할 수 있다. 학교와 지역사회, 가정에 우유병이 달린 철사원숭이, 즉 지식 전수 기능이 부족해서 학교교육이 붕괴되고 있는가? 그렇지 않다. 부모의 학력은 이전에 비해 비교할 수 없이 높아졌고, 사교육 시장에 일류 강사가 넘쳐 나고, 학교의 교사들은 세계 어느 나라에 비해도 가장 우수한 인재들이다. 지식 전수 기능은 오히려 과도할 정도로 넘쳐서 문제일 지경이다.

학교교육이 붕괴되고 있는 것은 헝겊원숭이, 즉 아이들을 둘러싼 가정과 지역사회와 학교의 유기적 인간관계가 붕괴되었기 때문이다. 그래서 아이들이 자아정체성을 제대로 형성하지 못하기 때문이다. 정체성이 무너져 자기 삶에 의욕을 갖지 못하는 아이에게는 지식 전수가 애초에 불가능하다. 정체성이 서지 않아 다른 사람과 관계를 잘 맺지 못하는 아이에게도 역시 지식 전수가 불가능하다. 날이 갈수록 이러한 아이들이 대다수가 되어 가고 있다.

6, 70년대만 해도 부모가 바빠서 돌보지 못하더라도 형제자매가 많았기 때문에 가정이 아이들에 대한 보호·교육기능을 가지고 있었다. 그리고 동네에 또래나 형들도 많고 동네 어른들도 아이들을 나 몰라라 하지 않았기 때문에 지역사회 역시 아이들에 대한 보호·교육기능을 가지고 있었다. 말하자면 가정과 지역사회에 헝겊원숭이가 많이 있었던 셈이다. 그래서 기성세대가 성장할 때는 자아정체성이 문제가 되지 않았다. 그런 건 학교에 오기 전에 가정과 지역사회에서 기본적으로 해결이 되었다. 그래서 학교는 주로 지식 전수를 잘해 주면 되었다.

그런데 지금은 가족이 해체된 경우도 많고 대부분 핵가족에 맞벌이기 때문에 가정의 보호·교육기능이 약화되거나 상실되었다. 지역사회 역시 공동체 성격을 잃어버려 보호·교육기능은커녕 해코지나 안 하면 다행이다. 이러한 상태이기 때문에 아이들이 자아정체성에 많은 문제를 안고 학교에 온다. 이로 인해 나타나는 양상은 이루 다 열거하기 어려우나 주요한 몇 가지만 제시해 본다.

첫째, 부모 양쪽이 다 사회생활을 하는 경우가 늘어남에 따라 영아기 주 양육자와의 관계에 문제가 발생하고 있다. 자아의 밑그림은 영아기 주 양육자와의 접촉에 의해 그려지는데 이것을 '피부자아'라 한다. 주 양육자와의 피부 접촉이 강제적으로 중단되는 경험을 하거나 그러한 보살핌이 일관되지 못하고 변덕스럽거나 불규칙한 경우에는 자아의 밑그림인 피부자아에 찢김이 발생하여 이후 '경계선 장애' 성향을 보이기 쉽다. 경계선 장애란 자아와 타인의 경계선이 모호해져 자신감이 없고 타인과의 관계 형성을 잘 못 하며 의존적이고 내적으로 변덕스러운 정서 상태를 보이는 것을 말한다. 오늘날의 아이들은 정도가 심하지는 않더라도 경계선 장애의 징후를 보이는 경우가 상당히 많다.

둘째, IMF 이후 가족 해체 속도가 빨라졌고, 경제적 문제로 인한 가정 불화도 많아져 유아기나 성장기 자아형성의 모델에 문제가 발생하고 있다. 이러한 경우 자아정체성이 유동화되어 ADHD와 유사한 행동 양태를 보이는 경우가 많다. 특히 경제적 문제가 심각한 가정의 경우 가정폭력이 뒤따르는 경우가 많은데 가정폭력에 상습적으로 노출된 아이들은 부정적 모델에 자신을 동일시하여 학교에서 다른 아이에게 폭력을 행사하는 경우가 많다.

셋째, 고도의 소비사회에서 형제자매 없이 과잉보호 속에 자라는 아이는 타자의 개념 형성이 어렵다. 타자의 개념이 형성되지 않으면 자아형성의 모델 설정도 불가능해져 자아형성에 문제가 생긴다. 이러한 아이들이 엉뚱하게 ADHD로 판명되는 경우가 많다. 또한 부모가 과잉보호로 아이의 요구를 무조건 수용해 주는 경우 윤리의식의 기초인 초자아형성이 잘 안 되어 사회성에 문제가 생긴다.

넷째, 또래 놀이집단은 때에 따라서는 부모의 역할을 대신하기도 하고 가정에서 비롯되는 자아정체성의 문제를 보완해 줄 수 있는 중요한 집단이다. 그런데 지금 아이들의 성장 환경에는 이러한 또래 놀이집단이 거의 존재하지 않는다. 그렇기 때문에 가정에서 발생한 아이들의 자아정체성 문제가 여과 장치 없이 그대로 학교에서 나타난다.

나섯째, 영아기의 피부 접촉에 의한 이루만짐은 일정 연령이 지니면 '말을 통한 어루만짐'으로 대체된다. 그런데 아이들을 지나치게 도구적으로 바라보는 우리 사회의 왜곡된 아동관 때문에 대부분 부모와 자식 간의 대화는 어루만짐보다는 지적 성취에 집중되어 자아정체성을 해치는 경우가 많다. 특히 유아기나 아동기에 지적 성취가 부진한 아이의 경우는 매우 부정적인 자아상을 가지고 학교에 오는 경우가 많다.

그런데 더 심각한 문제는 학교에도 역시 헝겊원숭이가 존재하지 않는다는 점이다. 우리의 학교는 입시경쟁이라는 틀 속에서 지적 성취에 따라 아이들을 획일적으로 평가하고, 뒤처지는 아이들은 배제하는 시스템으로 되어 있다. 이러한 학교시스템은 아이들이 가정에서 해결하지 못하고 가져온 자아정체성 문제를 더욱 악화시킬 수밖에 없다.

그래도 80년대까지는 학교에 미약하나마 헝겊원숭이의 기능이 존재했다. 산업사회를 산 기성세대 의식구조의 특성은 '정신=이성'의 지위가 대단히 높고 '몸'의 지위가 대단히 낮다는 데 있다. 대체로 80년대의 아이들까지는 의식구조가 기성세대와 크게 다르지 않았다. 이렇게 의식구조에서 '정신=이성'의 지위가 높은 아이들은 교사가 의미 있는 이야기를 하면 눈을 반짝이며 따라온다. 즉 정신적 가치를 담은 훈화조의 이야기가 어느 정도 어루만지는 말의 역할, 즉 아이들의 정체성을 강화시켜 주는 역할을 할 수 있었다.

그러나 90년대 이후의 아이들에게 훈화조의 이야기는 그것이 아무리 재미있고 의미 있다 하더라도 대개 썰렁한 반응을 일으킬 뿐이다. 90년대 이후 아이들의 의식구조는 상대적으로 '정신=이성'의 지위가 낮아지고 '몸'의 지위가 높아지는 방향으로 급격히 변화했다. 이런 아이들은 훈화조의 이야기를 잘 받아들이지 않는다. 이런 썰렁함이 몇 번 반복되면 교사는 입이 얼어붙어 더 이상 그런 이야기를 할 수 없게 된다. 그렇게 미미하나마 존재하던 학교의 헝겊원숭이 기능은 사라져 갔다.

## 헝겊원숭이와 학교교육의 미래

오늘날의 학교는 과거와 다르게 지식 전수 기능만이 아니라 언어적 어루만짐을 통해 아이들의 상처를 치유하고 자아정체성을 세워 주는 정의적 기능을 요구받고 있다. 변화된 사회적 환경이 가정과 지역사회가 상실한 보호·교육기능을 학교에서 일정 정도 담당하도록 요구하고 있는 것이다. 학교가 요구받는 정의적 기능을 수용하는 자기 갱신을 이룬다면 학교는 지역사회와 가정의 기능을 일정 부분 되살려 내며 새로이 지역 단위 교육공동체를 구축하는 구심점이 될 수도 있을 것이다. 그리고 더 나아가 유기적 관계가 강화된 새로운 사회적 대안을 실현해 나가는 핵심 기관이 될 수도 있을 것이다.

오늘날 학교의 위기는 변화된 사회 환경이 요구하는 정의적 기능을 받아들이지 않는 데서 오고 있다. 학교가 자신의 역할을 지식 전수 기능으로 제한한다면 학교의 붕괴는 막을 수 없다. 자아정체성이 무너져 있는 아이들이 다수가 되면 학교의 지식 전수 기능은 마비될 수밖에 없다. 학교는 도태되는 것이 마땅할 것이다. 지식 전수 기능만을 위해서라면 굳이 비효율적인 학교교육이 유지될 이유가 없기 때문이다.

그럼에도 불구하고 지금의 학교가 자신의 역할을 지식 전수로 제한하여 내용적으로 붕괴된 학교를 애써 유지하는 것은 사회적으로 매우 부도덕한 목적을 위해서이다. 그 목적이란 사회 계급 계층을 재생산하면서 마치 그

것이 객관적으로 측정된 아이들의 능력에 따라 합리적으로 이루어진 것처럼 위장하여 기왕의 불평등한 사회구조를 정당화하기 위함이다.

가정과 지역사회의 보호·교육기능이 해체된 상태에서 아이들의 학교에서의 학업성취 정도는 사실상 입학하기 전에 이미 결정되어 있다고 해도 과언이 아니다. 부모의 보살핌을 충분히 받은 아이들은 자아정체성이 안정된 상태에서 입학하기 때문에 거의 대부분 높은 학업성취를 보인다. 환경이 좋지 않아 자아정체성이 불안정하거나 부정적 자아정체성을 가지고 입학하는 아이는 학교가 그 정체성의 문제를 해결해 주지 않는 한 거의 대부분 저조한 학업성취를 보일 수밖에 없다. 여기에 사교육비 투자의 현격한 격차까지 고려하면 가정환경과 학업성취의 연관성은 더욱 높아진다. 게다가 학교 역시 학업성취가 높은 학생의 자아정체성을 강화해 주는 반면 학업성취가 낮은 학생에게 부정적 정체성을 심어 주는 점을 고려하면, 역할을 지식 전수로 제한하는 학교는 사실상 사회적 계급 계층의 재생산 도구에 불과하다.

대다수의 아이가 안고 있는 정체성의 문제가 악화되어 학교교육이 붕괴 지경에 이르면 여유가 있는 학부모는 학업성취도가 높은 부유층의 학생들로만 따로 구성되는 학교를 원하게 된다. 상층 학부모들의 이러한 압력이 만들어 낸 게 고교서열화이다. 이러한 요구는 점차 아래로 확산되며 조기 유학의 확대와 국제학교 붐을 일으킨다. 이렇게 되면 교육이 양극화되어 계급 계층에 따라 아이가 다니는 학교가 달라지게 되는 것이다.

위와 같은 교육의 양극화는 사회 해체를 가속화시킨다. 신 귀족학교에서 교육을 받는 상층의 아이들은 우리 사회의 다양성에 비해 너무 좁은 경험을 하기 때문에 성인이 되어 사회적 리더로 설 때 문제가 있을 수밖에 없다. 이미 많은 문제가 학교에서 발생하고 있다. 요즘은 대개 서울의 강남 같은 환경에서 성장하여 특목고와 명문대를 졸업한 사람들이 교사로 나오는데, 교사들의 경험의 폭이 너무 제한되어 다양한 환경에 있는 아이들을 이해하는 데 한계가 있고 교실 내 문제 해결을 더욱 어렵게 하는 측면이 있다.

하층의 아이들에게 학교는 정작 삶에 필요한 것은 아무것도 가르쳐 주지 않고, 미래가 보장되지도 않는 대학입시를 강요하면서, 학업성취가 기대에 못 미친다고 부정적 정체성만을 심어 주는 기괴한 존재일 것이다. 이러한 현상이 더욱 심화되면 하층의 아이들에게 학교는 하층에 대한 사회적 감금을 미리 훈련받는 장소 이외에 아무것도 아닐 것이다. 언어적 어루만짐을 통한 정체성 강화라는 정의적 기능을 하지 못한다면 학교교육에 더 이상 희망은 없다.

지금 우리의 학교는 이미 극악한 상태까지 이르렀다. 학교의 역할 확대에 우선적으로 필요한 것이 교사를 비롯한 학교 구성원들의 학교상 재정립과 학교 역할 확대이다. 경기도 등의 성공적인 혁신학교 사례가 가리키는 바도 바로 이것이다.

# 학교가 헝겊원숭이를 되살려 낼 수 있을까

―혁신학교의 가능성과 한계

## 왜 학교에 ADHD가 갑자기 확산되었을까?

2000년대 초 상식적으로 이해할 수 없는 기이한 일이 초등학교, 중학교에서 일어났다. 아이들 사이에 ADHD가 급격히 확산되기 시작한 것이다. ADHD는 의학적으로는 생물학적 원인에서 비롯되는 것이라 한다. 그렇다면 이상하지 않은가? 생물학적 원인에서 비롯되는 현상이 어떻게 유행병이라도 번지듯이 그렇게 급격하게 확산될 수 있는가?

나는 이것이 ADHD처럼 보이지만 원인은 다른 데 있는 유사 ADHD라고 생각한다. 요즘 아이들은 평범한 아이들도 얼마간은 ADHD처럼 보인다. 분명히 똑같은 아인데 어제 본 아이와 오늘 보는 아이가, 아침에 본 아이와 저녁에 보는 아이가 서로 다른 아이 같다. 마치 여러 인격 사이를 왔다 갔다 하는 것처럼 종잡을 수가 없고 부산하다. 그런 현상이 심해지면 영락없는 ADHD처럼 보일 것이다. 그러면 '여러 인격 사이를 왔다 갔다 하는 것처럼 종잡을 수 없고 부산하다'는 것은 무엇일까? 그것은 자아정체성이 안정이 안 되고 유동화되어 있다는 것이다.

자아정체성은 아버지(반드시 낳아 준 아버지를 말하는 것은 아니다. 모델이 되는 어른들은 모두 상징적 아버지이다.)로부터 인정받기 위해 아버지가 욕망하는 것을 자신의 욕망으로 가져오면서 형성된다. 기성세대는 자아정체성 형성이 상대적으로 쉬웠다. 아버지의 권위를 쉽게 받아들였기 때문이다. 기성세대가 아버지의 권위를 쉽게 받아들일 수 있었던 것은 이성의 지위가 높고 몸의 지위가 낮은 의식구조의 특성 때문이었다. 가족 안에서 이성의 지위를 갖는 것은 아버지이다.

　이성의 지위가 낮아지고 몸의 지위가 높아진 지금의 아이들은 상대적으로 아버지의 권위를 쉽게 받아들이지 않는다. 게다가 IMF 관리체제를 지나면서 어떤 일이 벌어졌는가? 좀 과장해서 말하자면 자아정체성 모델로서의 아버지가 갑자기 사라져 버렸다. 경제의 파탄과 양극화는 급속한 가족 해체를 가져왔다. 가족이 해체되었다는 것은 모델로서의 아버지가 사라진 것을 의미한다. 해체까지는 가지 않은 가족이라 해도 지금 시대 아버지들의 대다수는 실업자이거나 비정규직으로 전전하기도 하고, 번듯한 직장이 있었다 하더라도 이른 나이에 퇴직하여 무력한 모습인 경우가 많다. 자아정체성 모델로서의 권위가 급격히 약화된 것이다.

　게다가 빅파더라 할 수 있는 국가 역시 IMF 관리체제 이후 성격이 변했다. 그 이전까지의 국가는 실제로 그리했든 아니든 모든 사회 구성원을 끌어안으려는 국가였다. 실업자는 곧 다시 직장으로 복귀할 산업 예비군이고, 사회적 일탈자는 교정을 통해 곧 사회로 복귀할 자였다.

　그러나 IMF 관리체제 이후 모든 사회 구성원을 끌어안으려는 국가는 사라졌다. 지금의 국가는 시장 경쟁에서 탈락한 구성원을 끌어안아 시장으로 재진입시키는 역할을 하지 않는다. 오히려 사회에 필요한 자와 불필요한 자를 선별하여 불필요한 자를 배제하는 역할을 할 뿐이다. 경계선을 긋고 불필요한 자를 경계선 밖으로 밀어내고 다시 진입하지 못하도록 감시한다. 그렇기 때문에 지금 시장 경쟁에서 탈락한 구성원은 영원히 재진입이 불가능한 잉여인간으로 전락하고 말며, 사회적 일탈자를 수용하는 교정시설들은 더 이상 일탈자를 사회로 복귀시키기 위한 시설이 아니라 격리 수용 시설로 변질되어 가고 있다.

요즘 청소년들은 가족 내에서뿐 아니라 국가와 사회에서도 동일화의 모델로서 상징적 아버지를 찾기가 어려워진 것이다. 청소년들은 안정적인 정체성을 확립하지 못하고 자신의 여러 정체성 사이를 그때그때 오갈 수밖에 없다. 이러한 정체성의 유동화가 심해지면 마치 다중인격자처럼 여러 인격 사이를 오가게 되어 당연히 집중을 못 하고 과잉행동도 나타나게 마련이다. 이 극단적인 정체성의 유동화가 ADHD처럼 보였던 것이다.

"요즘 아이들은 도대체 종잡을 수가 없어."라는 어른들의 불만 어린 목소리도 이러한 정체성의 유동화를 두고 하는 말일 것이다. 그런데 정체성의 유동화는 어른들에겐 불만 수준이겠지만 청소년 자신들에겐 심각한 불안이자 고통이고 위기이다. 청소년들은 이러한 불안으로부터 벗어나고자, 사소한 것으로 정체성을 고착시키며 거기에서 벗어나는 동료를 공격하고 괴롭히는데 이것이 '왕따'이다. 일시적으로 특정한 속성을 기준으로 한 개인을 철저히 집단에서 배제시킴으로써 나머지 구성원들의 정체성을 강화하고자 하는 시도가 '왕따'인 것이다. 그러나 이러한 폭력적 행위가 정체성의 위기를 해결해 줄 리가 없다.

청소년의 유동하는 정체성, 정체성의 위기는 그대로 학교교육의 위기일 수밖에 없다. 왜냐하면 제도교육은 청소년들의 일차적 정체성을 시민, 국민이라는 이차적 정체성으로 주조해 냄으로써 사회의 결속력을 유지시키는 핵심적 이데올로기 장치이기 때문이다. 청소년들이 전반적으로 정체성의 위기에 빠져 있다는 것은 제도교육이 시민, 국민으로서의 정체성을 부여하는 데 실패하고 있다는 것을 뜻하고, 그것은 제도교육의 근본적 실패일 수밖에 없는 것이다. 이 문제에 비하면 과열 입시경쟁 문제는 부차적 문제이다.

한국의 제도교육은 그간 많은 비판을 받아 왔지만 적어도 시민, 국민이라는 정체성을 부여하여 사회적 통합을 이루어 내는 데는 대단한 성공을 거두어 왔다. 지적 능력의 향상도 자아정체성의 정립 없이는 가능한 일이 아니다. 그런 점에서 그간 한국의 제도교육은 지적 능력의 향상이라는 측면에서도 상대적으로 성공적이었다. 아마도 한국의 학교교육이 이러한 사회적 통합을 만들어 내지 못했다면 한국의 경제적 발전 역시 불가능했을 것이다.

그런데 이제 이것이 무너져 가고 있는 것이다. 학교의 근본적 역할이 무너진다는 것은 단순히 학교교육만의 위기가 아니라 국민 국가 자체의 위기라 할 수 있다.

## 혁신학교의 자연환경과 개별화교육 모델이 갖는 가능성

조현초등학교와 남한산초등학교에는 서울에서 ADHD를 앓는 아이들이 많이 전학해 온다. 그리고 수개월이 지나면 거의 대부분 치유가 된다. ADHD는 의학적으로는 생리적인 결함에서 오는 것이어서 치유가 불가능한 것이라고 한다. 앞에서 말했듯이 ADHD 딱지가 붙은 대부분의 아이들은 유사 ADHD를 앓고 있는 것이라 할 수 있다.

그러면 유사 ADHD는 도대체 무엇일까? 그것은 극단적인 정체성의 유동화이다. 아이들이 안정적으로 정체성을 확립하지 못하고 자신의 여러 정체성 사이를 왔다 갔다 하고 있는 것이다. 이러한 유사 ADHD, 극단적인 정체성의 유동화의 원인은 무엇일까? 그 원인으로 앞의 '아버지가 사라진 시대'라는 시대 사회적 특성, 아이들 의식구조의 변화와 함께 소비사회화한 대도시의 환경, 급격하게 팽창한 온라인 환경을 들 수 있다.

정신분석학에서는 욕구와 요구와 욕망이 각각 다른 뜻을 가진 말이라고 한다. 욕구는 '목이 마르다' '배가 고프다'와 같은 생물학적인 필요로 인간과 동물에게 공히 있는 것이다. 하지만 요구와 욕망은 인간에게만 있는 것이다.

끊임없이 칭얼대는 아이는 어머니가 젖을 배부르게 물려도 계속해서 칭얼댄다. 이 아이는 도대체 무엇을 원하는 것일까? 이 아이는 배고파, 아파, 축축해 등의 욕구를 핑곗거리로 하여 어머니의 관심과 사랑을 얻고자 하는 것이다. 이것이 요구이다.

욕망은 요구에서 욕구를 뺀 것이다. 칭얼대는 아이는 궁극적으로 어머니라는 타자를 욕망하고 있다. 더 정확히 말하면 어머니가 나를 사랑하기를, 나를 욕망하기를 바란다는 점에서 어머니라는 타자의 욕망을 욕망하는 것이다. 욕망은 타자에 대한, 타자의 욕망에 대한 욕망이다. 쉽게 말해서 인간은 궁극적으로 그것이 어머니든, 애인이든, 세계이든 타자와의 일체감을 원한다. 하지만 그것은 영원히 채워질 수 없다. 그래서 인간은 그것을 채워 줄 것처럼 보이는 대체물들을 끊임없이 찾아다닌다. 어떻게 보면 욕망은 인간의 삶을 추동하는 원동력이다.

'인간이 욕망을 갖는다'는 말은 '인간이 정체성을 갖는다'는 말과 똑같은 의미라고는 할 수 없지만, 비슷한 말이다. 요즈음은 이렇게 행복한 경우가 잘 없지만 아버지를 이상적 모델로 해서 동일화해 가는, 즉 아버지를 모델로 해서 정체성을 세워 가는 한 아들을 생각해 보자. 아버지와 같아지고 싶다는 것은 아버지라는 타자를 욕망하는 것이고, 아버지가 욕망하는 것을 나도 욕망한다는 점에서 타자의 욕망을 욕망하는 것이다. 또한 아버지가 나를 인정해 주기를, 아버지가 나를 욕망하기를 욕망한다는 점에서도 아버지라는 타자의 욕망을 욕망하는 것이다. 이렇게 보면 '인간이 욕망을 갖는다'는 말이 '인간이 정체성을 갖는다'는 말과 매우 비슷한 뜻임을 알 수 있다.

그런데 인간을 인간이게 하는 욕망은 반복되는 결여의 경험으로부터 온다. 엄마의 자궁 속에 있는 아기는 자연에 붙어 있는 동물처럼 엄마에게 붙어 있기 때문에 욕구는 있어도 욕망이 있을 수는 없다. 그런데 아이가 엄마의 자궁을 벗어나 세상으로 나오면서 결여가 발생한다. 갓난아이는 스스로 생존할 능력이 없기 때문에 엄마를 절대적으로 필요로 하는데 엄마는 나타났다 사라졌다 한다. 이 엄마의 결여를 통해 아기는 엄마를 자기의 욕구와 독립하여 움직이는 타자로서 발견한다. 그리고 엄마를 타자로 발견하는 순간 엄마라는 타자에 대한 욕망이 발생한다. 아마 이것이 인간의 욕망이 발생하는 가장 원초적 순간일 것이다.

24시간 편의점처럼 잘 정리되어 있는 소비사회는 비유적으로 말하면 엄마의 자궁 속과 유사하다. 언제라도 어떠한 욕구라도 실시간으로 즉각즉각 채워 주기 때문에 결여를 느낄 틈이 없다. 새벽 3시라도 뭐가 마시고 싶거나 먹고 싶으면 24시간 편의점에 가면 된다. 편의점은 너무도 잘 정리되어 있고 물건을 고루고루 갖추고 있어서 점원과 대화할 필요도 없이 금방 원하는 걸 얻어 욕구를 채울 수 있다. 뭐가 보고 싶으면 TV나 컴퓨터를 켜서 클릭하면 된다. 이렇게 욕구가 실시간으로 채워지기 때문에 결여를 느낄 틈이 없는 것이다.

결여가 없으면 타자와의 관계도 잘 형성이 안 되고 당연히 타자를 욕망하는, 타자의 욕망을 욕망하는 욕망도 잘 발생하지 않는다. 그래서 소비사회는 인간이 동물화하는 사회라고도 할 수 있다. 이러한 환경에서 자라는 아이들은 정체성을 형성하기가 쉽지 않다. 게다가 여기에 엄마의 과보호까지 겹쳐지면 정말 자궁 속과 비슷한 환경이 만들어지기 때문에 아이의 정체성은 극단적으로 유동화한다.

이러한 극단적인 정체성의 유동화는 엄마의 품 안에 있을 때는 잘 발견되지 않고, 유치원이나 학교에 들어가면 발견되기에 이른다. 유치원이나 학교에 간다는 것은 아이가 처음으로 전면적인 타자와의 관계 속에 들어가는 것인데 극단적으로 정체성이 유동하는 아이는 타자를 타자로 발견하는 능력을 제대로 갖추고 있지 못하다. 그 아이의 입장에서 보면 유치원이나 학교에 간다는 것은 갑자기 고장 나서 이상하게 변해 버린 편의점에 들어가는 것이다. 이 이상한 편의점은 자신의 욕구를 즉각 해결해 주지 않을뿐만 아니라 진열이 너무 엉망이어서 도무지 필요한 것을 찾을 수 없다. 게다가 끊임없이 이해할 수 없는 무언가를 자신에게 요구해 온다. 아이는 어떻게 하면 이걸 고칠 수 있지 하고 이리저리 돌아다니며 이것저것을 마구 비틀어 보기도 하고 흔들어 보기도 한다.

유치원이나 학교는 사회의 변화가 아이들의 정체성을 어떻게 변화시키는지에 대한 이해가 없기 때문에 이런 아이들을 당혹스러워 할 수밖에 없다. 부모는 부모대로 온갖 정성을 다하고 해 줄 수 있는 건 다 해 주었는데 자신의 아이가 문제행동을 한다는 걸 도저히 납득할 수가 없다. 이런 경우에 모두를 만족시킬 수 있는 가장 쉬운 해답이 바로 생리적 결함으로 인한 ADHD라는 진단이다. 이 쉬운 해답에 의해, 지금의 아이들에게 보편적으로 나타나고 있는 정체성의 유동화 문제는 가려져 버린다.

그러면 이러한 유사 ADHD를 앓고 있는 아이들은 조현초등학교나 남한산초등학교 같은 혁신학교에서 어떻게 치유되는 것일까? 그 답은 우선 자연환경에 있다.

서울에서 전학을 온 아이들은 처음에 그곳의 시골 아이들과 자주 싸운다. 서울에서 온 아이는 운동장에서 잡은 개구리를 자기 집에 가져가겠다고 우유병에 담아 사물함에 넣어 둔다. 그러면 시골 아이가 "그렇게 하면 개구리 죽어. 개구리는 그냥 거기 있는 거야. 풀어 줘."라고 항의한다. 그러면 서울에서 온 아이는 "아니야, 저 개구리는 우리 집에서 놀아야 해. 집에 가서 풀어 줄 거야." 하고 버틴다.

이 경우 서울 아이는 자연을 24시간 편의점의 진열대로 인식하고 있는 것이다. 개구리는 그 진열대에서 꺼낸 물건으로, 당연히 자기 집에서 뛰어다니며 자기를 즐겁게 해야 하는 물건이다. 시골 아이는 자연을 인간의 욕구와 독립되어 자연만의 내적 질서에 따라 움직이는 타자로 인식하고 있다. 그렇기 때문에 개구리는 거기에 그냥 있는 거고 그렇게 있어야 한다, 그러지 않고 인간의 욕구대로 하면 개구리는 죽을 수밖에 없다고 항의한다.

서울 아이는 시골 아이의 항의에도 불구하고 개구리를 집으로 가져간다. 그러나, 집에 와서 보면 개구리는 이미 죽어 있다. 메뚜기도 잡아서 병에 넣었다가 집으로 가져간다. 메뚜기도 죽어 있다. 개구리와 메뚜기는 이미 죽었기 때문에, 자기 집에서 뛰어다니며 자기를 즐겁게 해 달라는 욕구를 충족시킬 수가 없다. 결여가 발생하는 것이다. 이러한 결여의 경험이 반복되면서 아이는 자연이 24시간 편의점과는 다르다는 것을, 자연은 자신의 욕구로부터 독립되어 자연만의 내적 질서에 따라 움직이는 타자이며, 자신의 욕구를 충족시키기 위해서는 그 타자의 내적 질서를 존중하면서 뭔가 노력을 해야 한다는 것을 깨닫는다.

서울에서 전학을 온 아이들은 처음에는 풀밭과 고구마밭, 채소밭을 구분하지 못하기 때문에 밭을 짓밟고 다닌다. 하지만 경험을 통해서 자연이라는 타자를 인식하게 되면 풀밭과 채소밭을 구분하기 시작한다. 밭은 자연이라는 타자에 농부라는 타자가 노동력을 가해 자기 욕구에 맞게 변화를 일으킨 것이며, 밭으로 나타나 있는 자연과 농부의 관계를 존중해야 한다는 것을 깨닫는다. 이렇게 되기까지 약 3개월 정도 걸린다고 한다.

아이가 이렇게 자연이라는 타자, 자연과 인간의 관계, 그것에 바탕한 인간과 인간의 관계에 대해 깨닫게 되면 아이는 극단적 정체성의 유동에서 벗어나올 길을 찾은 것이다. 여기에 교사의 개별화 지도가 지속적으로 결합되면 아이들은 유사 ADHD라는 극단적 정체성의 유동에서 벗어나게 된다.


## 학교를 넘어서 지역 교육생태계 회복을 향해

조현초나 남한산초에서 하고 있는 개별화 지도는 오늘날의 아이들의 특성을 고려할 때 매우 중요하고 필요한 교육적 원칙으로 보인다. 오늘날의 아이들은 정도의 차이가 있을 뿐 대개 정체성의 유동화를 겪고 있기 때문에 각각의 아이들을 개별화해서 접근하지 않으면 안 된다.

어쩌면 교사들 중 상당수는 아마 개별화 지도를 위해서 학급당 학생 수가 가장 먼저 해결되어야 할 문제라고 말하고 싶을지도 모른다. 나는 학급당 학생 수도 물론 중요하지만 그것보다는 교사와 교육행정가들의 마인드의 변화가 우선적 해결 과제라고 본다. 요즈음 조현초는 전학을 많이 와서 학급당 학생 수가 20명 가까이 되는 학년도 있다. 농어촌 지역에는 학급당 학생 수가 이보다 훨씬 적은 학교들이 많다. 그런데 왜 조현초에서는 개별화교육이 되고 다른 농어촌 지역에서는 개별화교육이 되지 않는가? 교사와 교육행정가들의 마인드가 과거 전통적 근대국가 시대의 인식에 고착되어 있기 때문이다.

사회 모든 구성원을 자기 울타리 안에 끌어들이려는 빅브라더가 존재하던 전통적 근대국가 시대에는 동일화해 갈 강력한 상징적 아버지가 존재했기 때문에 교사가 권위주의적이고 획일적인 방식으로 아이들에게 접근해도 별문제가 되지 않았다. 그러나 '아버지가 사라진 시대'이며 심화된 소비사회에 권위주의적이고 획일적인 방식으로 아이들에게 접근하면 문제를 더 악화시킬 뿐이다.

혁신학교 역시 성패의 일차적 관건은 교사와 교육행정가들의 마인드 변화에 있다. 지금의 아이들의 변화와 문제를 정확하게 보고 그것을 해결하기 위한 관점과 방식을 변화하려는 마인드의 전환이 없으면 혁신학교는 상부에서 제시하는 서류상의 기준을 형식적으로 맞추어 승진 점수를 따는 또 하나의 시범학교 이상이 아니게 될 것이다. 마인드의 전환이 이루어진다면 혁신학교는 많건 적건 의미 있는 성과를 내며 지속될 수 있는 동력을 얻을 수 있을 것이다.

그런데 학교 단위에서 교육혁신이 성공적으로 이루어진다고 문제가 다 해결되는 것은 아니다. 가정에서 돌봄을 받는 중산층 아이들의 문제는 학교교육이 긍정적인 방향으로 바뀌면 많이 해결될 수 있다. 하지만 중하층 아이들의 문제는 그것만으로 해결되지 않는다. 중하층 아이들의 문제는 대부분 가족 해체, 맞벌이 등으로 가정에서 돌봄을 받지 못하고 지역사회에도 이 공백을 메워 줄 대안이 없기 때문에 생긴다. 이러한 공백을 학교가 메워 주는 데는 한계가 있다. 그렇다고 학교가 중하층 아이들을 포기할 수는 없다. 오늘날 학교를 지진처럼 밑바닥부터 흔들며 붕괴시키는 것은 사실상 중하층 아이들의 문제이고 또 갈수록 그런 아이들이 대다수가 되고 있기 때문이다.

학교는 지역사회를 향해 문을 열고 지역사회와 맞물리며 교육생태계를 복원해 나가는 중심에 서야 한다. 경기도나 서울의 금천구에서 진행된 교육혁신지구사업은 지역 교육생태계의 회복을 위한 시도들이다. 그래야 지금과 같은 중상층 아이들만을 위한 학교에서 벗어나 중하층 아이들에게도 희망을 주는 학교가 될 수 있다.

하지만 갈 길이 아직 멀어 보인다. 우선은 지방자치와 교육자치가 분리되어 학교가 지역으로부터 괴리되어 있는 제도적 한계를 넘어서는 게 중요할 것이다. 그리고 궁극적으로는 우리 경제, 사회가 수출 대기업 중심, 중앙집중형체제를 넘어서 지역 생활생태계의 복원을 통해 국민 개개인의 삶의 질을 높이는 방향으로 패러다임을 전환해야 할 것이다.

# 유령들에게 말 걸기

## 지금 아이들은 어떤 유령을 가슴에 품고 살까?

지금은 우리나라만이 아니라 세계적인 대전환기이다. 기왕의 사회경제 체제가 한계에 이르러 거대한 파국으로 접어들고 있다는 것은 기성세대든 젊은 세대든 누구나 느끼고 있다. 이제까지 부를 얻는 유력한 수단이자 부의 상징이었던 아파트가 하우스푸어가 되는 지름길로 전락하고 있는 것만 보아도 우리가 얼마나 큰 전환기를 살고 있는지 실감이 된다. 이러한 대전환기에는 확고하게 믿고 의지할 만한 게 없다. 그래서 불안하다.

전환기의 불안 속에서 젊은 세대는 대체로 미래의 편이다. 변화는 아이들에게서 가장 먼저 나타난다. 아이들은 본능적으로 자기들이 살아갈 시대가 어떤 시대일지 예감하고 있다. 반면 기성세대는 대체로 과거의 편이다. 그 사회에 미래를 예측하고 대비하는 리더십이 없다면 기성세대는 대체로 억압을 통해 변화를 막으려는 입장에 서게 된다. 물론 변화를 막는 것은 가능하지 않다. 그러한 시도는 파국을 키우고 젊은 세대를 빗나가게 할 뿐이다.

한참 전에 유행했던 무서운 이야기가 있다. 아이가 엄마와 함께 귀신에게 쫓기다가 겨우겨우 탈출하여 엘리베이터에 올라탔다. 아이는 이제 살았구나 안심하며 엄마를 올려다보았다. 그런데 "넌 내가 아직도 엄마로 보이니?" 하는 소리와 함께 엄마의 얼굴이 서서히 바뀌는 게 아닌가. 언제나 가장 무서운 상황은 가장 믿고 가장 가깝게 여기는 사람이 가해자로, 공포의 대상으로 바뀌는 순간이다.

청소년을 향한 기성세대의 자기 경험과 기준, 가치의 강요는 학교, 매스컴 등등 온갖 시스템을 통해 알게 모르게 이루어진다. 아이들이 기성세대의 강요가 쓸데없는 인생의 낭비와 고통을 가져올 뿐이라고 무의식적으로 느끼고 있다면 그것은 귀신에게 쫓기며 겪는 온갖 공포스러운 상황과 다름이 없을 것이다. 그 공포스러운 상황에서 탈출하여 겨우 집으로 들어섰다. 안심하는 순간 엄마가 나타난다. 사실 기성세대의 가치를 거부할 수 없는 형태로 가장 집요하게 강요하는 것은 엄마이다. 가방을 받아 주는 엄마의 얼굴이 서서히 변하고 있다. "넌 내가 아직도 엄마로 보이니?"

이러한 상황은 아이에게도 가장 무서운 상황이지만, 이건 아니라고 생각하면서도 그럴 수밖에 없는 부모에게도 가장 무서운 상황일 것이다. 그래서 "너는 내가 아직도 네 엄마로 보이니?"의 거꾸로 버전인 "너는 내가 아직도 네 아이로 보이니?"도 나타나게 마련이다.

어느 날 저녁 아내가 학교에서 돌아오자마자 오늘 재미난 농담을 들었다며 들려주었다. 세계의 인류학자들이 서울의 모처에서 긴급 학술대회를 열었다고 한다. 근래에 인류 가운데 새로운 부류가 나타나서 기왕의 인류학 체계에 심각한 위협을 가하고 있기 때문이었다. 인류학자들은 보고를 듣고 일주일 동안 밤낮없이 토론을 벌였다. 그 결과 이 새로 나타난 부류는 인류는 인류인데 도저히 같은 종으로 볼 수는 없다는 결론에 도달했다. 그래서 새로이 학명을 부여했는데 그것이 '호모중딩사피엔스'라나.

프로이트는 우리가 하찮은 것으로 지나치는 농담이나 실수 속에 사실은 무의식적 진실이 들어 있다고 했다. 위의 두 농담에도 우리 시대의 진실이 들어 있다. 그 진실이란 아이들에겐 가장 가까워야 할 학부모와 교사가 이해할 수 없는 존재가 되어 있고, 교사나 학부모에겐 아이들이 이해할 수 없는 존재가 되어 있다는 것이다. 이해할 수 없다는 것은 상대방을 적절히 호명할 수 있는 말이 없다는 것이고, 호명할 수 있는 말이 없다는 것은 상대방이 물리적으로는 분명히 존재하지만 언어적으로는 인지할 수 없는 '유령'이 되어 있다는 것이다. 그래서 위기에서 벗어나 안심하는 순간, 같이 손잡고 탈출한 엄마가 "내가 아직도 네 엄마로 보이니?" 하며 유령으로 변하고, 가장 많은 시간을 함께 보내는 아이들이 어느 순간 호모중딩사피엔스라는 유령으로 변한다. 붕괴 위기에 놓여 있다는 학교교육의 문제를 푸는 첫걸음은 그래서 '유령들에게 말 걸기'가 되어야 하는 게 아닐까?

사람은 누구나 자기 삶을 해석하며 살아간다. 어떤 방식으로든 자기 삶에 의미를 부여하지 않으면 살아가기 어려운 존재가 사람이다. 그런데 자기 삶의 관계에서 매우 중요하고 친숙한 존재가 갑자기 낯선 존재, 즉 유령이 되어 자기 삶의 해석, 자기 삶의 의미를 일거에 무너뜨리려 한다. 왜 그러는지 도무지 알 수 없다. 이 알 수 없음이 공포를 일으킨다. 그러므로 공포는 질문이다. 자기 삶의 의미, 자신의 존재에 대해 던져지는 아주 긴요하고 긴급한 물음이다.

이 물음에 대답하는 방법은 딱 하나밖에 없다. 자기 삶을 해석하는 틀을 넓혀 유령이 된 상대방을 그 해석 틀 안에 집어넣는 것이다. 그러면 낯선 존재인 유령은 이해할 수 있는 것이 되어 더 이상 유령이 아니게 된다. 유령이 유령인 이유는 유령에게 있는 것이 아니라 당신에게 있다. 당신이 당신의 삶을 너무 편협하게 해석하여 상대방을 해석 틀 밖으로 내쫓았고 그래서 상대방이 유령이 된 것이다. 이 유령에게 말을 거는 방법은 단 하나이다. 당신 삶을 해석하는 틀을 더 넓게 바꿔라!

## 아이들은 왜 유령이 되었는가?

아이들이 교사와 학부모에게 마음의 병이 된 것은 꽤 오래된 일이다. 내 기억으로 아이들에게 질적인 변화가 나타난 시기는 90년대 초였다. 93, 4년 무렵 처음으로 신문, 방송에 왕따, 학교폭력, 교실붕괴가 큰 이슈로 등장했다.

나에게 1994년은 전국교직원노동조합 결성으로 해직되었던 1500명의 교사들이 5년 만에 복직한 해로 기억되어 있다. 전교조 해직교사들은 그들에 대한 평가를 어떻게 하든 상관없이 아이들을 무척 좋아하는 선생님들임에는 틀림없다. 학교의 모든 게 마음에 들지 않지만 그래도 아이들 만나는 재미로 학교에 간다는 식이었으니까. 이렇게 아이들을 좋아하는 선생님들이었기 때문에 나는 당연히 그들이 복직해서 무척 행복해하리라 생각했었다.

그런데 한두 달 지나 만난 복직교사들은 하나같이 죽을상이었다. 5년 만에 복직해 보니 89년에 교실에 앉아 있던 아이들과는 전혀 다른 아이들이 앉아 있어 도무지 소통이 되지 않는다는 것이었다. 너무 짧은 기간에 너무 폭이 넓고 심도 깊은 변화가 아이들에게 일어났던 것이다. 그때 복직한 교사 중에는 정신과 치료를 받은 사람도 심심치 않게 있었다.

그런데 이렇게 교사와 아이들 사이에 소통이 끊겼다면 정말 큰일이 아닌가? 교육은 어떤 대단한 교육이론을 들이대든 어떤 거창한 정책을 내놓든 최종적으론 교사와 학생 간의 인간관계에 의해 완성이 되는 것 아니겠는가? 그렇다면 교사와 아이들 사이의 소통이 막혔다는 것은 심각한 위기가 아닐 수 없다. 나는 아이들이 왜 변했는지 어떻게든 알아봐야겠다고 마음을 먹었다.


## 아이들을 찾아가는 시간여행

아이들의 의식구조에 어떤 변화가 일어난 거지? 라는 의문을 풀기 위해 내가 처음 한 일은 교육학자들의 글을 찾아보는 거였다. 아이들과 교사의 의사소통이 막혔다는 건 학교교육이 근본적 위기에 부딪친 것이라고 할 수 있으니 당연히 교육학자들이 연구한 게 많을 줄로 알았다. 그런데 놀랍게도 그런 문제를 다룬 단 한 편의 글도 발견하지 못했다.

그래서 어떻게 하면 좋을까 궁리하고 있는데 학생부 일을 하고 있는 후배에게서 전화가 왔다. 후배는 자기 고민을 털어놓았다. 그 학교에 한 말썽꾸러기가 어느 날 머리 앞쪽 머리칼 몇 가닥에 노란 물을 들이고 왔다는 것이다. 그래서 교문 지도를 하다가 그걸 톡 잘랐는데 그다음 날은 뒤쪽에 또 그다음 날은 옆쪽에 계속 몇 가닥 노란 물을 들이고 왔다. 몇 번 자르다 보니 이걸 계속 잘라야 하는 건지 아니면 인정을 해 줘야 하는 건지 고민이 된다고 했다.

나는 후배의 이야기를 듣고 무릎을 탁 쳤다. 머리 물들이기와 같이 자신의 몸으로 자기를 표현하는 문화는 90년대 초 아이들의 질적 변화와 함께 새로 나타난 문화였다. 그렇다면 머리 물들이기 같은 문화가 어떤 의미인 가를 알아보면 아이들의 변화가 뭔지 알 수 있지 않을까? 그래서 문화인류학 쪽의 글들을 찾아보았는데 그런 걸 다룬 논문은 없었다.

다시 길이 막혀 끙끙대고 있는데 마침 80년에 미국으로 이민 간 누님이 조카딸들을 데리고 온다고 했다. 그사이 누님은 몇 번 봤었는데 조카들은 꼬마 때 가서 처음 나오는 거였다. 고등학생이 되어 있다고 했다. 나는 공항으로 마중을 나갔다. 한참을 기다리는데 누님만 혼자 덜렁덜렁 나왔다. "아니 아이들 데리고 온다더니 왜 혼자 와?" 하고 묻자 누님은 "얘들이야." 하며 어깨 너머를 가리켰다. 그곳엔 머리를 온통 빨강 파랑 노랑 초록 등등으로 물들이고 코에 링을 하나씩 찬 아이 둘이 있었다. 나는 뜨악해서 한참 바라보다가 "아니 애들이 미국 가더니 왜 이렇게 깡패가 됐어?" 하고 물었다. 그러자 누님이 웃으며 "얘들이 무슨 깡패야? 얘들 모범생이야. 문신도 안 해." 했다.

그 순간 머릿속이 반짝했다.

'자기 몸을 가지고 자기를 표현하는 문화의 가장 극단적인 형태가 문신이지. 문신의 역사라면 한자에 나타나 있지 않을까? 문신은 선사시대부터 있던 문화고 한자는 5000년 된 그림문자이니 문신과 관련된 글자들의 변화 과정을 살펴보면 거기 문신의 역사가 있을 거야.'

5000년 전의 갑골문에 대한 책들부터 뒤져 봤더니 거기 진짜 문신의 역사가 있었다. 그래서 5000년 전으로 거슬러 올라갔다가 다시 현재를 향해 내려오는 시간여행이 시작되었다. 시간여행의 입구는 다음의 글자였다.

'文(글월 문)'의 5000년 전 갑골문 표기이다. 이 글자는 사람이 누워 있는 모습이다. 위로 삐져나온 획이 머리이고, 그 밑에 두 팔, 몸통, 밑의 좌우로 삐져나온 두 획이 다리이다. 그런데 몸통 가운데 커다란 X표가 있다. 그러니까 가슴에 무슨 장식을 한 사람이다. 무슨 장식을 한 걸까? 그 답은 '章(글 장)'의 금문에서 찾을 수 있다.

무엇을 본뜬 것일까? 침같이 삐쭉한 날을 가진 칼처럼 보이지 않는가? 맞다. 문신 칼의 모양이다. 윗부분이 손잡이이고 아래로 삐죽 나온 것이 침 같은 날이다. 그 밑의 日 모양 동그라미는 문신 칼의 먹이 흘러 무슨 모양인가를 그린 거다. 그러니까 '文'은 가슴에 문신을 새긴 사람을 뜻한다. 장례의식으로 죽은 사람의 가슴에 문신을 새긴 거다.

지금도 히말라야에 가면 조장(鳥葬)을 지내는 종족이 있다. 사람이 죽으면 잘게 토막을 내서 바위산 꼭대기에 가져다 놓는다. 독수리가 그것을 다 물어 가야 죽은 사람이 하늘로 갔다고 생각한다. 이 조장의 다음 단계가 시체를 토막 내서 묻는 것이고, 그다음 단계가 시체를 토막 내지 않고 가슴에 문신을 새겨서 묻는 것이다. 죽은 사람의 가슴에 문신을 새기는 것은 피를 흘러나오게 하기 위해서이다. 죽은 사람의 몸에서 피가 흘러나와야 넋혼이 몸을 빠져나와 하늘로 갈 수 있다고 생각한 것이다.

이를 통해서 우리가 알 수 있는 것은 지금으로부터 5000년 전에는 죽은 사람의 가슴에 새기는 문신(文身)이 영혼을 하늘로 보내는 종교적 행위로서 대단히 신성한 것이었다는 사실이다.

그런데 그 시대엔 죽은 사람들의 가슴에 새긴 문신만이 신성한 것이었을까? 아니다. 그보다 훨씬 후대인 주나라 말기까지 주나라 왕족이 자신의 몸에 문신을 새겨 신성성을 나타냈다는 기록이 있는 것으로 보아 죽은 사람들의 몸에 새긴 문신만이 아니라 산 사람의 몸에 새긴 문신도 신성시했다고 볼 수 있다.

자, 그럼 다시 타임머신을 타고 3000년 전 과거로 내려가 보자.

이것은 '妾(몸종, 첩 첩)'의 금문 표기이다. 무릎을 꿇고 있는 여자의 머리 위에 문신 칼이 그려져 있다. 문신을 한 여자라는 뜻이다. 이 여자는 포로로 잡혀 왔다. 그래서 "너는 이제부터 우리의 노예야. 도망갈 생각은 아예 하지도 마." 하고 문신으로 얼굴에 표시를 한 거다. 남녀종을 뜻하는 비복(婢僕)이란 글자도 원래는 문신을 한 남자, 여자란 뜻이다. 문신이 포로, 노예의 표시였다는 사실을 보여 주는 글자는 이외에도 많다.

이 시대에 문신은 또한 범죄자의 표시로 쓰이기도 했다. 형벌 중에는 묵형(墨刑)이란 게 있었다. 얼굴에 범죄자임을 나타내는 문신을 새겨 넣는 형벌이다. 지금으로부터 약 3000년 전, 그러니까 중국의 춘추전국시대 무렵부터 문신은 주로 노예, 범죄자의 표시로서 매우 부정적인 의미를 갖게 된 것이다.

문신에 대한 이러한 부정적 인식은 3000년의 세월을 지나 근대 산업사회를 산 우리 세대까지 이어진다. 물론 우리 세대는 문신을 노예의 표시로 생각하지도 않고, 또 국가권력이 범죄를 저지른 사람들에게 강제로 문신을 새겨 넣지도 않는다. 오히려 조직폭력배 같은 사회적 일탈 집단이 다른 집단과 자신들을 구분하고 결속력을 강화하기 위해서 자발적으로 문신을 한다. 하지만 그러한 차이에도 불구하고 우리 세대가 문신을 범죄의 표시, 사회적 일탈의 표시로서 부정적으로 인식하고 있다는 것은 잘 아는 사실이다.

그런데 지금 아이들이 무려 3000년 만에 자기 몸을 자기 표현의 매체로 삼는 행위로서 문신을 긍정적으로 보기 시작했다. 우리 큰딸도 지금 박사과정에 다니고 있는데 발목 부근에 작은 나무 모양의 문신이 있다. 지울 수 있는 문신인 헤나는 젊은 세대에겐 일반화된 문화이다. 무려 3000년 만에 일어난 변화이다. 잘 믿어지지 않겠지만 그 사소한 변화들이 3000년 만에 일어난 문명사적 변화의 표시인 것이다. 그러면 문신에 대한 이러한 인식의 변화는 어떤 의식구조의 변화로부터 비롯되는 것일까?

## 머리 물들이기와 문신

문신에 대한 긍정적 혹은 부정적 태도가 어떤 의식구조의 표현인가를 알아보기 위해서는 먼저 우리 자신을 돌아보는 게 가장 좋은 방법일 것이다. 그러기 위해 우선 문신에 대한 앞의 이야기를 간략하게 정리해 보자.

| 선사시대 | 종교적 행위 혹은 신성성의 표현 | 매우 긍정적 |
|---|---|---|
| 고대국가부터 중세 | 노예, 범죄자의 표시 | 극히 부정적 |
| 근대 산업사회 | 사회로부터 일탈한 집단의 자기 표시 | 부정적 |
| 지식기반사회 | 자기 몸을 적극적으로 자기 표현의 매체로 삼는 행위 | 긍정적 |

우리 세대는 위의 네 가지 시대 중 세 번째에 속한다. 근대 산업사회를 살아온 우리는 왜 문신을 부정적으로 보는 걸까? 문신에 대한 우리의 부정적 인식은 어떤 의식구조의 표현일까?

늑대인간이 등장하는 영화나, 〈지킬 박사와 하이드 씨〉 같은 영화를 본 적 있는가? 이만큼 우리 근대인의 의식구조를 잘 드러내는 영화도 없을 것이다. 늑대인간이 등장하는 영화의 줄거리는 대강 이렇다. 지적으로나 인격적으로 훌륭해서 동료들에게 존경받는 한 지식인이 있다. 이 지식인이 부당하게 직장에서 해고당할 위기에 빠졌다. 그는 사장을 만나고 오는 길에 우연한 사고로 늑대에게 물렸다. 이 늑대에게 물리고부터 몸과 성격에 이상한 변화가 일어나기 시작했다. 상처 부위부터 털이 돋는가 하면, 야수적 성격이 서서히 머리를 들기 시작했다. 급기야 보름달이 뜨는 날 그는 늑대로 변해 야수적 분노와 욕망을 충족시킨다. 그와 그를 사랑하는 여인은 늑대인간으로 변하는 것을 저주로 생각하고 빠져나오려 애쓰지만 빠져나올 수가 없다. 영화에서는 이 빠져나올 수 없음이 가장 큰 공포로 그려진다. 〈지킬 박사와 하이드 씨〉도 비슷한 이야기이다. 지적으로나 인격적으로 존경받는 지킬 박사는 약물을 매개로 해서 야수적인 하이드 씨로 변한다.

하이드 씨는 동물적 분노와 욕망을 마음껏 충족시키며 돌아다닌다. 처음에는 인간에게 야수적 속성을 실험해 보기 위해서 했던 일인데 점점 하이드 씨의 지배력이 커지고, 마침내는 지킬 박사로 돌아올 수 없게 된다. 이이야기에서도 동물적 속성에 지배되는 인간의 모습이 공포로 그려지고 있다.

이 이야기에 나타나고 있는 근대인의 특징적 의식구조는 뭘까?

우선 '동물적 속성=몸'과 '신적 속성=이성'을 분리된 것으로 볼 뿐만 아니라 대립적인 것으로 보는 특성을 가지고 있다. 그리고 몸은 매우 열등하고 부정적인 것으로, 이성은 매우 우월하고 긍정적인 것으로 본다. 따라서 몸의 욕구는 천하기 때문에 이성에 의해 억제되고 통제되어야 한다고 생각한다. 이성이 몸에 대한 통제력을 잃어버리는 것, 그래서 야수적 속성이 인간을 지배하게 되는 것은 커다란 공포다.

이러한 의식구조 하에서 몸을 자기 표현의 적극적 매체로 삼는 문신과 같은 행위는 하이드 씨로 살겠다는 선언이나 다름없기에 도저히 용납이 안 될 것이다. 혹시 문신을 한 사람들과 마주치면 당연히 이성에 반란을 일으키는 사회적 일탈 집단으로 볼 것이다.

이 같은 의식구조와 반대 지점에 있는 것이 선사시대 인간의 신화적 사유이다. 예컨대 단군신화에서는 인간이 곰이 되기도 하고 곰이 인간이 되기도 한다. 곰과 인간의 구분이 없다. 동물이 되는 것에 대한 두려움은커녕 오히려 곰이 인간보다 우월한 위치에 있다고도 볼 수 있다. 단군신화에서 단군은 고조선을 세워 다스리다가 산으로 돌아가 산신이 된다. 단군이 산신이 되었다는 것은 곰이 되었다는 것을 의미한다. 곰 토템 부족에게 곰은 산의 쇠고신이고 동시에 소상신이기도 하나.

고대 신화에 나타나는 의식구조의 특징은 어떤 걸까? 인간이 동물이 되기도 하고 동물이 인간이 되기도 한다는 것은 동물적인 것과 인간적인 것, 몸과 정신을 나누어서 생각하지 않는다는 것을 의미한다. 실제로 우리를 포함해서 동북아시아의 신화에서는 인간의 혼이 세 개라고 생각한다. 자유혼, 뼈의 혼, 살의 혼이 그것이다. 자유혼은 우리가 보통 영혼, 정신이라 부르는 것이다. 영혼만이 혼이 아니라 몸도 뼈의 혼, 살의 혼이다. 정말 정신과 몸을 구분하지 않는 사고다. 정신과 몸을 구분하지 않는다는 것은 달리 말하면 몸의 지위가 대단히 높다는 것을 의미한다. 몸과 정신을 구분해서 보지 않는, 몸의 지위가 대단히 높은 것이 선사시대 신화적 사유의 특성이다. 신화적 사유에서는 몸과 정신을 구분해서 보지 않기 때문에 몸에 문신을 새겨 꾸미는 일은 곧 영혼에 문신을 새겨 꾸미는 종교적 행위인 것이다.

지금의 아이들은 문신과 같이 자기 몸을 적극적으로 자기 표현의 매체로 삼는 것을 긍정적 행위로 여긴다. 문신을 일탈 집단의 표식 정도로 생각하는 우리 세대와는 많이 달라졌다. 몸의 욕구를 우리 세대처럼 천하다고 생각하지 않으며, 몸이 이성에 의해 무조건 통제되어야 한다고 생각하지도 않는다. 물론 그렇다고 해서 아이들이 갑자기 전혀 다른 인종이 되었다는 것은 아니다. 아이들도 몸과 정신을 나누어 본다는 점에선 크게 근대인의 범주에서 벗어나지 않는다. 다만 기성세대에 비해 몸과 정신을 덜 대립적인 것으로 보고 의식구조 속에서 상대적으로 몸의 지위가 훨씬 높아져 있다는 것이다.

## 의식구조에서 몸의 지위가 높아지면 어떤 일이 벌어질까?

몸의 지위가 기성세대에 비해 훨씬 높아졌다는 아이들 의식구조의 변화는 간단한 것 같지만 가치관과 행동에 큰 변화를 가져온다. 결혼관을 예로 들어 보자.

기성세대는 젊은 시절에 연애를 하다가 함께 자면 결혼을 해야 한다고 생각했다. 그리고 결혼을 하면 부부간에 몸의 욕구가 맞지 않더라도 평생 같이 살아야 한다고 생각했다. 몸은 가치가 낮은 것이고 몸의 욕구는 천한 거니까 몸의 욕구가 서로 맞지 않은 건 무시해도 좋다고 생각했다. 중요한 것은 두 사람 간에 맺어진 약속이었다. 약속은 이성적 가치, 정신적 가치이다. 이성적 가치를 지키기 위해 참고 살아야 하는 것이다. 이성의 지위가 높고 몸의 지위가 낮은 우리 세대의 의식구조가 그대로 반영된 결혼관이다. 반면 지금의 젊은 세대는 몸의 욕구를 중요시한다. 그래서 결혼하기 전에 상대방과 자 보고 서로 몸의 욕구가 맞는지 확인해 봐야 한다고 생각하는 경우가 많다. 결혼을 해서도 부부간에 몸의 욕구가 맞지 않으면 이혼해야 한다고 생각한다.

지금의 아이들은 자아정체성을 우리 세대보다는 훨씬 분명하게 몸에서 찾는다. 종종 왕따의 이유가 되는 유행하는 브랜드 옷을 가지고 이 문제를 구체적으로 살펴보자.

기성세대에게는 대체로 특정 브랜드의 옷을 입느냐 아니면 짝퉁을 입느냐가 그렇게 중요한 문제가 아니다. 왜냐하면 자아정체성의 주된 근거가 머릿속에 든 이념, 지적 소양 같은 것에 있다고 믿기 때문이다.

그런데 지금 아이들은 다르다. 지금 아이들의 의식구조에서는 몸의 지위가 훨씬 높아져 있고 따라서 자아정체성의 주된 근거가 몸에 있다. 소비사회에서 몸의 정체성은 어떤 브랜드를 소비하는가에 의해 결정이 된다. '나는 이런저런 브랜드의 운동화와 옷, 장식품 등등을 소비하고 있고, 그런 브랜드를 소비하는 문화를 가진 집단에 속해 있어'가 자아정체성의 주된 근거이다.

따라서 유행하는 브랜드 옷을 입느냐 아니면 짝퉁을 입느냐는 매우 중대한 문제가 된다. 짝퉁을 입고 나타나는 것은 나는 가짜야, 하고 아이들 앞에 공개적으로 선언하는 것이나 다름없다. 다른 아이들도 그렇게 받아들여 그 아이를 왕따시키게 되는 것이다. 이런 의식구조의 변화는 학교시스템과의 심각한 충돌을 가져올 수밖에 없다.

근대 학교교육이 성립되는 근거는 국민이 자녀교육의 권한을 국가에 위임했다는 데 있다. 국민이 교육권, 즉 교육과 관련한 이성의 지위를 국가에 부여한 것이다. 국가는 이 교육권을 학교에 위임하고 학교에서는 교사가 구체적으로 교육권을 행사한다. 국가, 학교, 교사는 학교교육시스템에서 이성의 지위를 갖는 셈이다. 그러면 학교교육시스템에서 몸은 누구인가? 아이들이다. 근대 학교교육은 전형적인 이성에 의한 통제체제이다.

기성세대는 이러한 학교교육에 잘 적응했다. 이성의 지위가 높고 몸의 지위가 낮은 의식구조가 학교교육시스템과 너무도 똑같았기 때문이다. 그래서 기성세대는 학교와 교사의 권위를 쉽게 받아들였고 교과서는 우리에게 성경이나 다름없는 권위를 가지고 있었다. 적어도 89년의 아이들까지는 그랬다.

그런데 90년대 이후 아이들의 의식구조는 학교교육시스템과는 반대로 변해 가기 시작했다. 이성의 지위가 낮아지고 몸의 지위가 상대적으로 높아진 아이들은 당연히 시간이 갈수록 더 심각하게 학교교육과 충돌할 수밖에 없다.

나는 2000년에 15년 만에 서울에 있는 중학교로 복직을 했다. 복직한 해 담임을 맡고 얼마 지나지 않아서였다. 수업이 끝나고 종례시간에 교실 뒤에 가 보았는데 쓰레기통에 찢어진 종이뭉치가 수북했다. 뭘 이렇게 찢어서 버렸나 하고 들춰 보았더니 교과서였다. 학기 말도 아니고 학기 중간인데 배우는 교과서를 얼마나 발기발기 찢어 버렸는지 쓰레기통이 넘치고 있었다. 이러한 행위는 기성세대의 의식구조로는 상상할 수 없는 것이다. 하지만 이성의 지위가 낮아지고 몸의 지위가 높아진 아이들에게 교과서는 별 권위도 없는 따분한 책에 불과할 것이다.

하느님이 말씀으로 세상을 창조하였다는 창세기의 구절을 굳이 들먹이지 않더라도 이성의 권위는 곧 말의 권위이기도 하다. 89년의 아이들까지는 이 말의 권위가 먹혔다. 좁은 교실에 70명이 앉아 있어도 선생님이 어려운 상황에서도 뭔가 바른 얘기를 한다고 느끼면 모두 눈을 반짝이며 집중을 했다. 그런데 94년 전교조 복직교사들이 만난 아이들은 이미 의식구조가 변해서 이성의 권위, 말의 권위가 잘 먹히지 않는 아이들이었다.

지금의 아이들은 말을 믿지 않는다. 스킨십도 하며 정성을 쏟지 않으면 따라오지 않는다. 그러니 30명의 아이들을 가르치는 게 옛날 아이들 300명을 가르치는 것보다 훨씬 어렵다.


## 우리 바로 곁에서 일어나는 변화

그런데 왜 어느 시대에는 인간의 의식구조에서 몸의 지위가 높고 또 어느 시대에는 낮은 것일까? 이 물음에 답하기 전에 각 시대에 인간들이 가졌던 의식구조의 특성을 정리해 보자.

| 선사시대 | 몸과 정신을 분리해서 보지 않았으며 의식구조 속에서 몸의 지위가 대단히 높음 |
| --- | --- |
| 고대국가부터 중세 | 개인적 차원에서는 몸과 정신을 분리해 보지 않았으나 사회적 차원에선 몸(평민, 노예)과 정신(왕, 영주)을 엄격하게 분리했으며 몸의 지위가 대단히 낮음 |
| 근대 산업사회 | 몸과 정신을 분리해서 보며 대립적인 것으로 인식. 몸의 지위가 낮고 정신, 이성의 지위가 대단히 높음 |
| 지식기반사회, 소비사회 | 몸과 정신을 분리해 보기는 하나 상호 심각하게 대립한다고 보지는 않음. 몸의 지위가 상대적으로 훨씬 높아지고 정신, 이성의 지위가 상대적으로 낮아짐 |

의식구조에서 몸의 지위가 낮은 시대들의 공통점은 뭘까? 고대국가부터 중세까지는 농경사회였다. 농경사회는 자연재해같이 예외적인 경우를 빼면 부와 권력의 형성에 인간의 육체 노동력이 절대적으로 중요했다. 근대 산업사회도 마찬가지이다. 대규모 공장에서 일하는 노동자들의 노동력이 사회적 부와 권력의 형성에 절대적으로 중요했다. 따라서 인간의 몸을 어떻게 순응시키고 통제하기 쉽도록 만드느냐는 중대한 문제였다.

고대국가부터 중세까지는 신분제를 운명으로 받아들이는 종교적 관념을 통해 인간의 몸을 순응적으로 만들었다. 왕이나 영주는 고귀한 머리, 정신에 해당하고 농민이나 농노는 천한 손발, 몸에 해당했다. 그것은 신이 정해 준 운명이기 때문에 받아들일 수밖에 없는 것이었다. 농노가 이와 같이 그 노예적 지위를 운명으로 받아들인다면, 그 육체 노동력을 이용하여 더 많은 부와 권력을 창출할 수 있지 않았겠는가?

근대 산업사회에서는 사람들의 의식구조에서 몸의 지위를 최대한 낮추고 이성의 지위를 최대한 높임으로써, 이성에 의한 몸의 통제를 제도화하여 인간의 몸을 순응적으로 만들려고 했다. 감옥, 군대, 학교는 그 전형적 제도들이다.

다시 한번 학교를 예로 들어 보자. 근대 학교에서 교사는 통제하는 이성이고 학생은 통제받는 몸인 셈이다. 이성적 권위에 순응하는 몸을 만들어 내는 것은 근대 학교교육의 숨겨진 중요한 목표이다. 그렇기 때문에 근대 학교에서는 지식의 전수와 같은 눈에 보이는 교육과정 못지않게, 반복되는 시험이나 엄격하게 짜인 시간표 같은 규율에 순응하게 만드는, 눈에 보이지 않는 교육과정이 중요하다.

지식기반사회에서는 사회경제적 부와 권력 형성에 지식 노동이 가장 중요하다. 육체 노동력은 이전 같은 중요성을 상실하고 있다. 이것은 인간의 몸을 순응적으로 만들기 위한 통제의 필요성이 줄어든다는 것을 의미한다. 필요성의 감소에 따라 이성에 의한 몸의 통제를 제도화해 온 근대적 시스템들이 약화, 이완되고 있다. 학교도 그중의 하나이다. 소비사회의 도래는 이러한 변화를 가속화한다. 몸의 욕구를 억제하는 것은 소비사회와 정면으로 충돌한다. 소비사회는 욕구의 기하급수적인 증식을 통해서만 존속할 수 있으니까.

인간의 의식구조에서 몸의 지위가 높은 시대는 인간의 생존과 풍요에 인간의 육체 노동력이 절대적으로 중요하지는 않은 시대이다. 수렵채취생활을 했던 신시시대가 가장 그렇다. 수렵채취생활에서 인간의 생존과 듭

질적 풍요 여부를 결정하는 절대적 요인은 자연이었다. 인간의 노동력은 부차적 요소에 불과하다. 이런 사회에서는 인간의 몸을 통제할 필요성이 없고, 따라서 의식구조 속에서 몸의 지위를 낮출 이유도 없다.

이렇게 살피고 보면 아이들의 의식구조 변화는 크게는 이른바 세계적 지각변동으로 일컬어지는 사회 변화로부터 오는 것임을 알 수가 있다. 그러니까 그 엄청나다는 변화는 어디 멀리서 이루어지고 있는 것이 아니라 바로 우리 곁의 아이들에게서 가장 먼저 일어나고 있는 것이다. 변화는 우리가 싫어하건 좋아하건 되돌릴 수 없는 객관적 현상이다. 그렇다면 학교 시스템이 아이들의 변화에 맞추어 변화했어야 하는데 그러지 못했다. 아이들에게 일어난 변화를 놓치고, 알려고도 않은 채 20년을 온 것이다.


## 유령들에게 말 걸기

아이들의 의식구조는 급격히 변화하고 있는데 우리 사회의 아동청소년을 보는 관점은 1910년대 최남선의 「해에게서 소년에게」 이후 조금도 바뀐 것이 없다. 「해에게서 소년에게」에서 바다(海)는 서구 신문명을 의미한다. 이 바다가 소년에게 '너는 서구의 신지식을 빨리빨리 받아들여 나라와 가정을 부흥시킬 존재'라고 예찬한다. 아동청소년을 철저하게 지식 중심으로, 도구로 바라보는 관점이다. 오늘날 우리 사회와 학교를 비롯한 교육시스템이 아동청소년을 보는 관점은 여기서 한 걸음도 벗어나 있지 않다.

의식구조 속에서 몸의 지위가 높아진 지금의 아이들에게 위와 같은 지식 중심의 도구적 아동관, 그러한 관점에서 운영되는 교육시스템은 폭력에 가까운 억압일 수밖에 없다. 그래서 지금의 아이들은 가슴에 수많은 유령을 품고 산다. 지난 20년간 아무도 아이들 가슴속의 유령을 호명해 주지 않았다. 그래서 그 유령들은 점점 기괴한 모습이 되어 가고 있다. 이 유령들을 호명하고 말을 걸지 않으면 교육의 변화란 있을 수 없다.

# 잘 살아 보세 패러다임과 교육

_학교, 37년간의 이야기

# 이중현

경북 의성에서 태어났으며 안동교육대학을 졸업했다. 낙동강 가에 있는 작은 학교에서 교사로 첫 발을 내딛었고, 경북에서 6년을 근무한 뒤 경기도로 학교를 옮겨 지금은 40여 년 교직생활의 마무리를 준비 중이다. 전교조로 해직되어 5년간 학교를 떠났다가 복직했고, 합법화된 전교조의 초대 경기지부장으로 일했으며 참여정부 시절 교육혁신위원회 전문위원, 상임위원으로 일하기도 했다. 2007년 교장공모제가 시행될 때 교장 자격 미소지자 교사로서 교장에 응모할 수 있는 내부형 공교교제에 의해 양평 조현초등학교에서 4년간 교장으로 일했으며, 2011년에는 경기도 교육청 혁신기획 담당 장학관으로 일한 후 현재는 남양주 조안초에서 교장으로 일하고 있다.

지은 책으로 양평 조현초의 4년을 기록한 『학교가 달라졌다』 『삶을 가꾸는 시교육』 등의 교육도서가 있고, 동화 『나의 비밀친구』 『삼진아웃』 등이 있으며 시집으로 『아침교실에서』 『사람을 보면 눈물이 난다』 『물끄러미 바라본 세상』 등이 있다.

# 지금 우리 아이들은

## '잘 살아 보세'와 '만원버스'

우리 교육을 생각하면 '만원버스'라는 낱말과 〈잘 살아 보세〉라는 노래가 떠오른다. 〈잘 살아 보세〉는 새마을운동이 시작된 70년대 초, 내가 중학생 때부터 아침마다 마을 확성기를 통해 듣던 노래다. 아마 전국 모든 마을의 기상나팔이나 다름없었을 것이다. 나중에는 박정희가 직접 작사, 작곡한 〈새마을 노래〉와 함께 전 국민의 애창곡 아닌 애'청'곡이 되었다. 그런데 오늘의 우리 사회도 새마을운동이 시작된 이후 약 40여 년간 이 '잘 살아 보세' 패러다임에서 크게 벗어나지 못하고 있다. 뒤돌아볼 겨를 없이 앞만 보고 '잘 살아 보세'만 노래했지 '잘 산다는 것은 무엇인가?'라는 질문은 배부른 소리였다.

내 나이 또래인 50대 후반은 초, 중학생 시절을 거의 농촌에서 보낸 세대이다. 1960년대에 우리나라 전체 인구의 약 70%가 농촌 인구였기 때문이다. 좁은 농토에 여러 식구들이 붙어서 밥 먹고 살기 어려운 때였고, 62년부터 82년까지 4차에 걸쳐 경제개발 5개년 계획이 추진되면서 일자리를 찾아 도시로, 공장으로 형제자매들이 흩어지기 시작한 때였다. 어떤 자료를 보니 60년대에는 마을 전체에서 도시로, 공장으로 나간 사람이 가구당 평균 한 명 정도였으나 70년대 들어서는 가구당 평균 세 명이 넘는다고 했다.

내가 초임 교사로 부임한 시기인 77년만 해도 마을에 처녀들이 거의 없었다. 총각들만 밤중에 마을 골목을 쏘다니며 불러 대던 〈흙에 살리라〉라는 노래가 지금도 귀에 쟁쟁한데, 가사 일부는 이렇다. "왜 남들은 고향을 버릴까, 고향을 버릴까? 나는야 흙에 살리라. 부모님 모시고 효도하면서 흙에 살리라." 작은 농사지만 농사를 포기할 수도 없고, 도시로 가서 돈벌 변변한 재주도 없는 것을 자위하는 신세타령이었을 것이다. 대신 처녀들은 내 초임지 학교와 가까운 곳에 있는 구미공단의 전자, 섬유공장을 찾아 대부분 고향을 떠나 버린 상태였다. 그나마 중학교, 고등학교를 졸업한 처녀들은 공장으로 들어갔지만, 초등학교만 졸업한 처녀들은 도시로 가서 식모살이를 하기도 했다.

이 과정에서 학력, 학벌에 따른 임금 격차가 크다는 것을 실감했을 것이다. 이 세대들이 결혼 이후 자식교육에 모든 걸 바치는 이유도 '잘 살아 보세'의 기본 조건이 학력과 학벌이라는 것을 절감했기 때문이다. 10분 더 공부하면 아내가 바뀐다며 채찍질하고, 행복은 성적순임을 뒷받침하기 위해 치맛바람이 생기고, 망국병 과외, 사교육이 생기고, 사교육비를 대기 위해 어머니들이 노래방 도우미로 나갈 정도로 '잘 살아 보세'의 집념은 뼛속까지 각인되어 있다.

나도 중학교를 졸업하고 서울로 왔다. '잘 살아 보세'를 위한 첫걸음을 내디딘 셈이다. 당시 면목동에서 자취를 했는데 집 근처에는 가발업체인 YH무역이 있었나. 전국에서 몰려든 내 또래 여공들이 드나드는 것을 보며 동네 형들과 어린이 놀이터의 그네에 앉아 농을 걸기도 했다. 그런데 79년에 YH무역의 폐업에 저항하여 신민당사에서 농성하던 김경숙이란 스물한 살의 여성 노동자가 추락사한 일이 있었다. 교사 경력 3년차일 무렵이었다. 나는 사건을 신문으로 읽으면서 서울 면목동 YH무역 건물을 떠올리고, 그의 나이가 내 나이 또래라는 것 말고는 별다른 생각이 없었다. 80년 후반에 와서야 김경숙 열사가 초등학교를 졸업하자마자 곧바로 가발공장에서 일하면서 오로지 남동생 공부시키겠다는 일념으로 저임금, 장시간 노동을 견딘 것이나 열사의 죽음이 79년 10월 부마항쟁의 도화선이 되었다는 것이나 박정희 유신정권의 종말을 재촉한 사건이었다는 것 등을 알게되었다.

내가 서울서 처음 경험한 가장 낯설고 힘든 일은 아침저녁으로 만원버스를 타는 일이었다. 이농인구가 서울로 집중된 터라 서울의 교통 사정은 만만치 않았다. 시골서 갓 올라온 촌놈이어서 버스 타는 일만도 어리바리한데 만원버스에 타기 위해 남을 밀치거나 앞사람을 끌어당기는 일은 도저히 미안해서 쉽게 할 수가 없었다. 하지만 그러지 않으면 나는 버스에 탑승하지 못하고 결국 버스를 놓칠 수밖에 없었다.

그동안 우리 한국 사회를 생각해 보면 출세를 위해 같은 시간, 같은 장소에서의 만원버스 타기 경쟁이었다고 생각된다. 만원버스를 타기 위해 〈잘살아 보세〉 노래를 부르면서 앞만 보고 남을 밀치고 끌어내리며 달려온 시간들이었다. 정치적으로는 집권을 위해 수단과 방법을 가리지 않는 것, 지역주의 조장, 정치적 탄압 등이 그렇고 경제적으로는 정경유착, 특혜, 부정, 부실, 저임금, 장시간 노동, 재벌의 사회적 책무 방기가 그렇고 사회·문화적으로는 이웃에 대한 배려가 없는 것이나 연대 의식의 약화, 미래지향적인 가치나 철학의 부재, 문화예술의 인프라 빈약이 그렇고 교육적으로는 정답만 찾는 교육, 점수 위주의 왜곡된 학력관, 대학입시경쟁과 특목고, 자율고, 국제고 설립 등으로 인한 교육의 양극화 심화, 멈출 줄 모르는 사교육 열풍이 그렇다. 모두 '잘 살아 보세' 패러다임이 낳은 우리의 어두운 자화상일 것이다.

2012년 서울경제TV가 현대경제연구원과 공동으로 벌인 설문조사에 따르면 차기 정부 5년 동안 중산층이 확대될 수 있을 것인가를 묻는 질문에 60.4%가 '불가능하다'는 부정적 답변을 내놓았고, 중산층 확대에 가장 큰 걸림돌로 '소득 계층 간 교육격차(30.4%)'를 꼽았다. 이외에도 학교폭력 문제를 비롯한 청소년 문제의 급증, 인문고 슬럼화, 대학을 졸업해도 낮은 취업률, 비정규직의 증가처럼 여러 모습에서 '잘 살아 보세' 패러다임이 한계를 드러내고 있다. 앞만 보고 정신없이 달려온 한국 사회가 교육을 비롯하여 모든 영역에서 낭떠러지 앞에 서 있는 형국이다. 이제 '어떻게 사는 것이 잘 사는 것인가'를 진지하게 물어야 할 때가 된 것이다.


## 시대별 기억 속의 아이들

37년간 교직생활에서 수많은 아이들을 만나 왔다. 초임 시절인 교직 경력 3, 4년경에 만난 아이들 가운데 기억나는 아이들은 대체로 가난하고 공부 못하는 아이들이었다. 6학년을 맡은 때였는데, 1학년 국어책도 읽지 못하는 아이가 있었다. 1년 동안 오후에 따로 공부를 시켰지만 여전히 읽기를 어려워했다. 그러나 이 아이는 그 동네 여자아이들에게 인기가 무척 좋았나. 힘이 세서 동네 여자아이 서너 명의 가방을 한꺼번에 메고 들고 등교를 했다. 또 집에서는 큰 일꾼이었다. 하교하면 아버지를 도와 논밭 일을 열심히 해서 어른 일꾼이라고 불러도 좋을 정도였다. 공부는 못하지만 심성은 착해서 밉지 않은 아이였다. 그 무렵 시골에는 이런 유형의 학생들이 제법 있었다. 나중에 중학교만 가까스로 마치고 서울 길음동 어딘가에 있는 주물공장에서 일한다는 소식을 마지막으로 그 아이 소식은 더 듣지 못했다. 지금 40대 중반일 텐데 어떻게 살고 있을지 정말 궁금하다.

80년대에는 경북을 떠나 경기도에서 교직생활을 하게 되었고, 이 무렵에는 두 아이가 기억난다. 한 아이는 경기도 양평의 작은 학교에 있을 때 만난 아이였다. 그때도 시골에서 도시로 전학 가는 아이들이 무척 많았다. 3월 초 우리 반에서 서울로 전학을 간 아이가 두 달쯤 지나 편지를 보내 와서 수업시간에 함께 읽었다. 편지에는 63빌딩, 어린이대공원 등에 간 이야기와 서울 학교의 모습이 적혀 있었다. 수업이 끝나자마자 한 남자아이가 얼굴이 시뻘게져서 "우리 학교 거지 학교다!"라고 소리 지르며 복도로 뛰어나갔다. 어린 마음이지만 도시로 떠나지 못하고 시골에 남아 있는 열등감이 분노로 나타난 것일까? 그 모습이 지금까지도 생생하다. 간혹 그 아이가 떠오를 때마다 가슴 한구석이 아리다.

양평을 떠나 남양주로 왔을 때 새로운 유형의 아이들을 만났다. 그 학교에는 많은 문제 아이들이 있었다. 손버릇이 나쁜 아이들, 폭력적인 아이들, 부모 없는 아이들……. 그 지역은 비닐하우스 농사를 주로 하는 곳이었는데 서울서 사업에 실패하거나 생계를 꾸려 가기 어려운 사람들이 많이 와서 살았다. 5학년 담임을 맡은 반에 여자아이가 하나 있었는데 부모 없이 작은 공장에서 남동생과 함께 일을 도와주며 살고 있는 소녀 가장이었다. 아이는 나이답지 않게 무척 어른스러웠다. 아이에게 글쓰기 지도를 참 많이 했다. 글쓰기가 살아가면서 삶을 성찰할 수 있는 힘이 될 수도 있겠다는 생각과 무엇인가에 몰입하면서 자존감을 잃지 않도록 해야겠다는 생각으로 지도했다. 아이의 글쓰기 능력은 지역에서는 물론 전국대회에서도 입상을 할 정도였다. 어려운 환경에서 남동생과 함께 건강하게 살았으면 하는 기대가 컸지만, 험한 세상이 이 남매를 건강하게 보듬어 줄 리가 없었을 텐데, 지금은 어떻게 살고 있는지 걱정스럽다.

90년대에 만난 아이들 가운데 기억나는 아이는 지금껏 만난 아이들과 전혀 다른 유형의 아이로 소위 ADHD였다. 5학년 남자아이가 얼마나 행동이 산만한지 수업시간에 감당할 수 없을 정도였다. 그런 데다 학교도 자주 오지 않았고, 오더라도 도망을 가는 일이 많아서 무척 힘들었던 아이였다. 서울서 전학을 왔는데, 그 학교에서도 너무 문제가 되니 부모가 전학을 시킨 것이었다. 증세를 완화하기 위해 약을 매일 복용했지만, 약을 먹을 때만 힘없이 축 늘어져 조용할 뿐이었다. 지금까지 만난 아이들은 효과가 있든 없든 내가 공부를 더 시키거나 마음을 달래거나 할 수 있었는데, ADHD 아이는 어디서부터 어떻게 지도해야 할지 난감했다. 그렇게 지켜보는 가운데 ADHD는 감당할 수 없을 정도로 심각해지고 있었다.

2000년대에는 6학년 한 여자아이가 떠오른다. 그 아이는 등하교 때면 같은 학년 남자아이와 늘 손을 잡고 다녔다. 초등학교 캠퍼스 커플인 셈이다. 쉬는 시간에도 복도 한쪽에서 둘이 마주 보고 속삭였다. 5학년 때도 그런 일이 있어서 6학년 때는 그 여자아이 반은 1층, 남자아이 반은 5층으로 배치해 쉬는 시간이라도 만날 수 없도록 했지만 아랑곳하지 않았다. 알고 봤더니 한 3개월에 한 번씩 남자친구가 바뀐다고 했다. 난 그 아이가 애정결핍일 거라고 짐작하고 가정 사정을 알아봤다. 부모는 경제적 이유로 이혼을 하고 아버지와 살고 있는데, 아버지는 생계 수단도 마땅하지 않아 이 아이를 그냥 버려두다시피 한다는 것이었다.

문제 행동의 이유를 알고 보면 모든 아이들이 불쌍하고 어디선가 보살핌을 받아야 하지만, 우리 학교나 사회는 이 아이들을 보듬기에 그리 넉넉하지 못하다. 오히려 기피 대상의 문제 아이로 낙인 찍거나 왕따로 만든다.

2000년대에 다시 ADHD 아이를 만났다. 그 무렵에는 교실마다 ADHD 아이들이 많아져서 교사들이 무척 힘들어할 정도였다. 교사들은 농담 삼아 아이들이 모유가 아닌 우유(소젖)를 먹고 자라서 소처럼 길길이 뛴다고 했고, 환경호르몬으로 몸에 이상이 왔다고도 했다. 도대체 원인이 무엇인지를 알지 못하는 가운데 2학년짜리 ADHD 남자아이를 만났다. 산만하고 즉흥적인 데다 수업시간에 눈썹을 뽑거나 입술을 뜯는 버릇이 있었고 책상 위에는 늘 책이 쌓여 있었다. 첫 시간 공부한 것부터 마지막 시간의 교과서까지 전혀 정리하지 않고 쌓아 두고만 있었다.

정말 고칠 수 없는 것인지 이번에는 본격적으로 부딪쳐 보기로 했다. 자폐아가 특정 분야에서 뛰어난 능력을 보이는 서번트증후군처럼 ADHD 아이에게도 어쩌면 그 아이만의 장점이나 긍정적인 부분이 있을지도 모른다는 막연한 생각을 가지고 지도하기 시작했다. 그 아이의 생활이나 학습태도 중 문제가 되는 여러 장면을 관찰한 것을 표로 만들어 부모님께 보내서 함께 지도하기로 했다. 여러 행동 중에 감정의 기복이 심하거나 시간마다 공부한 책과 공책을 정리하지 않고 쌓아 두는 것, 수업시간에 엉뚱한 질문을 하거나 친구들과 모둠 활동을 하지 못하고 혼자 떨어져 있는 경우가 두드러졌다.

나는 반 친구들에게 이 아이의 행동에 대해 웃거나 비난하지 말도록 부탁을 했고, 문제 행동이 있을 때마다 달래거나 칭찬을 하면서 아이의 반응을 살펴봤지만, 별다른 반응이 없었다. 그 아이의 장점을 찾으려고 애를 썼지만 장점보다 문제점만 더 많이 눈에 들어왔다. 발표를 열심히 하려는 태도를 칭찬하면서 발표를 시키면 공부 내용과 다른 엉뚱한 대답을 해서 오히려 반 친구들의 웃음거리가 되곤 했다. 그렇게 1학기 동안은 뚜렷한 변화가 보이지 않았다. 2학기 들어 구구단을 공부할 때 이 아이가 암기력이 대단하다는 사실을 알았다. 부모와 상담했더니 유치원 때부터 동물 이야기책을 좋아해서 읽었는데, 몇 번 읽고 나면 거의 외다시피 한다는 것이었다. 아이의 장점을 학급의 모든 아이들에게 자랑하기 시작했다. 이상행동으로 기피되거나 왕따당하던 상황에서 아이의 존재감이 서서히 친구들 사이에서 인정받기 시작했고, 아이도 달라진 주변의 시선이나 관계 속에서 자존감이 높아졌고, 조금씩 활기를 갖기 시작했다.

그렇게 2학기가 거의 끝나 갈 무렵 한 라디오 방송에서 내 이야기가 방송되었다. 아이 부모가 방송국에 사연을 보낸 것이었다. 병원에서 3년 치료해야 가능한 일들이 6개월 만에 일어났다는 담당 의사의 말과 함께 아들의 문제로 유치원부터 마음고생을 한 어머니가 이제 희망을 갖게 되었다는 내용이었다.

이때의 경험은 2007년부터 조현초 교장으로 일하면서 아이들 삶의 긍정적 변화를 위해 교육과정의 변화와 학교운영체제를 바꾸도록 한 계기가 되기도 했다. 조현초에서 목격한 아이들 삶의 변화는 그동안 내 교직생활에서 경험하지 못한 큰 변화들이었다. 싸우고 욕하는 아이들이 줄어들고, 4년 동안 숙제 한 번 안 하던 아이가 숙제를 스스로 하고, 아이의 자존감이 높아지고, 틱 현상이 없어지고, ADHD 증상이 현저히 완화되는……

학교가 변할 수 있다는 것과, 학교가 변하면 아이들의 삶이 변할 수 있다는 확신을 준 4년이었다.

지난 37년간 만난 아이들 가운데 나의 기억에 남아 있는 아이들은 공부 못하고 가난한 아이들, 경제성장의 그늘 속에서 살아가는 가정의 아이들, 가정 해체의 환경 속에서 힘겹게 자라는 아이들, ADHD라는 낙인 속에 갇혀 버린 아이들이었다.

요즘 새로운 유형의 학교문제는 학생이 개인이나 집단으로 교사에게 공격적인 행동을 보이거나 또래 학생을 왕따시키는 것이다. 왕따의 대상은 또래 학생을 넘어 교사로까지 넓혀졌다. 90년대 고등학교에서의 교실붕괴가 지금 초등학교 5, 6학년 교실까지 내려왔다. 학생에게 수모를 당한 교사들의 이야기가 심심찮게 떠돌지만, 창피하고 자존심 상해 누구 하나 내놓고 이야기를 하지 못한다. 우리 사회, 우리 교육이 중증을 앓고 있다는 생각을 지울 수 없다.


## 지금 우리 아이들은

우리 학생들의 삶의 모습이 어떤지는 국내외의 여러 조사, 통계자료들이 잘 말해 주고 있다. 한국방정환재단에서 실시하는 '어린이·청소년 행복 지수' 중 '주관적 행복 지수'는 2010년부터 4년 연속 OECD 조사국 중 최하위를 기록했다. 주관적 행복 지수란 건강, 학교생활 만족도, 삶의 만족도, 소속감, 주변 상황 적응, 외로움 등 여섯 가지 영역에 대한 측정이다.

국제교육협의회는 세계 36개국 중학생 14만 명을 상대로 '사회적 상호작용 역량'을 평가했는데, 우리나라는 36개국 중 35위를 차지했다. 사회적 상호작용 역량이란 다양한 이웃과 조화롭게 살아가는 능력을 말하는데 갈등 관리, 관계 지향성, 사회적 협력 등이 조사 영역으로 되어 있다.

2013년 한국보건사회연구원의 'OECD 국가와 비교한 한국의 인구집단별 자살률 동향과 정책 제언' 보고서에 따르면 OECD 31개국의 아동청소년(10세~24세) 인구 10만 명당 자살률은 10년 새 16% 감소한 반면 같은 기간 우리나라 아동청소년 자살률은 47% 증가했다. 증가율은 OECD 국가 중 2위를 차지한다.

2012년 통계청의 '자살 및 충동에 대한 이유 통계'에서 13세~19세의 자살 충동 경험이 12.1%로 나타났고, 원인은 학교 성적이나 진학 문제(39.2%), 가정불화(16.9%), 경제적 어려움(16.7%) 순으로 집계됐다.

몇 가지 자료로 살펴본 우리 학생들의 삶의 단면은 다른 나라와의 비교 순위나 조사 내용 면에서 커다란 걱정거리다. '외롭고, 협력적이지 못하다. 정서나 행동의 장애가 많다. 성적이나 가정불화로 자살 충동을 느낀다.' 등이 자료에 나타나는 우리 학생들의 모습이다. 학생들의 삶의 모습만 그런 게 아니라 우리 사회 구성원 모두의 삶이 이와 유사할 것이다.

돈을 벌기 위한 출세, 출세를 위한 경쟁, 그것의 국가적인 동원 기제인 '잘 살아 보세' 패러다임은 현재 우리 사회, 우리 교육의 여러 그늘을 만들어 왔다. 교사로서 37년간 학교를 지켜보면서, 학교를 변화시키기 위한 작은 노력을 계속해 오면서 '잘 살아 보세' 패러다임이 어떻게 학교의 변화를 가로막고 있었는지 기억을 더듬어 보고자 한다.

# 학력과 잘 살아 보세 패러다임

## 70년대, 체벌과 월말고사

지난 연말에 대구에 사는 제자들이 동기 모임에 나를 초청했다. 나는 이런저런 핑계를 대서 참석하지 않았다. 그전에도 제자들이 모임에 초청을 한 적이 있었지만, 모두 참석하지 않았다. 스스로 생각해도 초임 시절 나는 좋은 선생이 아니었고, 제자들을 만나게 되면 초임 시절의 아픔을 곱씹을 것 같아서였다.

77년에 초임 발령을 받은 곳은 낙동강 가에 있는 여섯 학급 규모의 작은 학교였다. 지금은 폐교된 지 오래되었다. 초임 시절에 가장 힘들었던 일은 월말고사 성적을 올리는 일이었다. 모든 학년이 월말고사뿐만 아니라 월말고사를 준비하는 목적으로 주말고사를 봤다. 월말고사에서 나온 학년별 성적으로 성적 우수 학년을 지정했다. 우수 학년으로 지정되면 '성적 우수 학년' 표찰을 하나 달아 준다.

아이들에게는 주말고사를 보고 난 후에 매우 괴로운 시간이 기다렸다. 담임이 주말고사 성적을 가지고 체벌을 가하여 월말고사에서 조금이라도 성적이 향상되도록 다그쳤기 때문이다. 성적 향상은 아이들 출세를 위한 것이니 담임의 체벌은 정당화되었고, 학부모도 우리 아이 많이 때려 달라는 부탁을 자주 하던 때였다. 수업은 시험에 나올 만한 것을 암기하고 반복해서 익히도록 하는 시간이었다. 어떤 선배 교사는 아예 수업을 문제집 풀이로 했다. 월말고사가 가까워지면 수업이 끝난 후에도 한두 시간 공부를 더 시키기도 했다.

교대를 갓 졸업한 나는 탐구학습이니 버즈학습이니 하면서 새로운 수업에 집중하다 보니 오히려 월말고사 성적은 더 낮아졌다. 갈등이 생겼다. 탐구학습이나 버즈학습을 하는데 점수가 떨어진다? 그렇다면 탐구학습이나 버즈학습은 왜 하라고 할까? 점수가 떨어지는 것이 꼭 학력과 관계가 있을까? 학력은 뭘까? 월말고사가 탐구학습에 맞는 평가 방법일까?

하지만 월말고사 성적을 무시할 수도 없어 나도 아이들에게 체벌을 많이 한 편이다. 나한테 체벌을 당한 아이들은 그 당시를 기억하고 있을 것이고, 이야기를 나누다 보면 자연히 체벌 이야기도 나올 것이 분명하기 때문에 지금도 그때 제자들을 만나기가 두렵다.

초임 시절 월말고사 성적을 위한 체벌보다 더 아픈 기억이 있다. 어느 겨울날, 한 아이가 수업 중에 계속 몸을 이리저리 움직여서 가만히 있으라고 주의를 줬다. 그러나 그 아이는 계속해서 몸을 비틀기도 하고 앞뒤로 흔들기도 했다. 아이를 앞으로 불러내서 수업 중 태도를 문제 삼아 손바닥을 때리고 자리로 들여보냈다. 아이가 자리로 들어가는 순간 그 아이 발을 봤다. 맨발이었다. 몸을 비틀고 움직인 것은 발이 너무 시려서 그랬던 것이다. 그것도 모르고 체벌까지 했으니……. 나중에 알고 봤더니 할머니 혼자서 키우는 아이인데 빨래한 양말이 마르지 않아 맨발로 왔다는 것이었다.

또 다른 일은 미술시간마다 준비물을 챙겨 오지 않는 아이가 있어 혼냈던 기억이다. 벌을 세웠지만, 사실 그 아이는 집안이 너무 가난해서 미술도구를 살 수 있는 처지가 아니었다. 이 일을 생각할 때마다 난 정말 못난 교사였다는 생각이 든다. 아이들의 어떤 행동에 대해 더 알아보고, 이해하고, 감싸기보다는 결과를 가지고 혼내기 일쑤였다.

그나마 위안을 삼는다면 초임 시절 아이들에게 글쓰기 지도를 열심히 한 것과 내가 담임한 반마다 문집을 만들었던 것이다. 문집은 아이들이 직접 쓰고 그린 것으로 엮었다. 시골학교여서 문집 제본을 어디 맡길 데가 없어서 내가 직접 했다.

그 무렵, 아마 1981년경으로 기억되는데 이오덕 선생님을 만났다. 겨울방학 어느 날, 읍내 학교에서 글짓기에 관심이 있는 여러 선생님들이 모였고, 경북글짓기연구회를 만들자는 제안이 있었다. 당시 이오덕 선생님이 자필로 쓴 경북글짓기연구회의 회보 「글짓기 회보」를 지금도 가지고 있다.(이후 회보 이름이 「글쓰기」로 바뀌게 된다.)

'이름 없이 정직하고, 가난하게 살기를 염원하는 우리 모두의 인간 교육'. 회보 표지 상단에 이런 슬로건이 적혀 있다. 표지를 열면 '가만히 생각해 보면 이거야말로 어린이의 마음 되기를 염원하는 우리들의 생각이라 깨달아집니다. 명예욕, 거짓 꾸밈, 헛된 욕망 등 이런 어른 세계의 추악함이 글짓기 교육의 적입니다.'라는 글이 보인다. '잘 살아 보세' 패러다임이 기승을 부리는 당시 사회, 우리 교육의 세태를 보고 인간 교육의 중요성을 느껴서 그렇게 정했다고 생각된다.

## 자유학습의 날과 고교평준화

학교는 주말고사, 월말고사로 암기식, 주입식교육에 열심이었지만, 정부는 의미 있는 몇 가지 정책을 시행 중이었다. 1972년부터 도입된 '자유학습의 날'이 그것이었다. 초등학교 때부터 너무 시험에 매달려 암기식, 주입식교육을 하면 아이들의 창의성을 떨어뜨린다는 것이 정책 도입의 배경이었다. 그리고 69년 서울부터 시범적으로 중학교 입시를 폐지한 데 이어 74년에는 고등학교 입시 폐지를 위해 고교평준화를 도입하였다. 고교평준화 도입 이유도 자유학습의 날 도입 배경과 비슷하다. 국가에서 좀 더 고급 기능을 가진 산업 인력이 필요한데 입시 위주의 암기식교육으로는 불가능하다는 판단과 도시 지역 과외의 성행, 도농 간 심각한 학력 격차를 해소하자는 취지였다.

당시 4차 경제개발 5개년 계획이 막 시작될 무렵이었고, 우리 경제는 섬유, 신발 등의 경공업을 벗어나 중화학공업, 전자산업으로 이행하는 시기였다. 경공업 중심의 단순 기능 인력으로는 중화학공업과 전자산업에 필요한 고급 기능 인력 수요를 감당할 수 없었던 것이다. 구로공단에 이어 73년부터 전자산업 중심의 구미공단이 가동되기 시작했고, 전국적으로 청년들이 공단으로 일자리를 찾아 모여들던 시기였다. 또 산업 인력 수급을 위해 70년대 실업계 학교는 상당히 인기가 있었다. 지역마다 유명한 상고, 공고가 있었고, 이를 통해 저임금 산업 인력들을 확보할 수 있었다.

자유학습의 날이나 고교평준화 도입의 취지는 옳았지만, 학교현장은 여전히 주입식, 암기식교육이 주를 이뤘다. 무엇보다 정책의 목적이 산업 인력 육성이란 차원이어서 우리 사회와 교육의 총체적인 문제를 성찰할 수 있을 정도의 힘을 가지진 못했다. 자유학습의 날이 시행되디 흐지부지 없어지고, 90년대 중반 '책가방 없는 날'이 도입되었다. 물론 그 취지는 자유학습의 날이나 다름없었다. 최근에는 중학생을 대상으로 '자유학기제'를 실시하고 있는데 그 맥락 역시 앞서의 정책과 크게 다르지 않다. 이런 정책들이 학교현장에 어떤 변화를 가져왔을까? 모두 암기식, 주입식교육, 사교육비 증가에 대한 대책이었지만, 여론에 밀린 임시 처방들이어서 문제를 해결하는 데 크게 기여하지 못했다.

고교평준화에 대한 논란 역시 40년이 지난 지금까지도 벌어지고 있다. 논란의 핵심은 고교평준화는 학력을 떨어뜨린다는 것과 수월성을 보장하지 못한다는 것이다. 고교평준화 정책 이후에 대학입시제도 개혁과 더불어 총체적, 장기적 안목을 가지고 여러 정책들이 입안, 추진되었어야 한다. 그러나 기능으로서의 무시험 전형 외에는 교육과 학교의 질적 변화에 대한 제대로 된 대책이 수립되지 못했다.

'잘 살아 보세' 패러다임에 따른 출세를 위한 점수 위주의 경쟁은 70년대부터 시작된 우리 교육의 변화를 위한 정책들을 한입에 집어 삼킬 괴물로 자라기 시작했다. 자유학습의 날, 고교평준화 정책의 취지에 아랑곳 하지 않고 입시에서의 점수 위주 선발과 학교에서 양적 평가는 여전히 위세를 떨쳤다. 학력이 떨어진다고들 말했지만, 정작 '학력이 무엇인가'에 대한 진지한 성찰은 없었다.


## 80년대, 과외 잡으면 대통령 시켜 준다

77년부터 87년까지 내 교직생활은 불만투성이였던 걸로 기억된다. 가는 학교마다 학교장의 비리, 전횡이 있었고, 교사와 교장의 마찰도 심심찮게 있었다. 그런 과정에서 교사들의 주된 관심은 70년대와 마찬가지로 80년대에도 승진이었다. 승진 점수를 따기 위해 벽지를 찾아갔다가 부임한 날 연탄가스에 목숨을 잃은 얘기, 아이들 자습시켜 놓고 연구보고서를 쓴다는 얘기에다 그 보고서마저 다른 시, 도나 이전의 보고서를 짜깁기한다는 등의 얘기를 들으면서 승진에 거부감을 갖고 아예 승진 포기를 선언하는 교사도 있었지만, 지금도 대부분 교사들의 승진 욕구는 식을 줄 모른다.

80년대는 교사들도 자가용을 갖기 시작한 때였다. 70년대 중후반에 오토바이를 갖고 있는 교사는 잘사는 편에 들었다. 80년대 중후반부터 지역에 따라 다소 차이는 있어도 학교에 승용차가 한두 대씩 보이기 시작했다. 90년대 중반 즈음 되자 승용차를 가진 교사들이 부쩍 늘어나 퇴근 후 한자리에 모여 삼겹살 안주에 소주를 나누던 문화는 없어지기 시작했다.

연 10%대의 고속 성장을 기록하며 단군 이래 최대 호황이었다는 80년대 중후반은, 외부적 요인에 의한 일시적인 3저 호황(저달러, 저금리, 저유가)의 시기였다. 그리고 87년 6월항쟁 시기, 내가 근무하는 학교에서는 오후가 되면 고대, 외대, 경희대 쪽에서 날아오는 최루가스 냄새로 눈물을 흘리며 젊은 교사들이 퇴근 후 술자리에 모여 시국을 이야기하기도 했다.

80년대 교육정책으로 기억에 남는 것은 전두환의 신군부에 의해 추진된 7·30교육개혁의 '과외 전면금지' 조치였다. 서슬 퍼런 군부의 정책이니 당시는 정말 과외가 없어질 거란 생각도 했었다.

초임 시절 들은 말 중에 초등학교 교사 집에 전세 사는 사람은 중학교 교사이고, 월세 사는 사람은 고등학교 교사라는 말이 있었다. 물론 대도시 교사에게나 해당되는 말이었지만. 중학교 입시가 있던 60년대부터 대도시 초등학교 교사의 과외 수입은 대단했다. 중학교 입시가 없어지면서 대도시에 근무했던 나이 든 초등학교 교사들이 그때를 떠올리기도 했다. 중학교 입시가 폐지되자 이번에는 대학입시를 위한 고등학교 과외가 기승을 부리게 되어 사회적 문제로 대두되었다. 과외 전면금지 조치가 있었지만 나중에 몰래바이트, 비밀과외 등의 말이 생기고, 위험 부담으로 과외비만 더 오르는 현상이 벌어졌다. 고속도로 과외나 승용차 과외라는 말도 생겼다. 몰래 과외를 해야 하니 승용차 안에서 고속도로를 달리며 과외를 받는데, 휴게소에서 과외교사를 교체해 다른 과목을 과외 받으며 돌아오는 것이었다. 결국 과외 전면금지는 그리 오래가지 못했다. 그 당시 세간에는 과외 잡는 사람 대통령 시켜 준다는 말이 돌 정도로 심각한 문제였고, 신군부는 이런 민심을 얻기 위해 과외 전면금지 정책을 던졌지만, 서슬 퍼런 군부도 간단히 이겨내는 이 힘은 출세를 위한 경쟁, '잘 살아 보세' 패러다임이었다.

80년대는 89년 전교조 결성으로 인해 큰 변화를 맞게 된다. 당시 많은 조합원이 그렇듯이 내가 전교조에 가입하게 된 이유도 그리 거창한 것이 아니었다. 초임 시절 맨발로 떠는 아이를 체벌한 일, 미술 준비물을 가져오지 못한 아이를 벌준 것에 대한 반성의 의미와 앞으로는 좀 더 교사다워지고 싶다는 이유였다. 또 술자리에서 교장, 교감을 비난하면서 정작 교무실에선 입도 뻥긋 못 한 나약함에 대한 반성과 우리 교육이나 학교현장의 문제 해결을 위해서 혼자서는 불가능하고 집단적인 노력이 필요하다는 이유였다. 게다가 80년 광주항쟁에 대해서 경북 지역에서 근무하면서 알았던 내용과 경기도로 와서 여러 지역의 교사들을 만나면서 알게 된 내용의 차이가 너무 컸다. 시대에 대한 이해 부족으로 일종의 부채감이 있었고, 한편으로는 속았다는 분노도 있었다. 전교조는 나에게 7, 80년대를 거치면서 교사로서, 한 사람으로서 어떻게 살 것인가에 대한 물음이었고, 성찰의 계기였다.

전교조 가입으로 해직되면서 내가 주로 했던 일은 참교육실천사업이었다. 지회에서 지역 선생님들을 대상으로 교과와 학급운영에 대한 소모임이나 연수 활동을 주로 맡았다. 특히 우리 지회에 참교육실천 관련 소모임들이 많았고 조합원이 아닌 일반 교사들도 많이 참여하고 있었다. 교사로서 잘 가르치고 싶은 욕구는 누구에게나 있어서 소모임과 강좌는 꽤나 많은 교사들의 참여가 있었다. 지회나 지부의 참교육실천을 통해서 배출한 많은 활동가들이 지금 경기도 혁신학교의 주요 활동가로 성장해 있다.

90년대 초, 초등의 참교육실천활동의 특징은 교과보다는 학급운영 중심의 개인별 실천이었다. 내 관심은 학급운영 중심에서 교과 차원으로 교사들의 관심을 높이고, 학급운영도 해마다 동일한 내용의 반복을 넘어서 새로운 내용으로 질적인 축적이 되도록 준비하는 일이었다. 전교조 가입으로 내 삶은 나와 학교 울타리를 벗어나게 되었고, 우리 교육, 우리 사회를 더 고민하게 만들었다.


## 90년대, 열린교육은 어디로 갔나

90년대 초에는 '열린교육' 열풍이 초등학교 현장에 불어왔다. 6, 70년대 영국의 비형식교육, 미국의 열린교육, 70년대 후반 일본에서 개성화교육이란 이름으로 전개된 열린교육의 씨앗은 89년에 우리 교육에 뿌려졌다. 89년에 공립 초등학교에 처음 열린교육이 도입된 것이다. 이후 91년에 한국열린교육학회라는 단체가 결성되어 체계적인 활동을 하면서 초기 약 5년간 교원들의 자발성으로 활발히 전개되는 모습을 보였다.

열린교육의 지향은 학교운영과 교육과정에서 획일성과 경직성을 극복하고, 학생 중심의 교육을 위해 학교교육의 총체적인 변화를 추구하는 것이었다. 우리나라에서 열린교육의 태동은 정치·사회적인 변화와 무관하지 않다. 전두환 군부독재에 대한 국민적 저항인 87년 6월항쟁의 결과로 대통령직선제와 민주화를 쟁취한 것이 열린교육의 직접적인 배경이라고 볼 수 있다. 우리 사회의 여러 부분에서 민주화의 열기가 표출되었고, 교육민주화는 89년 전교조 결성으로 절정에 이른다. 전교조와 열린교육의 차이점이라면 전교조가 우리 교육의 문제를 정치·사회적인 문제와 함께 고민한 데 비해, 열린교육은 교육적 측면을 강조한 것이라고 볼 수 있다.

초기 열린교육이 전개될 때 전국적으로 교원의 자발적 참여 열기는 참으로 대단했다. 우리 교육의 역사에서 교원의 집단적 자발성이 발휘된 두 사건은 '전교조 결성'과 '열린교육'이었다. 열린교육에 대한 비판도 있었다. 요지는 '열린교육은 아이들을 망친다' '학력이 떨어진다'였다. 그동안 교실에서 바른 자세로 엄숙히 공부하던 모습과 달리 학생 중심의 다양한 활동이 어떤 이들에게는 지나치게 자유분방하고 무질서한 것으로 보였을 것이다. 이런 시각에서 열린교육이 아이들 인성을 망친다고 비판을 했고, 학력이 저하될 것을 우려한 것이다.

일부 열린교육에 대한 이해가 부족한 교장, 교감의 경우 교사에 대한 기존의 내용적 통제력을 상실하고 권한이 축소될까 불안하여 비판하는 경우도 있었다. 점수 위주의 공부, 좋은 대학을 가기 위한 경쟁, 그를 통한 학생 통제 중심의 '잘 살아 보세' 교육의 질주는 열린교육이 교육현장에 쉽게 뿌리내리기 어려운 상황들을 만들었다.

94, 5년 무렵부터 교육부가 열린교육을 적극 수용하여 모든 학교로 확산하려는 노력을 시작하게 된다. 여기서부터 심각한 문제가 발생하기 시작했다. 초기 교원의 자발성에 의해 전개될 때는 열린교육의 건강성이 유지되었으나, 교육부가 열린교육으로 학교 평가, 시도교육청 평가, 승진가산점 부여를 하면서 급속히 형식화되어 갔다. 그러지 않아도 열린교육이 지향하는 가치나 철학이 왜곡되고, 학교운영과 교육내용 차원의 총체적인 변화보다는 수업 방법 차원으로 왜소화되는 문제가 지적되고 있던 차에 교육부의 개입은 이를 더욱 악화시켰다.

교육부가 94년 5·31교육개혁을 통해 열린교육을 중요한 학교정책으로 수용하게 된 것은, 세계화, 정보화 시대의 도래와 세계 시장에 대응하기 위해 창의력과 교육의 수월성을 추구해야 했던 정부의 필요와 무관하지 않다. 90년대 우리나라 산업구조는 60년대 경공업, 70년대 중화학공업, 80년대 조립가공업에 이어 IT산업의 시대를 맞이하게 된다. 단기간에 고도의 압축성장을 이룩한 우리 경제는 90년대에 들어 산업화에서 지식기반산업으로 이행이 필요한데, 이에 따른 산업 인력의 질적 변화가 필요했다. 암기식, 주입식, 문제풀이식 교육은 지식기반산업에 적합한 인력 양성에 걸림돌이 되었고, 때마침 열린교육의 확산은 시의적절한 것이었다. 그러나 교육부의 지나친 개입으로 열린교육의 자발성이 훼손되고, 산업 인력 육성이라는 기능적 측면만 강조된 데다, '잘 살아 보세' 관성까지 복합적으로 작용하여 중등학교까지의 확산은 시작도 못 한 상태로 2000년에 들어서 교육부는 열린교육을 공식 문서에서 완전히 삭제하게 된다.

## 새학교 만들기의 시도와 좌절

나는 94년에 복직을 하면서 열린교육의 한계를 극복하기 위한 시도를 했다. 물론 개별적인 활동이라는 한계가 있었지만 수업, 그중에서도 수업 방법에 치우친 것을 교육과정(교육내용, 수업, 평가)을 개선하는 방향으로 진행해 나가며 아이들 삶의 변화에 초점을 두고자 했다. 당시에 학급에서 정규 교과를 재구성하여 추진했던 주요 프로그램은 여러 가지가 있었다. 예를 들면 모둠별 영화 제작, 마을 문화유적 답사, 농사 짓기, 들꽃 관찰 등의 활동으로 개개인의 소질이나 역량을 발휘하여 성취감을 경험함으로써 자주성을 높이는 것을 목적으로 하는 '모둠활동1', 모둠별 주간활동의 반성과 계획 수립시간, 주제학습, 협력학습, 자율시간, 부별활동, 학급행사를 의논하는 '모둠활동2'가 있었다. 또 가공식품과 자연식품의 차이, 모둠에 대한 우리 반 친구들 설문조사 등의 '주제학습', 모둠별로 협동하여 교과를 학습하면서 더불어 살아가는 태도를 기르는 것을 목적으로 한 '협력학습', 학생마다 자기가 하고 싶은 것을 선택하여 학습하는 '자율시간', 학급 어린이회에서 스스로 다양한 행사를 계획하여 추진하는 '학급행사' 프로그램 등이 그것이다.

복직한 학교에서 2년간 학급을 운영하는 동안 학부모들의 반응은 대체로 '아이들이 재미있어하고 학교에 가는 걸 좋아한다' '선생님 뜻은 좋은데 성적이 떨어질까 걱정이 된다' '초등학교 시절이니 괜찮을 것 같다' 등으로 당시 열린교육에 대한 반응과 크게 다르지 않았다.

어쨌든 이러한 개인적인 실천도 중요하지만 공동의 실천이 더 중요하고, 수업 방법에 치우친 현장의 분위기에서 교육내용의 재구성, 평가를 포함한 총체적인 변화를 일으키는 것이 중요하다고 생각했다. 그래서 개별 교과의 성격을 뛰어넘는 통합적 교육과정을 만들기 위해 전교조의 초등 참교육실천위원장을 맡아 교육과정에 관심이 있는 전국의 교사들과 함께 준비를 시작했다. 95년부터 시작한 그 사업의 명칭은 '새학교 만들기' 사업이었다.

그러나 '새학교 만들기' 구상은 1년 6개월 정도 진행되다가 좌초되고 말았다. 참여했던 핵심 교사들이 이 사업 외에도 지회나 지부에서 전교조 합법화를 위해 역량을 집중해야 하는 터라 업무 부담의 문제가 있었기 때문이다. 또 사업의 목표 자체가 당시 우리 교육현실에서는 무리였다. 수행할 수 있는 준비된 교사가 부족했고, 학교운영의 경직성을 비합법 상태인 전교조가 극복하기에는 한계가 있었다. 무엇보다 점수 위주의 학력관, '잘 살아 보세' 패러다임을 벗어나지 못한 상태에서 교사, 학부모로부터 동의를 얻기 어려운 현실이었다. 당시에 열린교육을 열심히 하는 담임이나 다양한 방식으로 학급을 운영하는 담임에 대해 아이들과 학부모의 만족도가 높았지만, 학력이 떨어질 것을 염려하여 학원을 더 열심히 보냈다는 이야기가 있다.


### 사교육만 살찌운 대입 논술, 수능

90년대 학교교육정책의 중요한 변화로 평가정책에서 월말고사를 폐지하고 수행평가를 도입한 것, 대학입시에서 논술평가를 도입하고 대입 학력고사를 수학능력시험으로 전환한 것을 들 수 있다. 수행평가를 도입한 이유는 결과 중심의 양적 평가를 지양하고 과정 중심의 질적 평가를 지향하고자 함이었다. 논술평가는 지식기반사회의 도래로 보다 창의적인 인재가 필요했기 때문이다. 창의적인 인재를 육성하기에 기존의 주입식, 암기식교육으로는 한계가 있고, 따라서 대학입시에 논술고사를 도입하여 초, 중등교육에서 독서나 토론수업 등이 이루어지게 하겠다는 의도였다. 또 개별교과 평가 차원의 학력고사 대신 통합형 수능으로 지식기반사회에 적합한 인재를 기르겠다는 취지였다.

이 정책들은 우리 교육의 문제를 어느 정도 해결할 수 있을 거라고 기대했지만, 산업 인력 양성에 중점을 둔 결과 시스템의 변화를 가져오지 못한 한계가 있다. 정책 도입 이후 지금까지 수행평가보다는 중간, 기말고사처럼 양적 평가인 지필고사가 절대적이고, 논술고사가 도입되었지만 초, 중등학교 현장은 논술평가가 없을 뿐만 아니라 수업에서 논술에 필요한 토론이나 자기 생각 만들기는 이루어지지 않고 여전히 주입식, 암기식교육이 진행되고 있다. 수능은 교과 통합적이지만 학교 교실의 수업은 여전히 개별 교과 형태로 진행되어 학생은 소위 죽음의 트라이앵글이라는 내신, 수능, 논술 준비의 삼중고를 겪고 사교육은 나날이 증가하면서 오늘에 이르고 있다.

무엇이 문제인가? 대학입시 방식의 문제를 들 수 있겠지만 그것만으로는 설명이 부족하다. 대학입시 방식을 바꾸면 간단한 일이지만, 그렇게 할수 없는 이유는 학력, 학벌이 계급 상승의 매우 중요한 수단이고, 이를 위한 치열한 경쟁에서 조금도 의심이 생기지 않도록 평가 기준이 쉽고, 간단해야 하기 때문이다. 이쯤 되면 '잘 살아 보세' 패러다임은 정당한 교육정책마저 도입하기 어렵고, 왜곡되기 쉽도록 작동되고 있다고 할 수 있다. 앞만 보고 달려온 60년대부터 약 50년간의 우리 사회가 만들어 온 늪이다.

## 2000년대, 학년운영과 악의 축

99년에 전교조 합법화가 이루어졌다. 나는 초대 경기지부장 임기를 마친 다음 신설 학교에 발령을 받아 근무했다. 신설 학교로 간 이유는 관행에서 벗어나 새로운 내용을 추진하는 데 기존의 학교보다 장애가 적을 것으로 판단했기 때문이다. 나의 지난 시간들이 주마등처럼 지나갔다. 미완의 '새학교 만들기', 대안교육, 열린교육의 아쉬운 한계, 학급의 새로운 운영 경험…….

나는 복귀한 신설 학교에서 특별활동부장을 맡아 교육과정 중에서도 특별활동 영역에서 변화를 시도했다. 특별활동을 먼저 선택한 이유는 교과 성적과 관계없는 데다가 교과 재구성보다 접근이 쉽기 때문이었다. 이것을 바탕으로 점차 교과 영역까지 확산할 계획이었고, 학년 단위의 시범운영을 통해 사례를 만든 다음 학교 전체로 변화를 확산할 계획이었다. 3년 계획으로 1년차에는 특별활동 운영의 개선, 2년차에는 학년 교육과정 운영의 개선, 3년차에는 전 학년 적용이 목표였다.

2년차까지는 무난히 간 것 같은데 전 학년 적용에서 어려움이 발생했다. 2년차 때에 우리 학년의 시범운영을 지켜본 많은 선생님들이 부담스러워했다. 그 첫 번째 이유는 무거운 업무 부담이었다. 선생님들의 반응은 당연하다고 생각했다. 그래도 한두 학년 정도는 동참하겠거니 했는데 그게 아니었다. 신설 학교라서 전입 교사들이 많아 공감대 형성이 어려운 것도 있었지만, 학교 차원에서 지원이 약해서 오로지 우리 학년과 특별활동 부서의 자발적인 노력에 기댈 수밖에 없었다. 결국 학교의 변화를 위해서는 교사들의 자발성과 교장, 교감의 학교교육비전이나 학교 자원의 지원이 결합되지 않으면 동력이 약해질 수밖에 없다는 사실을 절감했다. 이중 어느 하나라도 약하면 그만큼 변화의 동력을 잃을 수밖에 없다.

　그러나 이 과정에서도 성과는 있었다. 학급 차원을 넘어 학년 단위의 교육과정 변화를 경험했고, 그것을 통해 아이들의 삶이 어떻게 바뀌는지를 확인할 수 있었기 때문이다. 대상 학년인 4학년 교육과정의 주요 내용을 보면 교과 영역에서 교육과정을 재구성한 통합학습을 중요하게 운영했는데 진로교육, 성교육과 양성평등교육, 전통문화교육, 환경교육을 4명의 담임이 한 주제씩 맡아서 교환수업으로 진행했다. 그리고 또 다른 교과서 개념으로 교과별로 필독도서를 정해서 교재화했으며 재량활동 영역에서는 학급별로 모둠학습 형태인 '다모임학습', 개인이 한 가지씩 주제를 정해 공부하는 '주제탐구학습', 교과별 필독도서를 활용하여 토론을 하는 '독서학습'을 도입했고, 특별활동에서는 주별로 학년 전체가 모여 학급별 체육대회를 여는 '어울마당', 학급회, 담임이 해당 학급별로 아이들과 의논하여 여러 행사를 갖는 '학급자율활동', '학급별 동아리 활동'을 진행했다.

　이런 활동을 보는 학부모들의 반응은 뜨거웠다. 학급별로 학부모들의 참여가 활발했고, 다른 학년 학부모들이 샘을 낼 정도였다. 다른 학년 학부모들은 왜 우리 학년은 4학년처럼 하지 않느냐고 원망도 했고, 나는 다른 학년 선생님들로부터 '악의 축'이란 별명을 얻었다. 그러나 학부모들의 뜨거운 반응은 교육관점이 변해서 생긴 것은 아니었다. 도시 학부모들답게 '학원에서 너무 많은 공부를 하는데 학교에서라도 좀 재미있어야 하지 않느냐'는 것이었다. 이전에 근무하던 학교에서 한 학부모가 찾아와서 공부는 학원에서 하면 되니 아이가 학교 가는 걸 좋아하도록 해 달라고 했던 말이 떠올라 씁쓸하기도 했다.

## 교장공모제와 학교혁신

2006년, 참여정부 말기에 대통령 자문 교육혁신위원회 위원으로 일했다. 상임위원으로 일하면서 내가 맡은 과제는 '학교혁신'이었다. 당시는 경기 남한산초, 충남 거산초, 전북 삼우초, 상주 남부초 등에서 학교혁신의 사례가 많이 알려진 상태였다. 내가 할 일은 그러한 학교가 많이 확산될 수 있는 제도적 기반을 만드는 일이었다. 무엇보다 당시 교육혁신위원회에서 교장공모제가 추진되고 있었는데, 이 교장공모제와 학교혁신정책이 결합되어 추진되도록 하는 것이 내 과제였다. 교장공모제만 시행될 경우 그동안 교장초빙제가 그러했듯이 임기 연장 수단이나 또 다른 경로의 교장 승진에 지나지 않을 것이란 우려 때문이었다. 학교혁신이 수행될 수 있도록 제도화 하지 않으면 교장공모제의 취지를 살릴 수 없다고 판단했다. 그리고 교장 한 사람의 변화로 학교혁신을 가져오기에는 한계가 있기에, 공모 교장과 함께 일할 교사 팀의 공모도 검토했지만 의견이 분분했다.

지금 와서 생각해도 교장공모제와 학교혁신정책이 적극적으로 결합되지 못한 점은 무척 아쉽다. 교장공모제 역시 초빙제처럼 임기 연장의 수단으로 활용되는 사례가 빈번했다. 제1기로 선출된 교장의 90%가 교장공모제를 그저 임기 연장의 수단으로 삼았다는 것을 공모교장 연수에서 확인할 수 있었다. 학교혁신에 뜻을 가진 공모교장이라 할지라도 교사들과 공감대 형성이 어려운 조건에서 학교혁신을 해 나가는 것은 쉽지 않은 일이었다.

어쨌든 교육혁신위원회에서 처음에는 교장 공모제와 학교혁신정책을 결합한다고 하다가 나중에는 분리시켰고, 아예 학교혁신은 실종되고 말았다. 이유는 몇 가지 있었다. 공모교장만 해도 말이 많아 힘든데 거기다가 학교혁신이라는 과제까지 주는 것은 무리라는 의견과 교장공모제의 지나친 확산을 차단하자는 의견이 있었다. 공모제가 갖는 정치적 부담을 최소화하자는 생각이었을 것이다. 당시 일부 교원 단체에서 교장공모제에 대한 반발이 심했던 상황을 보면 어느 정도 이해할 수도 있다. 그만큼 교육혁신위원회 내부의 반발도 있었고, 설득하기에 역부족이었던 점도 있었다. 이런 과정을 지켜보면서 과연 교장공모제가 안착되어 학교의 변화를 가져올 수 있을까 하는 의구심을 갖게 되었다.

교장공모제가 확정되자 나는 공모교장에 응모하기로 했다. 95, 6년에 시도한 '새학교 만들기'를 완성하고 싶은 생각이었고, 교장공모제의 제대로 된 사례를 만들고 싶은 생각도 있었다. 학급, 학년 운영을 넘어 이제 학교 운영을 통해 학교와 아이들이 어떻게 변화할 수 있는지, 교장공모제 정책의 올바른 지향이 어떠해야 하는지를 실천적으로 검토해 보고 싶었다.


## 2007년, 새로운 학교를 위한 준비

2007년 9월, 우여곡절 끝에 양평 조현초에 공모교장으로 부임했다. 10월부터 조현 교육을 정립하기 위한 작업이 시작되었다. 무엇보다 조현초가 지향하는 것은 공교육의 문제점을 극복할 수 있는 하나의 모델이 되어야 한다는 비전이었다. 조현초의 여러 교사들이 이에 공감하고 있었기 때문에 실행에 있어서 큰 문제가 없었다. 그러나 비록 조현초의 지향에 깊이 동의하는 교사들이 모였다 해도 서로 경험이 다르고 방법의 차이가 있는 법이다. 그래서 2007년 10월부터 2008년 2월에 걸쳐 2008학년도 학교교육 계획이 수립되기까지 내 역할은 교사들의 비전과 가치 공유를 위해 집중적인 논의를 하도록 하는 것이었다. 지금 생각하면 충분하지는 않았지만, 그 정도의 공유가 있었기 때문에 교사들의 열정과 자발성이 보태어져 2008학년도 학교교육과정이 완성될 수 있었다고 본다.

비전과 가치의 공유를 통해 완성된 조현 교육과정에 대한 이해와 구체적인 정책 수립을 위해 수많은 연수를 가졌다. 또 전문성을 키우기 위한 다양한 연수가 외부강사와 함께 진행되었다. 왜 학교교육과정의 변화가 필요한가? 학년 교육과정을 어떻게 준비할 것인가? 우리 교육의 과제와 조현초의 지향은 무엇인가? 새로운 학교를 위해 노력하는 학교들의 사례, 학교 자체 통지표 개발과 평가기준, 문화예술 교육과정 도입 방안, 학교자율화의 의미와 우리 학교 교육과정 편성, 학교교육과정의 평가, 수업을 통한 학교교육변화, 연극놀이의 수업활용, 협동학습의 방법, 요즘 아이들에 대한 이해 등이 초기 연수의 주요 내용이었다.

한편 고민을 많이 했던 문제는 학교 변화를 전면적으로 시작할 것인가, 연차별로 단계적으로 진행할 것인가 하는 문제였다. 어느 것이나 장단점은 있겠지만, 우리는 전면적인 변화를 시도했다. 단계적으로 할 경우 해마다 늘어나는 업무에 지칠 가능성이 있고, 변화를 실감하지 못할 경우 추진력이 흐려질 우려가 있기 때문이었다. 전면적인 변화는 첫해 업무 강도가 심하겠지만 해마다 점점 익숙해질 수 있고, 전체적인 변화의 상을 그리며 실천하다 보면 일정한 기간이 지났을 때 다시 체계적으로 새로운 기획을 할 수 있다. 그로 인해 아이들 삶의 변화를 가져온다면 성취감의 정도도 확연히 나을 것이란 판단이 있다.

이 과정에는 08학년도에 우리 학교에 초빙 예정인 교사 두 명도 함께 참여했다. 지금까지의 관행으로 볼 때는 불가능한 일이었다. 아직 발령나지 않은 교사가 그것도 1, 2주가 아니고 다섯 달을 함께한다는 것은 참 힘든 일이었다.

## 어떤 학교를 생각했나

조현초는 우리 교육의 과제를 극복하기 위한 학교의 지향을 크게 네 가지로 정리했다.

1)교육내용의 획일성을 극복하기 위한 교육과정의 다양화
2)도농격차 해소를 위한 교육복지 측면의 노력
3)지역사회에 기여하는 학교
4)교원의 자발성으로 농촌학교의 새로운 모델 만들기

조현초의 교육내용은 모두 이 네 가지 관점에서 구성되어 있다. 교육과정의 다양화 문제는 사교육 경감, 평준화와 비평준화 논쟁, 미래사회에 적합한 인재 양성, 공교육 내실화 등으로 표현되는 우리 교육의 일반적인 과제를 위한 대안적 노력이라 할 수 있다. 우선 사교육 문제는 대학입시의 문제와, 대학입시는 학벌사회로서 학력 간 임금 격차의 문제와, 또 학력 간 임금 격차는 '잘 살아 보세' 패러다임이 작동하는 우리 사회와 연관되어 있다.

그러나 초, 중등 학교교육으로 좁혀서 본다면 교육내용, 수업, 평가라

는 교육과정의 획일성이 원인이다. 특히 평가의 문제가 큰 부분을 차지한다. 사교육이 없는 나라치고 교사별 평가가 이루어지지 않는 나라가 없다. 교사별 평가란 초등의 경우 같은 학년이라 하더라도 담임에 따라 평가기준이 다른 경우를 말하고, 중등의 경우 동일한 교과를 두 명의 교사가 가르칠 때 담당교사마다 평가문제가 다른 경우를 말한다. 교사별 평가가 이루어지니까 일제고사와 같은 획일적인 평가가 없으며, 평가에 대비한 선행학습, 보충학습 또한 존재할 수가 없는 것이다. 교사별 평가가 없는 우리나라와 일본의 경우 획일적 일제고사가 가능하고 이에 따른 선행학습, 보충학습을 위해 학원과 사교육이 기승을 부릴 수밖에 없다. 역대 정권은 그동안 수많은 사교육 경감 정책을 추진했지만 모두 실패했다. 나는 그 이유를 평가를 포함한 교육과정정책의 실패에서 찾고 있다. 지금까지 사교육 경감 정책으로 추진한 적 없는 것이지만, 초, 중등 학교교육에 국한된 방안으로는 본질적인 것이라 본다. 교사별 평가를 추진하면서 장기적인 안목으로 이에 적합한 대입제도를 추진했어야 한다.

다음으로 평준화와 비평준화의 논쟁 역시 교육과정에서 해결점을 찾을 수 있다. 특목고, 자사고 등이 있는 한 이미 전국적인 의미에서 평준화는 실패했다고 볼 수 있다. 1974년에 실시된 고교 무시험 추첨 전형은 입시 위주 교육에 따른 지나치게 획일적인 교육문제, 과외 열풍, 일류학교나 삼류학교 등 성적에 의해 학생들의 삶이 결정되는 문제를 극복하기 위한 방안으로 도입된 정책이다. 그렇다면 무시험 추첨 전형 이후 교육정책의 방향은 다양하고 창의적인 교육, 사교육이 없어도 되는 교육, 시험 성적이 아니라 개인의 다양한 진로 적성에 따른 수월성 교육 등 교육과정을 다양화하는 쪽으로 추진되었어야 한다. 그런데 무시험 추첨에 부정적인 사람들에 의해 '평준화'는 곧 '다양성' '창의성' '수월성'의 반대 개념으로 학력 저하를 가져오는 것처럼 인식되었다. 왜곡된 학력지상주의는 평준화 대신 특목고, 자사고와 같은 학교체제의 다양화로 나타나 우리 중등교육을 파행으로 몰고 있다.

도농격차 해소 문제는 농촌 지역에 위치한 조현초의 특수성으로 인한 것이며, 지역사회에 기여하는 학교는 학교의 역할을 단지 학생을 가르치고, 학부모와 소통하는 곳이라는 시각을 넘어, 학교가 지역사회의 발전에 어떻게 기여할 수 있는가라는 보다 적극적인 학교 역할에 대한 도전이다.

교원의 자발성으로 농촌학교의 새로운 모델을 만든다는 것은, 앞의 세 가지를 이루기 위한 원동력은 결국 교원의 자발성 여부에 달렸다는 의미이다. 자발성이나 헌신성의 정도는 학교 구성원의 합의를 기반으로 할 수밖에 없을 것이다. 그러나 토론 과정에서 합의의 수준은 높아질 수 있고, 변화의 폭이 결정된다. 이 변화의 폭은 조현초 교원 개인들의 성장과도 함께할 것이다. 이 네 가지 과제는 우리 교육현실이 크게 변하지 않는 이상 조현초의 존재 이유, 정체성이 될 것이다. 이에 대해 우선적으로는 교직원 사이의 합의가 필요하며 그다음은 학부모와 합의가 있어야 한다.

사실 위의 네 가지 항목은 지금 학교의 조건이나 교사의 조건에서는 상당히 높은 수준이라고 본다. 특히 교사들의 경우 다양한 영역에 특별한 관심을 보이고 있다. 특정 교과에 관심이 있는 교사, 특정 영역(통일, 환경, 예술, 스포츠, 학생생활, 지역활동 등)에 관심이 있는 교사, 수업 방법에 관심이 있는 교사, 학급운영에 관심이 있는 교사 등이다. 사실 교사들은 자기 관심 영역에 초점을 두고 교육활동을 바라보게 된다. 따라서 교사 개인의 관심 영역을 넘어 우리 학교, 우리 교육의 과제를 분석하고 대안을 찾는 것은 곧 학교교육의 변화를 위한 과정이며, 이 과정이 교사와 학교의 성장 과정이기도 하다.

# 세월호 이후의 교육과 혁신학교

## 왜곡된 학력관, 극복할 수 있나

본래 학력은 지적 능력과 정의적 능력으로 구성된다고 볼 수 있다. 심리학자이자 교육학자인 블룸 식으로 말하면 지적 능력은 지식, 이해, 적용, 분석, 종합, 평가라 설명할 수 있고, 정의적 능력은 감수, 반응, 가치화, 조직화, 인격화 등을 말한다. 흔히 말하는 흥미, 자신감, 자아실현 욕구, 자기 효능감, 협력, 책임, 자존감, 태도 등이 그것이다. 이것은 각 교과 학습 차원에서 정의적 능력을 말하지만 교과를 벗어나 학생들 삶에 있어서의 정의적 능력을 말하기도 한다.

우리나라 학력의 왜곡은 크게 두 양상으로 나타난다. 우선 지적 능력을 지나치게 단편적인 지식 습득 측면으로 이해하여 분석, 비판, 종합, 평가 등의 고등정신 능력이 소홀히 다루어진다는 점이다. 단적으로 90년대 중반에 지식, 기능 중심 교육을 극복하고 고등정신 능력을 기른다는 취지에서 대학입시에 논술고사가 도입되었다. 그러나 초, 중등학교에서는 토론식 수업이나 논술평가가 제대로 이뤄지지 않았고, 수능을 도입해 통합형 평가 문제를 출제하고 있지만, 지금까지도 초, 중등학교에서는 개별 교과 중심으로 아이들을 가르치고 있다.

두 번째 학력 왜곡은, 정의적 능력을 학력으로 보지 않는다는 것이다. 정의적 능력은 지적 능력의 기반이 되는 매우 중요한 학력이고 국가 교육과정에서도 어느 교과를 막론하고 중요하게 제시되고 있다. 하지만 입시 위주의 지식 암기 교육에서는 이를 소홀히 할 수밖에 없다. 정의적 능력은 인성교육의 주요 요소를 갖고 있어서 정의적 능력을 소홀히 하는 것은 수업을 비롯한 여러 교육활동에서 인성교육이 소홀해지는 것이나 마찬가지다.

정의적 능력에 대한 소홀은 국제 평가 결과에서도 잘 드러난다. 2013년 12월 초에 발표된 '2012 국제학업성취도평가(PISA)' 결과를 보면 우리나라는 OECD 34개 회원국과 31개 비회원국을 합친 65개국 중 수학은 3~5위, 과학은 5~8위, 읽기는 3~5위로 우수한 성적을 거뒀고, OECD 34개 회원국 중에서는 모든 교과가 1~4위를 차지했다. PISA는 3년마다 실시하는데 매번 우리나라 학생의 성적이 이 정도 수준을 유지하고 있다.

교육당국은 PISA 성적을 앞세워 우리나라 학생이 세계 최고 수준이라고 자랑하지만, 외국의 언론이나 국내의 많은 전문가들이 그 의미에 대해 의문을 갖는다. 우리 학생들이 학습량이 많고 주입식 공부를 하고 있기 때문이다. 특히 학습량의 경우 PISA 성적 세계 1위를 차지하는 핀란드의 경우만 15세 학생의 주당 수업시수가 28시간이지만, 우리는 50시간에 이른다.

게다가 정말 중요하게 살펴봐야 할 것은 정의적 능력 부분이다. 2012년 PISA에서, 수학에 대한 흥미와 즐거움을 나타내는 '내적 동기'는 65개국 중 58위를 차지했고, 과제를 잘 수행할 수 있다는 자신의 능력에 대한 믿음인 '자기 효능감'은 62위, 자신의 수학적 능력에 대한 자신감인 '자아개

넘'은 63위였다. 또 수학 관련한 진로를 평가하는 '수학학습 계획'은 59위로 최하위 수준이었다. 우리나라 학생의 정의적 능력은 수학뿐만 아니라 나머지 과목에서도 비슷한 결과를 나타냈다. 이 정의적 능력은 PISA 성적 발표 때마다 거의 세계 최하위 수준으로 나온다. 또 다른 국제평가로 수학, 과학 교과 평가인 TIMSS에서도 거의 비슷한 결과가 나온다.

우리 학생들의 전인적 성장을 위해서는 지식 과잉 교육을 줄이고 결핍된 정신적 자양분인 비판적 사고력과 정의적 능력을 지속적이고 체계적으로 보충해 줘야 하는데, '잘 살아 보세' 패러다임에 갇힌 신분 상승을 위한 점수 위주의 입시경쟁은 교육의 본질, 학력의 본질까지 왜곡시켰다고 본다. 그렇다고 지금 점수 위주의 입시경쟁이 신분 상승을 가능하게 하는 것도 아니다.

2000년대 교육의 실태를 보면 97년 IMF 외환위기나 2008년 국제금융 위기처럼 고속 성장을 추진하는 과정에서 양적 팽창에 의한 부실 양상과 크게 차이가 없다. 80년대 대학진학률은 약 27% 정도였던 것이 90년대는 약 33%로 증가했고, 2008년경에는 약 84%에 이른다. 한국은행 경제연구소의 사회지표 변화를 보면 도시 가계소득 하위 20%와 상위 20%의 소득 배율이 90년 3.72배에서 2010년 4.82배로 높아져 소득불균형이 심화되었고, 교육비 지출 규모는 03년에 4.9배, 2010년에는 6.3배로 격차가 커졌다. 소득별 사교육비 격차는 2008년경에는 최대 열 배까지 차이가 나기도 했다. 서울대 입학생 중 특목고 학생의 비율은 03년 약 12%, 05년 약 17%에서 07년에는 약 22%로 증가했다. 그동안 교육으로 계층 상승을 이뤘지만 2000년대에 이르러 빈곤이 대물림되는 사회가 되면서 더 이상 개천에서 용 난다고 말하지 않는다. 우리 학생들은 이제 무너진 계층 사다리를 오르기 위한 무한 경쟁을 벌이면서 학업이나 삶의 고통을 겪고 있다.

2011년 매일경제신문이 엠브레인과 공동으로 한 국민인식조사에서 97년과 2011년을 비교했을 때 기회균등, 능력에 따른 보상, 공정한 경쟁, 소득분배에서 모두 낮아진 결과를 보였다. 그리고 계층별로 가장 큰 걱정거리는 20대는 자신의 진로, 30대는 비싼 주거비용, 4, 50대는 노후대책이었다. 그러나 이러한 상황을 두고 또 많은 사람들은 경제성장이 있어야 모두가 성장의 과실을 나눠 먹을 수 있다는 논리로 어떻게 살 것인지, 잘 산다는 것이 무엇인지에 대한 질문을 막아 버린다. 세월호 이전의 교육과 이후의 교육을 구분하는 잣대의 하나로 성장 위주의 '잘 살아 보세' 패러다임과 왜곡된 학력관에 대해 성찰할 수 있어야 한다.

## 학교는 변할 수 있다

남한산초를 비롯한 전국의 몇몇 작은 학교가 고속성장, 양적 성장을 위한 교육을 성찰하며 교육의 본질을 추구하기 위해 노력했지만, '노는 학교' '학력을 소홀히 하는 학교'라는 말로 폄하되기도 했다.

그런 점에서는 2007년부터 새로운 학교로 운영된 조현초도 마찬가지였다. 일부 학부모 눈에는 교실 안팎에서 이뤄지는 학생들의 다양한 활동이 수업에 집중하지 않고 노는 모습으로 보였고, 학교에 가는 것이 즐겁다는 학생들의 말을 학교가 재미있게 놀게 해 준다는 의미로 해석하여 공부는 언제 하냐고 질문하기도 했다. 그리고 공부 못하는 아이들을 놀게 하는 학교, 학력이 떨어지는 학교니 공부 잘하는 학생은 보낼 곳이 못 된다고도 했다. 이들에게 공부는 빨리, 많이 암기하고 문제를 잘 풀어 높은 점수를 받는 것이다. 이런 시각은 우리 사회가 지난 시간을 진지하게 성찰하지 않는 한 변하지 않을 것 같다.

하지만 나에게 조현초에서의 4년은 학급, 학년 단위의 실천 활동을 드디어 학교 차원의 실천으로 확대하여 그동안 꿈꿔 오던 것을 실현한 시간이었다. 조현초 교육의 일부 성과를 외부의 시선으로 정리하면 다음과 같다.

조현초등학교 교육과정 9형태의 특징은 학생이 스스로 만들고(어울마당, 발전학습), 학생의 신체와 감각으로 직접 느끼고, 표현하도록 하고(다지기학습, 문화예술학습), 책과 칠판을 통해서가 아니라 현장에서 자신의 통합 주제를 직접 탐구하도록 하며(통합학습), 자연생태를 직접 체험하도록 하는 것(생태학습, 창조학습)이다. 다시 말하면 일반학교에서 천편일률적으로 이루어지고 있는 교과서중심, 교사중심교육에서 벗어나 아동의 자연성 즉 타고난 자발성과 학습능력을 일깨우고 그것이 조현의 자랑이라고 할 수 있는 자연환경과 직접 만나도록 하겠다는 것이다. 아동의 자연성은 교육으로 길러 주어야 할 그 무엇이 아니라, 스스로도 제어할 수 없는 성장욕구요, 아동 나름대로 사물을 인식하고, 이해하고, 학습하는 방식이다. 그러므로 그 자연성은 아동교육의 시발점이다.

(…)

아동의 변화는 학부모와의 면담에서도 확인할 수 있었다.

"전에는 서울의 K구에 살았다. (나리는) 전정감각에 문제가 있다고 한다. 언어발달도 느리고 지능도 떨어진다. 전 학교에서는 아이를 바라보는 시선이 문제였다. 그래서 이곳으로 전학 오기 전에 학교를 알아보고 있었는데, 언니가 이 학교를 알려 주었다. 이곳으로 온 후 애가 바뀌었다. 전학 2, 3주 후 애를 보고 놀랐다. 복도 저 멀리에서 오는 담임선생님을 보고 달려가서 안겼다. 나는 이제 됐다고 생각했다."

—「교육적 진정성과 소통성취」, 박부권, 2010

나는 조현초에서의 경험을 바탕으로 학교는 변할 수 있다고 확신한다. 조현초 이전에 전국의 여러 작은 학교들의 사례가 그랬다. 한두 학교가 아니다. 여러 학교의 사례가 그것을 증명한다. 중요한 것은 한 학교의 변화가 지속 가능한가와 다른 학교에서도 이 변화가 가능한가이다. 한 학교의 변화가 지속 가능하다는 것은 10년 넘는 시간에 걸쳐 지속되는 남한산초나 전북 삼우초가 보여 주고 있다. 그리고 조현초 역시 이제 7년차에 접어들었다. 세 학교의 공통점은 작은 학교라는 점도 있지만, 교장공모를 통해 해당 학교의 가치와 비전을 공유하고 있는 교장을 선출했다는 것이다. 그리고 이 교육지향에 동의하는 교사들이 전입하고 있다는 것이다. 문제는 다른 학교에서도 변화가 가능한가이다. 나는 그것 역시 가능하다고 생각한다. 경기도의 혁신학교가 그 사례이다.

## 혁신 알레르기

2009년 경기도에서 혁신학교가 김상곤 교육감의 공약으로 제시되었다. 구체적인 정책 수립 단계에서 일부 교원들 사이에 논란이 있었는데, 그것은 혁신학교의 지향이나 내용에 대한 것이 아니라 지엽적인 문제인 '이름'에 있었다. 그들은 왜 이름이 '혁신'인가를 문제 삼았다. 아무리 지향이 좋아도 '혁신'이란 말 때문에 교원들이 싫어한다는 것이다. 경기도의 이런 논란이 타 시도에도 참고가 되었는지 전남에서는 '무지개학교', 광주에서는 '빛고을학교', 강원도에서는 '행복더하기학교'로 이름을 붙였다.

지금까지 우리는 정권마다 교육개혁이 추진되는 과정에서 혁신이란 말을 자주 들어 왔다. 교육분야는 물론 우리 사회의 모든 분야에서 개혁, 혁신이란 말은 거의 일상화되었다. 하지만 정말 개혁적이고 혁신적이었나를 생각하면 그렇지 않다. 혁신=기술혁신=경제발전이었지 우리 사회, 삶의 전반적인 질적 변화를 염두에 둔 혁신이 아니었기 때문이다.

우리 경제의 근대화 과정은 서구 모방 경제였다. 빠른 시간 안에 서구의 기술을 따라잡는 게 목적이었다. 80년대 후반 모방을 벗어나 창의적인 기술이 필요한 시점에서 교육, 경제 분야를 포함한 사회 전반에 걸쳐 개혁이 필요했지만 여전히 '잘 살아 보세'의 관성을 벗어나기 힘들었다. 군사정권의 보호 하에서 시키는 대로만 하는 것이 편하고 안전했으며, 그 결과 실제로 성장의 과실을 얻은 경험 때문이다. 우리 사회는 이 과실을 지키기 위해 기득권을 침해하는 개혁, 혁신에 대해서 알레르기 반응을 보이게 된다. 보편적복지에 반대하거나 경제민주화에 거부 반응을 보이는 것이 대표적인 예일 것이다.

우리 교육도 이와 다르지 않다. 90년대 초 열린교육, 96년 학교운영위원회나 2007년 교장공모제가 도입되며 많은 반발이 있었다. 그 반발의 본질은 내용과 형식에 있어서 민주주의에 대한 불편함이다. 내용적으로 교육과정의 혁신은 기존 내용에 변화를 추구하는 것이고, 형식에 있어서는 민주적 학교운영이나 학교의 자율적 운영이 학교 안에서 일반 교사의 역할을 키우고 학교장이나 교감의 권한을 축소시킨다고 보았던 것이다.

지금의 교장, 교감 들은 나처럼 70년대 중후반에 교사를 시작하여 '잘 살아 보세'에 발맞춰 열심히 아이들을 가르친 세대이다. 수당이 없어도 나머지공부를 시켰고 방과 후에 시험지를 풀면서 아이들의 성적을 올리기 위해 헌신했을 것이다. 교육적으로 옳고 그름을 떠나, 열심히 했다는 기억을 모두 갖고 있다. 개혁이나 혁신이 그들의 존재나 헌신을 부정하는 것이 아님에도 그들이 교사로서 살아온 삶과 정체성을 부정당하는 것처럼 과장되게 왜곡시켜 정서적 거부감을 보여 왔다.

교육정책을 논의하는 과정에서 보수나 진보 할 것 없이 우리 교육의 문제 인식에서 공통점이 많다는 것을 발견하게 된다. 그러나 유독 혁신학교에 대해서 공격적인 것은 논리보다 정서적인 측면이 앞서기 때문이다. 그리고 이것을 반대할 강력하고 정당한 논리를 찾는다. 그동안 늘 그래 왔듯이 학력 저하를 우려한다거나 전교조학교라는 이름을 붙이며 왜곡시키는 것이다.

교육계의 많은 사람들이 기업의 혁신에 대해서는 긍정적인 반응을 보인다. 기업의 혁신은 경제성장을 위한 것이니 동의하고, 교육 내부의 혁신은 기득권 유지에 방해가 되니 거부하는 이중적 태도를 보이는 것이다. 이제 개혁이나 혁신도 단지 잘 살기를 넘어 무엇을 위한 혁신인지, 어떻게 살기 위한 개혁인지를 묻지 않으면 개혁, 혁신이란 말은 앞으로 오랜 시간 왜곡되어 불구인 채로 우리 사회, 우리 교육의 언저리를 떠돌게 될 것이다.


## 우리 교육에서 혁신학교가 갖는 의미

혁신학교는 공교육 정상화를 위해 교육과정 혁신과 학교운영체제의 혁신을 핵심 내용으로 한다. 학교운영체제 혁신을 위해 민주적 학교운영, 학교 자율운영, 전문적 학습공동체를 구축해야 하는데, 이것은 교육과정 혁신을 위한 것이기도 하다. 그러니까 혁신학교의 본질은 교육과정(교육내용, 수업, 평가)의 혁신에 있다. 왜냐하면 교육과정은 학생의 삶에 직접적으로 맞닿아 있기 때문이다.

그러나 혁신학교 초기 추진 과정에서 학교별로 여러 다른 모습을 보여주었다. 민주적 학교운영을 가장 우선으로 두는 학교, 교육과정 전반에서의 혁신이 아니라 그중 수업에 집중하는 학교, 전문적 학습공동체를 위한 여건 조성으로 교사들의 행정업무 경감에 중점을 두는 학교 등 다양했다. 또 일부 학교에서는 혁신학교를 일정 기간 운영하는 연구학교의 성격으로 받아들이기도 했다. 초기에 여러 편향이 있었지만 지금은 교육과정 혁신이 핵심이라는 공감대가 형성되었다.

교육과정은 학교문화 형성과 직접적인 관계가 있다. 우리나라에서 학교별로 학교문화는 없다고 봐야 할 것이다. 두 가지 중요한 이유가 있는데 우선 획일적인 교육과정 때문이고, 다음으로 순환근무제 때문이다. 전국적으로 동일한 내용을 가르치고, 2, 3년이면 교원이 이동하게 되니 학교마다 가치나 철학에 따른 교육력이 형성될 수 없는 것이다. 학교문화라는 것은 교원, 학생, 학부모 등의 구성원이 공유하는 가치나 비전에 의해 형성될 수밖에 없다. 이 가치나 비전은 내용적 매개로서는 교육과정이 될 것이고 형식적 매개로는 학교운영체제일 것이다. 따라서 해당 학교의 가치나 비전에 맞는 교육과정을 갖지 못하거나, 가졌다고 해도 지속 가능성을 확보하지 못할 때 학교마다 고유한 학교문화를 형성하기는 어렵다. 프랑스의 프레네 학교나, 독일의 헬레네 랑에, 발도르프 학교 등은 몇십 년 동안 학교의 가치나 철학에 따른 고유의 교육프로그램이 유지, 계승되고 있다. 그러나 혁신학교 주요 추진과제는 서구의 보편적인 학교의 모습으로 봐야 할 것이다. 프레네나 발도르프처럼 학교별 철학에 따른 교육력 축적은 혁신학교 운영 과정을 통해 시간을 충분히 두고 지향해야 할 과제일 수밖에 없다. 이렇게 본다면 현재 우리나라 학교의 모습은 서구의 보편적인 학교 모습에도 다가서지 못하고 있는 실정이다. 이것을 극복하고자 혁신학교가 운영되고 있다.

우리 교육에서 혁신학교가 갖는 의미를 찾는다면 다음과 같이 정리할 수 있다. 첫째, 우리나라 학교교육의 과제에 본질적으로 대응하는 학교다. 둘째, 열린교육 이후 교원의 집단적 자발성이 발휘된 사례다. 셋째, 학교혁신의 지향 혹은 철학의 정립을 들 수 있다. 넷째, 시도교육청이 지방교육자치기관으로서의 위상을 정립한다는 데 의미가 있다. 다섯째, 지원행정의 관점과 방법의 차별성이다. 여섯째, 학부모와 기초단체의 적극적인 참여다. 지금까지 학교혁신의 추진은 대체로 학교, 교원 중심이었지만 혁신학교 지정 과정에서는 학부모의 요구가 강한 것이 특징이었다.

이런 의미에서 추진되는 혁신학교는 그동안의 학교정책과는 차별점이 있다. 무엇보다 교원의 자발성에 근거하고 있기 때문에 교육감의 임기가 끝나면 사라질 학교는 아니다. 물론 양적 차이는 있을 수 있지만 그 운동은 지속될 것이다. 아니 지속되어야 한다. 혁신학교는 양극화, 특권화, 무한 경쟁으로 치닫는 우리 사회와 교육에 대한 성찰의 의미를 갖고 있다. 어떻게 살아야 하는가, 무엇이 잘 사는 것인가라는 물음을 모두에게 던지고 있기 때문이다.

## 혁신학교에 대한 오해

학교의 변화는 시대적 상황을 반영한다. 열린교육은 80년대 민주화 과정을 거치면서 절차적 민주주의가 신장되는 과정의 산물이고, 혁신학교는 누적된 우리 교육의 문제를 극복하기 위해 교육의 본질을 찾는 과정에서 얻은 산물이다. 열린교육은 경쟁과 점수지상주의에 의해 지속성을 잃었고 혁신학교 역시 열린교육과 같은 어려움에 직면해 있으며, 이를 둘러싼 보수와 진보의 대립 구도가 첨예하다. 유럽에서는 많은 혁신학교들이 인간과 사회의 진보에 교육이 기여한다는 관점을 갖고 있는데, 우리 혁신학교 역시 다르지 않다. 그러나 우리는 교육을 정치, 사회와 분리하고자 하는 기능적인 관점과 보수와 진보의 갈등으로 인해 교육의 적극적인 시도들이 '정치적'이라고 왜곡되는 또 다른 '정치적' 상황에 놓여 있다.

혁신학교에 대한 비판은 본질적인 차원보다 지엽적인 문제, 왜곡된 시각에서 비롯되는 경우가 많다. 혁신학교는 '공교육 정상화의 선도학교'의 기준으로 평가하는 것이 바람직하다. 획일적 교육내용, 점수 위주의 왜곡된 학력관, 인성교육 소홀, 교원의 자발성 미흡, 교육행정의 경직성, 학교운영 체제의 관료성, 비민주성 등을 혁신학교가 어떻게 극복하는가를 평가해야 한다는 것이다.

그러나 일부에서 혁신학교를 여전히 점수 위주의 학력관으로 평가하거나, 특정단체 회원의 유무 문제, 예산 지원의 문제 등 비본질적인 문제를 가지고 정치적으로 접근하고 있다. 교육부가 예산을 지원하는 여러 사업 가운데 유독 혁신학교의 예산 지원을 두고 특혜라고 문제 제기를 하는 식이다. 오히려 경기도의 경우는 혁신학교 일반화를 통해 모든 학교에 예산을 지원하고 있다.

혁신학교의 한계 혹은 문제점으로 지적하는, 전입생 증가로 인한 과밀학급 문제, 인근 지역 부동산 가격 상승 문제, 구성원 간의 갈등 문제, 수업 혁신에서 오는 혼란, 교육과정 운영에 대한 학부모의 불만 등도 엄밀히 말해 한계나 문제점이라기보다 오히려 혁신학교의 성과를 반증하는 것이거나 추진 과정상 일부 학교에서 부분적으로 발생하는 상황이다.

일부에서는 혁신학교가 학력을 중시하지 않기 때문에 초등학교에는 적절할지 모르나 중, 고등학교에서는 맞지 않다고 말한다. 학력이 무엇인가에 대한 진지한 성찰 없는, 이 왜곡된 학력관은 40년이 넘도록 죽지도 않고 시퍼렇게 살아 있다. 보수 언론마저 우리 교육, 우리나라의 미래를 위해서는 입시 위주의 암기식, 주입식교육을 지양하고 창의성을 기르는 교육을 해야 한다면서도 그런 취지의 혁신학교는 비난한다.

영국의 스키델스키 부자가 쓴 『얼마나 있어야 충분한가』(부키, 2013)라는 책이 있다. 이 책은 돈에 대한 무한 경쟁적인 사랑을 넘어서 대안적 가치인 좋은 삶에 대해 생각해 보자는 제안서다. 철학이 분리된 경제학에 철학의 숨결을 불어넣으면서 좋은 삶의 기본재로서 건강, 안전, 존중, 개성, 여가, 자연과의 조화, 우정을 들고 있다. 스키델스키 부자가 제시한 좋은 삶의 구성 요소들은 우리가 보기에 특별한 것이 없다. 당연히 시대를 불문하고 사람들의 삶에서 변함없이 요구되거나 추구해야 할 것들이다.

하지만 이처럼 변하지 말아야 하는 것들은 더욱 쉽게 왜곡, 변질된다. 우리 사회가 말하는 학력은 가치나 철학이 배제된 채, 돈을 벌기 위한 목적으로서의 점수 위주의 학력이지 삶을 위한 학력이 아닌 것이다. 더 높은 점수를 위해 무조건 외우고 문제를 푸는 공부가 학생들에게 건강과 여가를 주고 있는지, 입시경쟁 위주의 공부가 학생 개인의 개성을 살리고 존중과 배려, 우정을 가르쳐 주는지, 입시경쟁에서 낙오한 학생들의 정신적 건강과 안전은 어떻게 보장해야 하는지, 모든 자연이 이윤창출의 수단으로 훼손, 파괴되는 환경 속에서 지속 가능한 삶을 어떻게 배울 수 있는지. 이런 것들을 성찰할 수 있는 능력이 참된 학력이 되어야 한다. 경기도를 비롯한 전국의 혁신학교가 이러한 문제를 성찰하고 있다.

## 교사, 학생, 학부모의 성장을 가져오는 혁신학교

혁신학교 운영 과정에서 교사, 학생, 학부모가 함께 성장하는 사례가 많은데, 시흥 장곡중학교의 한 교사와 학부모의 이야기를 통해서 교사와 아이들의 변화를 짐작할 수 있다. 2011년도에 이 학교에 전근을 온 한 교사의 말이다.

"저는 전 학교에 있을 땐 빛나는 교사였어요. 그런데 장곡중학교에 와 보니 평범한 교사 중의 한 사람인 거예요. 얼마나 놀랍고 슬펐던지."

장곡중학교에 오기 전까지 자신이 학교에서 아이들을 가장 잘 이해하고 소통하는 교사였고, 수업에서도 아이들에게 인정받는 교사였다는 것이다. 그런데 장곡중학교에 와 보니 이미 대부분의 교사가 아이들에게 신뢰를 받고 있어서 놀라웠다는 의미였다.

『희망의 학교를 꿈꾸다』(박현숙, 해냄, 2013)에서 장곡중학교의 학부모인 안선영 씨의 이야기는 혁신학교에서 아이들이 어떻게 변했는가를 구체적으로 말해 준다.

"초등학교에 입학한 후에는 하루가 멀다 하고 담임선생님께 전화를 받았지요. '고집이 세다' '사회성이 부족하다' '자폐증검사를 받아 보는 것이 어떻겠냐?' 남들보다 특별하기를 바란 것도 아닙니다. 그저 그 또래의 아이들에게 찾아볼 수 있는 평범함, 딱 그만큼만 무던하기를 바랐습니다. 그러나 그 평범함조차 너무 큰 바람이었죠. 저의 안타까움과는 상관없이 시간은 흘렀고, 큰아이가 중학교에 입학을 하게 되었습니다. 입학하던 해에 장곡중학교는 혁신학교로 지정받아 '배움의 공동체'라는 새로운 수업을 적용한다고 했습니다. 처음에는 그런가 보다 했지 큰 관심은 없었습니다. 그런데 입학하고 얼마 지나지 않아 아이에게 변화가 나타나기 시작했습니다. 아이의 입에서 친구들이라는 말이 나오기 시작한 것입니다. 아이가 '나' 이외의 사람과 사물에 대해 주도적으로 인지하고 관계를 맺는 모습을 보면서 과연 무엇이 아이를 변하게 했나 궁금했습니다. 그러다 우연히 아이가 속한 반의 수업 장면이 담긴 동영상을 보게 되었는데, 그 속에서 옆 친구를 가르쳐 주는 큰아들을 발견했습니다. 사회성은 떨어져도 공부는 제법 했는데, 본인이 잘할 수 있는 것으로 친구들에게 도움을 주었고 그것이 기쁨이 되니 더 적극적으로 수업에 참여를 하게 되었나 봅니다. 그리고 그 속에서 자연스럽게 친구들과의 관계 맺기가 시작된 것 같았습니다. 아이에게 말을 걸어 주는 친구들, 그 친구들에게 답변을 하며 즐거움을 찾는 아들! 이 작은 시작이 아들을 혼자만의 세계에서 빠져나오게 하는 원천적 힘이 되어 주었습니다. 친구에게 체육복을 빌려 입었다는 말을 들었을 땐 '이제 더 이상 걱정하지 않아도 되겠구나' 하는 안도감과 학교에 대한 믿음이 생겼습니다."

용인 홍덕고는 2010년에 개교하면서 혁신학교로 지정된 학교다. 2013년에 첫 졸업생을 배출했는데, 이 학생들은 비평준화 지역의 인문고인 홍덕고에 입학할 당시 연합고사 성적이 평균 120점대인 아이들이었다. 흔히 말하는 문제아가 많이 있었다. 관내 중학교에서 문제가 있거나 학력이 떨어지는 아이들 다수가 홍덕고에 입학을 한 것이다. 3년 뒤 이 학교에 어떤 변화가 있었는지 2013년 1월 1일자 경향신문에서 이렇게 소개하고 있다.

입학 당시 성적은 수능으로 치면 8, 9등급, 졸업 성적은 116명 중 112명이 대학 합격(재수 2명, 대학 미진학 2명). 경기도 혁신학교인 용인 홍덕고의 3학년 성적표다.

비평준화 지역인 용인의 홍덕고는 2010년 문을 열었다. 비평준화 지역의 신설 학교는 중학교 졸업 예정자들이 가기를 꺼리는 기피 학교 1호다. 그러다 보니 성적이 나빠 갈 만한 고등학교가 없거나 학교 부적응 학생 등 이른바 문제아들이 주로 진학하는 학교로 분류된다.

이 학교 역시 그랬다. 인근 수지고는 지난해 중학교 내신 200점 만점에 193점이 합격 커트라인이었다. 반면 이번에 졸업하는 홍덕고 3학년들의 입학 성적은 수준이 괜찮은 학생들도 일부 있었지만 110점 이하가 3명, 110~120점대가 12명, 120~130점대가 13명이나 됐다. 입학 당시 이들은 공부에 흥미가 없거나 대학 진학은 꿈도 꾸지 않던 학생들이 많았다.

학교는 이들에게 공부를 강요하지 않았다. 대신 더불어 사는 협동과 공동체험의 장을 마련해 줬다. 교사들에게 학생들은 통제와 관리의 대상이 아닌 더불어 삶을 나누고 함께 성장하는 구성원들이었다. 감화를 받은 학생들도 선생님은 물론 친구들도 존중하기 시작했다. 나아가 서로 가르쳐 주고 배려하면서 자발적으로 공부하기에 나섰다. 그 결과 이번 대학입시에서 4명을 제외한 졸업생 전원이 대학에 입학하는 기적을 이뤄 냈다. '꼴찌들의 반란' '꼴찌들의 희망가'를 부른 것이다.

"입학 당시에는 의욕도 없고, 제멋대로였던 아이들이 여름방학이 끝나면서 '선생님 보고 싶었어요'라는 말을 하는 것을 보고 희망을 갖게 됐어요. 2학년에 올라가서는 공부를 못해도 수업하려는 노력이 보였고, 모둠활동 과제를 하려고 하는 의지가 비쳤어요. 교사들도 밤늦게까지 남아 방과후학교를 하며 아이들과 함께했죠."(조두형 교사·3학년 부장)

실제로 김○○ 군(18)은 입학 내신 성적이 115점으로 수능 8, 9등급이었다. 머리를 기를 수 있는 학교를 찾다가 홍덕고에 진학했다는 김 군은 "중학교 때는 모든 것을 하지 못하게 하는 선생님들과 갈등을 겪었는데, 고등학교에서는 선생님들이 워낙 잘해 주셔서 죄송스러운 마음이 들어 선생님 기대에 보답하기 위해 공부했다."고 말했다. 2학년 1학기까지 결석을 밥 먹듯 하던 김 군은 2학기 때부터 마음을 다잡았다. 1학년 때 7, 8등급이었던 수학 과목이 2학년 말에는 3, 4등급으로 올라갔다. 3학년 때는 1등급으로 선문대 경영학과에 합격했다.

외고에 떨어져 홍덕고에 입학한 신○○ 군(18)은 고려대 인문학부에 합격했다. 신 군은 "학생회 활동을 하면서 우리 스스로 축제를 계획하고, 예산을 세우고, 활동하면서 많이 큰 것 같다."며 "학교에서 아이들과 소통하는 법, 내 삶을 주체적으로 살아가는 법 등 많은 것을 배웠다."고 말했다. 한신대에 합격한 윤○○ 양(18)은 "다른 학교는 1학년 때부터 입시지옥에 시달리며 친구도 경쟁자이고 적"이라면서 "우리는 달랐다."고 말했다.

이화여대에 합격한 오○○ 양(18)은 "중학교 때는 공부를 왜 해야 하는지 몰랐다."면서 "고등학교에 와서는 내가 하고 싶은 것이 무엇인지, 꿈과 진로에 대해 진지하게 고민했고, 그것을 찾게 되니까 자연스럽게 공부도 더 열심히 하게 됐다."고 말했다.

홍덕고는 교육청보다 앞서 개교와 함께 학생들 스스로 토론을 거쳐 '학생생활(인권) 권리규정'을 만들어 0교시 수업 않기, 두발 자유화, 체벌 없는 학교를 시행했다. 수업도 학생 맞춤형 수준별 수업을 진행했다. 수학과 영어 교과는 기본 과정을 개설해 학생 수준에 맞춰 수업을 실시했고, 인턴교사와의 협력을 통한 1교실 2교사제인 '팀 티칭 수업'도 시행했다.

홍덕고가 내세우는 것은 '참여와 소통을 통한 희망과 신뢰의 배움공동체'라는 비전의 실천이다. 조 부장교사는 "교사 스스로 아이들을 함께 성장하는 구성원으로 지도하고 있다."며 "학생들도 앎과 삶이 일치하는 공동체 학생생활 문화를 통해 동료에 대한 존중과 배려를 배우고 있다."고 말했다.

그러나 경기도나 전국적으로 추진되는 혁신학교를 지켜보면서 90년대 열린교육 때나 2000년대 작은학교운동 때와 같은 벽에 부딪히는 것을 봤다. '학력이 떨어진다' '노는 학교다'라는 폄하에 덧붙여져 '전교조학교다'라는 벽이다. 여전히 '잘 살아 보세' 패러다임의 늪에서 한걸음도 진전하지 못한 논리에다 색깔까지 덧붙여졌다. 최근 경기도의 모 혁신학교 인근 중학교가 '우리는 혁신학교와 차별화하여 학력에 중점을 두는 학교로 운영한다'고 학부모 대상으로 학교를 홍보하는 일이 있었다. 우리 교육에서 교육적 가치나 철학의 빈곤을 드러내는 단면일 것이다.

## 성수대교, 삼풍백화점, IMF 그리고 혁신학교

나는 지금 있는 조안초에서의 4년을 마지막으로 정년퇴직을 하게 된다. 내가 조안초에서 노력할 4년은 양평 조현초 4년의 모습과 비슷할 걸로 예상한다. 내 남은 교직 기간 동안 우리나라 학교의 전국적인 변화의 모습을 보기는 쉽지 않을 것 같다. 최근 박근혜 정부가 경제민주화나 복지정책은 뒤로하고 제2의 새마을운동을 주창하거나 6, 70년대 경제개발 5개년 계획처럼 경제혁신 3개년 계획을 말하고 있기 때문이다. 교육부는 '꿈과 끼를 살리는 교육'을 한다고 하면서 여전히 획일적 평가, 점수 위주의 양적 평가가 버젓이 살아 있다. 자유학기제를 시행한다고 하지만 일부에서는 70년대 자유학습의 날, 90년대 책가방 없는 날과 무엇이 다른지 차이를 알 수 없다고 한다.

어느 정권이든 교육의 본질을 추구하기 위한 장기적인 로드맵을 그리지 않았다. 현재의 정권도 마찬가지다. 교육의 장기적인 비전을 설정하고 지속적인 개혁을 추구하는 국가교육위원회는 요원하기만 하다. 핀란드는 교육부장관을 정권에 따라 바꾸지 않는다. 에르끼 아호 장관은 20년을 재직하면서 일관되게 핀란드 교육정책을 추진했다. 오늘의 교육강국 핀란드가 있는 이유의 하나다. 교육양극화의 원인으로 대학입시제도, 대학 서열 문제, 학력 간 임금 격차 등이 수없이 지적되어도 이것을 고칠 엄두를 내지 못하고 있다. 어느 누구도 멀리 보지 않고 있다.

94년 성수대교 붕괴, 95년 삼풍백화점 붕괴 사고는 고속 양적 성장 과정에서 누적된 부실의 상징이다. 하지만 이야기만 무성했지 우리 사회 전반에 걸쳐 실질적인 성찰은 없었다. 앞만 보고 달리는 '잘 살아 보세' 관성은 우리 사회의 여러 위험 신호를 외면하도록 하고 있다. '성수대교니 삼풍백화점 붕괴는 국가 부도인 97년 IMF 사태의 예고편이었다.

이것이 우리 사회의 외형적 붕괴였다면, 우리 교육의 내면적 붕괴의 강력한 신호가 나타났다. 소위 '교실붕괴'였다. 교실붕괴의 원인을 일부에서는 열린교육 때문이라고 했고, 이해찬 장관 시절 한 줄 세우기를 대신한 여러 줄 세우기 교육 때문이라고도 했고, 체벌 금지 때문이라며 비난하기도 했다. 열린교육이나 체벌 금지는 우리 교육에 대한 성찰의 일환이었지만, 여러 정책들과 맞물려 엉뚱하게 왜곡되기도 했다. 그런데 이제는 누구도 교실붕괴를 말하지 않는다. 교실붕괴가 사라져서가 아니다. 중학교를 거쳐 초등학교 5, 6학년 교실까지 확산되어 이제는 일반적인 현상이 되었기 때문이다. 이외에도 최근의 학교폭력, 왕따로 인한 연이은 학생 자살이나 어린이·청소년 관련 각종 지표들은 우리 교육의 내면적 붕괴의 지표나 마찬가지다.

그런데도 일부에서는 경기도교육청이나 서울시교육청 학생인권조례의 체벌 금지 때문에 학교폭력이 난무하고, 교권 침해가 심각하다며 사태를 왜곡한다. 프랑스가 학생 체벌을 금지한 것은 프랑스대혁명 때부터였으니 우리보다 300년도 더 앞섰다. 무상급식, 무상교육은 많은 나라에서 이뤄지고 있는데 복지 포퓰리즘으로 몰고 간다. 우리나라의 사회복지비용 지출은 OECD 국가 중 최하위에 속한다. 많은 국민들이 해외여행을 하고, 스마트폰으로 실시간 정보를 확인하며 세계 보편적 수준의 교육이나 사회의 모습을 접하고 있지만 우리 사회와 교육에 대한 성찰은 여전히 뒷전이다.

혁신학교는 그나마 우리 교육에 대한 성찰을 하는 교사, 학부모, 국민들에 의해 지지를 받고 있다. 그러나 교육부는 정치적 이유에서 혁신학교의 성과를 애써 외면하고, 일부 학부모들은 왜곡된 학력관으로, 일부 교원들은 기득권의 유지를 위해 혁신학교를 제대로 바라보지 않는다.

일부에서는 혁신학교를 추진한 교육감들이 재선되지 않을 경우 혁신학교는 이전에도 그랬듯이 자취를 감추고 말 거라고 말한다. 물론 지금까지의 역사를 보면 그럴지도 모른다. 하지만 전국의 혁신학교는 양적으로 축소될 수는 있겠지만 어떤 경우에도 지속 가능한 여건을 갖추고 있다고 본다. 지금의 혁신학교는 갑자기 생겨난 게 아니기 때문이다. 개인적으로도 교직생활 37년 만의 결실이고, 전국의 많은 교사, 학교들의 크고 작은 노력의 성과와 교육에 대한 나름의 진지한 성찰로 만들어진 학교이기 때문이다.


## 노키아와 삼성, 우리 교육

작년에 캐나다에서 살고 있는 제자가 찾아와서 말하길 캐나다 중학생들은 방학하는 것을 싫어한다고 했다. 내가 그 학생은 모범생인가 보다 했더니 거의 모든 학생이 그렇단다. 또 제자가 어느 날 버스를 타고 가는데 정류장에서 지저분한 거지가 승차해서 어느 학생 옆에 앉는 것을 보며 저 학생이 틀림없이 자리를 옮길 거라고 생각했는데 뜻밖에도 그 학생은 거지와 웃으며 대화를 나누더란 이야기를 했다. 그 이야기를 들으면서 내가 가르치던 초등학생 제자가 생각났다. 그 학생은 캐나다 학교를 한 학기 다니더니 죽어도 귀국하지 않겠다고 버텼다. 숙제도 없고, 학교에 가면 칭찬을 많이 들어서 좋을 뿐만 아니라 자기가 하고 싶은 것을 맘껏 할 수 있고, 무엇보다 학원을 가지 않아서 너무 좋다는 것이었다. 결국 부모들은 동생까지 캐나다에 보내게 되었다.

우리는 아이들을 이렇게 키울 수 없을까? 선행학습이 법으로 금지되어 있고 교실에서 경쟁이 없고 미술교육의 절반이 비평문 쓰기이고 영어는 선택이고 체육은 필수인 독일 교육, 초등학교 입학 전에 영어는 물론 모국어도 가르치지 않는 핀란드의 가정, 85년부터 우열반을 없애고 학교에서 경쟁이 아닌 협력을 중시하고 초, 중등 무상교육은 물론 대학원까지 무상교육을 실시하면서 학력은 세계 최고의 수준을 자랑하는 핀란드 교육을 언제까지 부러워해야 하는가?

3년 전에 이탈리아를 갔을 때 일이다. 한 선생님이 가이드에게 이탈리아에서 가장 선호하는 직업이 무엇이냐고 물었다. 그 선생님은 우리나라의 의사, 판사, 검사 등을 떠올리며 그런 질문을 했으리라 생각된다. 그러나 가이드는 웃으며 이 나라 사람들에게 그런 질문을 하면 무슨 말인지 알아듣지 못한다고 했다. 어떤 직업이든 소중하고 학력 간 임금 격차가 크지 않기 때문이라는 것이다. 그래서인지 우리처럼 모두가, 전문계고등학생마저 대학을 가기 위해, 그것도 서울에 있는 대학 입학을 위해 밤새워 공부하는 이상한 현상은 벌어지지 않는다. 특별한 경우가 아니면 고등학교를 졸업하고 자신이 사는 지역의 대학에 진학하고, 유치원부터 대학원 교육까지 국가가 책임을 지고 심지어 외국에서 유학 온 학생까지도 학업에 열중하도록 국가가 지원한다.

핀란드를 이야기할 때 성공과 실패 사례로 노키아의 예를 자주 들곤 한다. 핀란드 수출의 약 25%를 차지하던 기업의 몰락은 핀란드 경제에 타격이었을 것이다. 하지만 노키아 몰락 이후에도 핀란드의 경제성장에는 큰 차이가 없고 노키아로 인한 실업률도 크지 않았다고 한다. 아주 오랜 시간에 걸쳐 형성된 평등과 협력의 가치가 노키아 몰락으로 인한 사회적 충격을 흡수하고 새로운 시작을 가능하게 한 밑거름이 되었다고 본다.

노키아 몰락의 원인은 기술혁신의 실패와 함께 대기업 중앙집중화의 폐단에서 찾는데, 이런 점에서 본다면 삼성이야말로 가장 두려워해야 할 처지다. 기술혁신의 문제는 언제, 어디서나 불거질 수밖에 없고, 삼성이라고 예외가 될 수 없다. 대체로 우리나라 대기업은 정경유착과 특혜로 성장했다는 점에서도 삼성은 노키아와 비교할 수 없을 정도로 충격적인 상황을 맞게 될 거라고 우려하는 이들이 많다. 핀란드의 경우 노키아 이후에 노키아의 기술 인력에 의해 수천 개의 벤처기업이 살아나고 있다는 소식도 들린다. 그러나 우리는 중소기업이 성장할 수 있는 기반이 약하고, 경제뿐만 아니라 정치, 문화, 교육 등 모든 분야에서 그 지향이나 철학, 구성원이 누리는 삶의 질이 허약하여 위기 정도가 더 심각할 것으로 예견되기도 한다. 그래서 삼성의 위기가 곧바로 한국 경제의 위기로 이어질 수 있다고 경고하는 것이다.

작년 연말에 우리나라를 방문했던 크리스타 키우루 핀란드 교육장관은 자신이 장관이 될 수 있었던 것을 핀란드 교육시스템 덕분이라고 했다. 키우루 장관은 핀란드의 작은 해안 도시 포리에서 공장 노동자인 아버지와 병원 노동자인 어머니 사이에서 태어났다. 가난한 집안에서 자랐지만 핀란드의 무상교육 덕분에 돈 걱정 없이 공부할 수 있었고, 정치학 석사 학위를 딴 뒤 고등학교 교사, 포리 시의원을 거쳐 주택통신장관을 지냈다. 우리나라처럼 천연자원이 부족한 나라인 핀란드는 가장 큰 자원을 사람의 재능으로 보고 교육정책을 펼쳐 왔다. 그러나 핀란드가 추진한 정책 가치나 내용은 우리와 정반대였다. 키우루 장관은 우리나라처럼 성적만 갖고 아이들을 평가하고 줄 세우는 것은 매우 위험하다고 지적한다.

그동안 학급, 학년의 변화에 이어, 학교 변화를 지원하는 행정 업무를 맡으면서 보낸 37년, 긴 시간이라고 생각되지만, 전국적으로 학교의 변화는 그리 크지 않았다. 다행히 혁신학교를 주요 정책으로 제시하는 13개 시도교육감이 등장하게 되어 어느 정도의 전국적인 변화를 만들 수 있겠다는 기대감을 갖게 된다. 혁신학교의 존재가 소중한 것은 노령화, 저출산 문제, 입시 전쟁, 취업난과 비정규직 문제, 실직, 부동산 문제, 사교육 열풍 등으로 난관에 봉착한 우리 사회에서 우리 교육이 가야 할 길을 들여다볼 수 있는 크고 맑은 거울이 된다고 보기 때문이다.

## 세월호 이후의 교육과 혁신학교

내가 근무하는 지역의 한 혁신학교 교장이 서울 소재 사범대학생을 대상으로 강의를 하면서 관련되는 정치적인 상황을 이야기한 적이 있었다. 강의가 끝나고 한 학생이 '교육을 이야기하는데 왜 정치 이야기를 하느냐?'고 해서 황당했다고 한다. 뒤풀이 자리에서 다시 그 학생과 대화를 이어 갔는데, 그 학생의 어머니가 대학 1학년 때는 아무것도 모를 때니 정치 이야기는 하지 말라고 했다는 것이다. 가정이나 학교는 우리 아이들에게 가만히 있으라는 교육을 하고 있다. 대학생에게도 취업이 어려우니 취업 준비나 하면서 가만히 있으라고 강요하고 있는 현실이다.

프랑스의 고등학교 1학년이 배우는 '시민교육' 교과서의 내용을 잠깐 살펴보자. 단원의 제목은 '일터에서의 투쟁과 협상'이고, '노동자들의 집단적인 의사표시'라는 주제로 다음과 같은 토론이 있다. '프랑스에서 노동조합은 항상 민주주의의 중요한 당사자인가?' '시민들의 기본적 권리를 제한할 수 있는가?—공공분야 파업권에 대해' '노동시장의 유연성은 일자리를 창출할 수 있는가? 노동자의 권리에 타격을 줄 수 있는가?' 등이다. 우리나라 학생들에게는 어쩌면 금기시되는, 가만히 있어야 하는 민감한 주제들이다.

프랑스의 대학입학 자격시험인 바칼로레아 논술 문제를 보면, '자유는 주어지는 것인가? 싸워서 획득하는 것인가?' '권력 남용은 불가피한 것인가?' '역사가는 객관적일 수 있는가?' '여론이 정권을 이끌 수 있는가?' 등이 있다. 독일의 아비투어에는 '세계적인 기업들은 요즘 국가를 넘어선 강력한 영향력을 행사하고 있다. 이전까지 국가 안에서의 기업이 이젠 국가를 넘어선 초국가적 기업으로 영향력을 행사하고 있다. 이런 평가에 대한 견해를 밝히고 논거하라'는 문항도 있다. 미국의 SAT 에세이에는 이런 문제도 있다. '다수결의 원칙에 대해 우리는 심각하게 질문을 던져 봐야 한다. 콜럼버스가 지구는 둥글다고 주장했을 때 다수가 그를 비웃고 조롱했다. 또 다수가 그를 감옥에 던졌다. 다수의 의견이 결정에 지대한 영향을 미쳐야 한다는 당위성은 어디에 있는가? 정부 또는 여러 상황에 있어서 다수의 의견이 과연 타당한 지침인가? 이에 대한 견해를 정리해 작성하라. 또 독서, 공부, 경험, 관찰에서 얻은 근거나 예를 들어 그 입장을 뒷받침하라.'

여기에 비하면 우리의 수능은 우리 아이들을 자기 생각이 없는 번호 맞히기 기계로 전락시키고 있다. 이런 공부를 통해서는 현재의 삶의 문제를 성찰할 수 있는 역량을 기를 수 없고 개인의 삶이나 공동체의 진보를 성찰할 수 있는 힘을 키우지 못한다. 그렇기에 비판적 사고력과 정의적 능력을 함께 길러 참된 학력, 인성교육으로 나아가려는 노력, 교육의 본질에 다가서려는 노력이 어느 때보다 절실히 필요하다.

그동안 혁신학교라는 거울을 통해 우리 교육과 사회를 비추어 보면 이런 질문들을 만나게 된다.

'학력 간 임금 격차의 해소 없이 입시제도의 변화와 초, 중등교육의 변화는 가능한가?' '성장 중심, 경쟁 중심의 교육이 우리의 삶과 국가 발전에 기여하는가?' '사교육비 경감은 입시제도와 교육과정의 혁신 없이 가능한가?' '학교의 자율성 보장과 교사의 행정 업무 경감은 교육행정체제의 혁신 없이 가능한가?' '교사의 자발성을 위한 정책으로 교원 평가나 성과급 제도가 적절한가?' '학교 민주주의의 지체는 교사나 학생의 삶을 왜곡시키지 않는가?' '획일적이고 기능적인 학교교육과정이 아이들과 교사의 성장에 장애가 되지 않는가?' '점수에 의한 양적 평가가 아이들 삶을 왜곡시키고 교사─학생의 관계를 훼손하지 않는가?'

혁신학교를 운영하는 과정에서 교사들은 이런 문제와 맞닥뜨릴 수밖에 없을 것이다. 그래서 혁신학교는 세월호 이후의 교육을 논하는 가장 첫 번째 자리에 놓여야 할 것이다.

침몰한 세월호는 '잘 살아 보세' 패러다임이 가져온 문제들의 누적과 과적의 결과이기도 하다. 마지막 꺼져 가는 목숨의 불씨를 부여안고 아이들이 세월호 철판에 새긴 마지막 비명은 무엇이었을까? 이것을 찾고 답하기 위해, 가만히 있지 않기 위해 우리는 진지하게 혁신학교를 논의해야 한다.

# 강남 패러다임을 무엇으로
# 대체할 것인가

_시골 선생의 시선

# 김성근

대구에서 태어나 서울대학교 화학교육과를 졸업했다. 첫 직장 교육신문사에서 기자로 교육부, 교육청, 교육개발원 등 교육관련기관을 출입하면서 우리 교육의 인프라를 경험하였다. 강남 8학군인 서울 명동중학교에서 교사 생활을 시작했다. 전교조로 해직된 이후에는 당시 아이 교육을 위해 시골에서 도시로 이주한 사람들이 많은 관악구의 중학교에서 5년간 근무하였고, 1999년 충북으로 근무지를 옮겼다. 중소도시인 제천동중학교, 읍 단위 지역의 작은 시골학교인 봉양중학교에서 2년씩 근무하였고, 비평준화 지역의 벽교인 충주여고에서 11년을 근무하였다.

충주여고 근무 중 참여정부 대통령 자문 교육혁신위원회 상임전문위원과 대통령비서실 교육행정관으로 몇 년간을 일하고 다시 평교사로 복귀하였다. 지금은 충북교육청에서 충북의 학교문화를 바꾸기 위한 학교혁신 TF 팀장으로 일하고 있다.

지은 책으로 참여정부 정책 총서 『교육, 끊어진 길 되짚으며 새 길을 내기 위하여』가 있다.

# 교육생태계가 붕괴된 사회

## 예견된 중산층의 몰락

2000년, 밀레니엄 시대로 들어서면서 경제전문가들은 정보 가치에 기반을 둔 지식기반사회의 특성 때문에 우리 사회의 계층별 소득 격차가 급격한 속도로 확대될 것이라 예견했다. 즉, 산업사회에 기반한 전통경제에서는 소득 격차가 점진적으로 벌어지는 반면, 지식기반사회에서는 미세한 정보의 차이가 곧바로 소득의 격차로 이어지기 때문에 전통 산업사회에 비해 경제적 양극화가 더욱 급격히 진행된다는 것이다. 이러한 예측을 강하게 주장한 곳 중 하나가 삼성경제연구소이다. 또한 삼성경제연구소는 디지털 경제의 특성상 '결과의 평등'에 대한 적극적인 정책대안을 내놓지 못하면 사회의 허리를 지탱하며 안정성을 담보하던 중산층이 소멸하게 된다고 했다. 즉 중산층의 일부는 고소득층으로 편입되고 또 일부는 저소득층으로 몰락하면서 소득 분포가 쌍봉형으로 형성될 것이라는 전망이다.

지난 10년간 우리 사회는 중산층이 붕괴한, 소위 '쌍봉형 사회'로 진입하느냐 마느냐의 갈림길에 서 있었던 셈이다. 결과적으로 보면 쌍봉형 사회로의 진입을 막는 것은 실패로 돌아간 듯하다. 2000년대 초기, '결과적 평등'에 신경을 써야 한다던 경제계의 목소리는 그후 거의 나오지 않고 있다. 오히려 계층 간 격차 완화를 위한 사회복지정책의 확대에 강하게 반발하는 경제계와 보수층의 모습을 보면 우리 사회는 '효율'과 '형평' 사이의 사회경제적 균형추에서 이미 멀어진 듯 보인다. 사실 경제계는 중산층의 몰락이라는 사회적 위기를 타개하기 위해 노력하기보다는 기업의 잉여이윤창출을 목표로 저임금 정책 구조를 유지, 확대하기 위해 무던히 애써 왔다. 일례로 삼성경제연구소는 2000년대 중반을 지나면서 틈만 나면 '1000만 외국인 노동자 수입'을 주장하고 있다. 1000만 명이면 거의 서울의 인구와 맞먹는 수준이고, 우리나라 전체 인구의 20%에 해당하는 수이다. 우리 경제를 유지하기 위해서 값싼 외국인 노동자들을 수입해야 한다고 주장하기에 1000만 명은 결코 만만한 수가 아니다.

중산층의 몰락과 쌍봉형 소득 구조로의 전환은 교육에 여러 가지 커다란 영향을 끼쳤다. 우선 거의 모든 중산층 부모들이 자녀교육에 맹목적으로 뛰어들었는데, 그 모습이 이전과는 양상이 달랐다. 중산층은 자신의 자녀들이 하층으로 몰락하지 않고 상층으로 도약하도록 필사적으로 사교육, 외고나 자사고 등의 특목고 진학, 조기유학 등에 매달렸다. 더욱 심각한 것은 유아기 때부터 부모들이 아이들을 밀착 방어 하며 교육에 개입하는 것이다. 이는 아이들의 정서적 장애를 비롯, 여러 가지 교육적 부작용을 동반했다.

이외에도 지역적 대이동이 함께 일어났다. 도시는 아파트 평수에 따라, 지역에 따라 계층이 나뉘었고, 학교에서도 아파트 평수에 따라 학생들의 계층이 나뉘었다. 부모들은 아이를 키우기 위해 거주지를 옮겼다. 지방에서 서울로, 서울의 강북 지역에서 강남으로 이동하는 일이 벌어졌다.

지방 중소도시들은 특목고, 자사고로 진학하기 위해 고향을 떠나는 아이들로 몸살을 앓게 되었다. 내가 살고 있는 충주 지역만 해도 중학교에서 고등학교로 진학하는 과정에서 해마다 50명에서 100명의 아이들이 타 지역의 특목고나 자사고로 진학을 한다. 우수 아이들이 대거 타지로 빠져나간 중소도시의 고등학교들은 과거 수십 명씩 스카이대로 진학시키던 영광을 누릴 수가 없게 되었다. 그럼에도 오랫동안 짜인 패러다임 속에서 지역 유지들을 구성하고 있는 동문들의 기대와 지원을 받으며, 엄청난 예산을 쏟아부으며 고군분투하고 있다. 선거철이 되면 여야를 불문하고 지방자치단체장 절반 이상이 자사고와 외고 등 특목고를 자기 지역에 유치하겠다는 선거공약을 내세우는 것은 더 이상 웃을 상황이 아니다.

그간 학교시스템은 중산층문화 중심이었는데, 중산층 자녀들이 대거 외고, 자사고 등으로 이탈하거나 가족 해체와 경제적 몰락 등으로 중심을 잃으면서 급격히 붕괴되어 가고 있다. 중산층 아이들이 사라진 학교에서 '교실붕괴'는 일상화된 문제가 되었다.

시골은 학교에 다닐 아이가 없어 학교가 무너지고 있고, 중소도시는 똑똑한 아이들이 모두 타지로 나가는 엑소더스를 경험하고 있다. 가족 해체는 엄청나게 빠른 속도로 진행되고 있고, 선행학습과 학원 사교육 시장이 전면화되면서 아이들의 놀이문화나 선후배의 공동체문화 또한 붕괴되었다. 동네 어른들이 운영하던 골목의 구멍가게며 세탁소 등은 골목상권까지 잠식한 대기업 계열의 마트로 대체되었고, 동네 어른들은 더 이상 아이들의 멘토 역할을 하지 않게 되었다. 예전에는 아이들이 싸우거나 못된 짓을 하면 구멍가게 주인이나 세탁소 주인들이 싸움을 말리거나 훈계를 하였지만, 대기업 체인 마트에서 일하는 알바생들이 그 자리를 차지하면서 그런 역할을 하는 사람은 더 이상 존재하지 않게 되었다. 교육생태계가 붕괴되어 버린 것이다.

교육생태계가 붕괴된 사회, 시골—중소도시—대도시—해외로 엑소더스를 겪고 있는 사회, 그 한가운데에 학교와 교육이 자리하고 있다. 이 속에서 교육시스템은 건강할 수 있는가? 쌍봉형 사회로의 변화 과정에서 중산층이 자녀교육에 쏟아붓는 노력들은 타당하며 성공적인가? 학교는 부모들이 아이를 입학시켜 놓고 등하교만 책임지면 아이가 건강하게 성장할 수 있는 곳인가?


## 목말을 탄 아이들

한국의 교육을 보면 이런 장면을 떠올리게 된다.

경기가 시작되자 관중들은 저마다 아이들을 데리고 들어와 관중석에 앉아 경기를 관람하기 시작했다. 한 아이가 앞사람 머리에 가려 잘 보이지 않는다고 불평하자, 어른이 조심스레 눈치를 보며 아이를 목말 태운다. 아이가 '좋아라' 한다.

이를 본 옆의 몇몇 어른들이 슬며시 따라한다. 목말을 탄 아이들은 다른 아이들에 비해 잘 보인다고 '좋아라' 한다. 그간 관람석에서 잘 보고 있던 아이들이 목말을 탄 아이들 때문에 잘 보이지 않는다고 불평을 시작한다. 건강하고 능력 있는 어른들은 저마다 자기 아이들을 목말 태우기 시작한다.

아이들은 이 새 어른들에 따라 관람 능력이 좌우되기 시작하고, 지마다 목말을 태웠기 때문에 앉은 자리에서 보도록 설계된 경기장은 극도로 불편해지기 시작한다. 경기장은 아노미 상태에 빠지게 된다. 어른 없이 혼자 왔거나, 병약한 어른이나 키 작은 어른과 함께 온 아이들은 관람에서 밀려나기 시작하고 경기를 하나도 보지 못하게 된다.

모두 경기장의 질서를 유지해야 하는 주최 측의 얼굴을 쳐다보고 있으나, 키 크고 건장한 어른들은 자신의 아이들이 만족하기 때문에 다소 힘이 들지만 현 상태가 유지되기를 바란다. 마침내 경기장의 관람 질서는 완전히 붕괴된다. 거의 모든 아이들이 모두 관람할 수 있도록 설계된 경기장에서 이제는 극소수 아이들의 관람만 가능하게 된다.

90년대 초, 고교평준화의 틀에 틈이 생겼다. 그 틀을 깬 것은 약 10년 전에 각종학교로 만들어진 외국어고등학교였다. 80년대 초에 만들어진 외국어고교는 각종학교로 출발했다. 세계화 시대에 각 회사의 사무원 등이 그래도 영어나 중국어의 기초는 있어야 하지 않겠는가 하는 취지로 만들어진 학교인 것이다.

각종학교는 상대적으로 교육과정의 운영에 재량과 자율권이 있었다. 평준화 정책 속에서 전인교육의 체계를 유지해 오던 일반고교가 비효율적이라고 생각하던 학부모들과 외고의 교육과정 자율권의 이해관계가 맞아 떨어졌다. 전인교육을 강조하며 국영수뿐 아니라 예술, 체육까지 균형 있게 가르치던 국가 교육과정의 강고한 틀 속에서 외고는 오직 대학입시만을 위한 맞춤형 교육을 하게 되었다. 여기에 발맞추어 유명 대학들은 특목고생을 위한 입시 트랙을 추가해 주었다.

국영수에 집중된 수업, 외국어 우수생을 따로 뽑는 대학 특별선발 트랙 설치는 강남 학부모들의 관심을 끌었다. 특목고는 일반 평준화고교에 앞서 특목고 트랙으로 우선 배정 받았고, 나머지 일반 대입선발의 기회에서도 유리한 고지가 보장되었다. 90년대 들어선 과학고 트랙, 외국어고 트랙은 점차 평준화의 틀을 깨기 시작했다. 대입경쟁에서 꼼수가 시작된 것이다. 강남 학원들은 특목고 트랙을 상품으로 만들어 장사를 시작했고, 사교육 시장은 특목고 과열현상과 함께 맞물려 전성기를 맞았다. 이후 자사고, 국제고가 생기고, 고교서열화가 급속도로 진행되었다.

우리 사회를 오랫동안 지배해 온 학벌사회, 우수 인재 양성이라는 서열화 요구가 90년대 들어서부터 꽃을 활짝 피우기 시작했다. 공교롭게도 이 시기, 우리 사회는 지식정보화사회로 들어서고 있었고, 중산층 붕괴로 인해 쌍봉형 사회로 진입하기 시작했다. 97년 IMF를 겪으면서 20%의 정규직과 80%의 비정규직으로 구성되는 2:8 사회를 온몸으로 통과하게 된다. 중산층 부모들은 아이들이 성공한 20%에 들지 못할 경우, 아이들의 미래가 불행해질 뿐 아니라 자신의 노후까지 위협받을지 모른다는 실질적 위기감을 느끼고 교육에 더욱 집착한다.

학교는 더욱 경쟁교육의 틀로 달렸다. 서울은 무한 경쟁에서 우위를 선점하기 위해 선행학습의 시대를 열었고, 사교육 시장은 선행학습을 기치로 날로 번성했다. 지방은 '개천에서 나는 용'을 위해 갖은 노력을 기울였다. 자신의 아이들을 우위에 두려는 어른들의 노력은 지독한 경쟁의 문화를 만들어 내었고, 독서와 놀이문화와 취미생활을 아이들에게서 빼앗아 갔다. 아동청소년 도서 시장에서 학습지 비율이 40%를 넘어섰고, 경쟁교육이 점차 초등, 유치원까지 내려오게 되었다. 이전까지 아이들의 노력에 맡기고 지켜보던 어른들마저 경쟁에 뛰어들었고, 교육양극화는 더욱 심해졌다.

교육경쟁에 부모들이 뛰어드는 문제가 국가적 차원에서도 다루어졌다. 참여정부 시절, 교육과 직업과의 불일치 문제를 논의하기 위한 회의가 과학기술자문회의 주제로 열렸다. 필자는 교육혁신위원회 상임전문위원 자격으로 참가했는데, 회의장에서 대기업 인사담당 이사들로부터 대학에 대한 신랄한 비판이 쏟아졌다.

"기술의 발전 속도가 매우 빠르기 때문에 대학에서 현대 기술사회의 변화를 읽어 내야 합니다. 그러나 대학교수들이 연구년을 받으면 절대 자기 전공을 살리러 가지 않습니다. 예를 들면 기계나 자동차를 전공하신 분들이 독일 등 비영어권으로는 절대 가지 않죠. 전공분야보다는 자녀 영어교육을 위해 하다못해 필리핀이라도 다녀오는 실정입니다. 그러니 대학에서는 기업에서 사용할 수 없는 낡은 내용만 가르치고 있는 거죠."

이명박 정권에서 입학사정관제도가 전면화된 이후, 사정은 또 달라졌다. 아이들의 스펙이 중요해지면서 영어권으로 나가던 연구년 계획에 변화가 일어났다. 아이들의 스펙을 쌓기 위해 대학교수들이 외국에 나가지 않고 국내에서 보내는 비중이 높아진다는 얘기가 심심찮게 들려왔다. 학생들이 참가하는 경연대회에 참관하는 어른 전문가들의 수가 점차 많아졌다. 경시대회 등 각종 대회와 관련한 문제 제기는 10년 주기로 반복된다. 참여정부 초기 경시대회 종류가 756개, 경시대회 참여 학생 수가 15만 명에 달했다. 당시 학부모들이 문제를 제기해 사설 경시대회를 일거에 폐기하기도 하였다. 박근혜 정부도 교육을 뒤흔들어 놓는 극심한 폐해 때문에 학생생활기록부에 경시대회 등 외부 수상 기록을 전면 금지시켰다.

초, 중등교육에서 영어활용능력, 첨단과학연구, 해외봉사활동 스펙 쌓기가 활발하게 진행되고, 이렇게 성장한 아이들은 대학에 가서도 똑같이 스펙 쌓기에 매달린다. 어학연수와 해외여행은 기본이고, 해외봉사체험활동 등도 틀에 박힌 듯이 하게 되었다. 급기야 기업에서도 이러한 천편일률적인 스펙을 보지 않는다고 신문에 발표하는 일마저 생겼다.

이러한 스펙 쌓기의 근간에는 상류층 진입을 위한 필사적 노력이라는 '강남 패러다임'이 있다. 국제화, 세계 일류, 일등으로 대표되는 강남 패러다임에는 특성과 우수성은 있지만 개성은 없다. 고교부터 시작된 과도한 성적경쟁의 문화는 점차 중학교, 초등학교로 내려갔고, 급기야 유치원생들에게까지 파급되었다. 이렇게 성장한 아이들은 자신이 무엇을 좋아하는지, 무엇을 잘할 수 있는지 알지 못한다. 학교는 아이들이 미래의 행복을 위해 오늘의 즐거움을 포기하도록 요구하고 있다. 과거에는 고3, 한 해 정도의 행복을 포기하도록 하였지만, 유치원까지 파급된 강남 패러다임이 성장기의 삶 전체를 경쟁 속에 밀어 넣고 있다.

지방의 경우 문제는 더욱 심각하다. 교육이 자신이 살고 있는 지역사회를 탈출하는 수단으로 기능하기 때문이다. 아이들은 성장하면서 자기 고향의 다양한 문화와 역사, 현장을 제대로 경험하지 못한다. 학교교육의 목표가 지역의 생활생태계를 풍부하게 하여 삶의 질을 향상시키는 것이 아니라, 현재의 누추한 삶으로부터 탈출하는 것에 초점을 맞추고 있기 때문이다. 시골에 살되 교육의 바탕은 '강남'에 있다. 이렇게 자란 아이들은 성장해도 고향으로 돌아오지 않는다. 고향은 아이들에게 자신의 꿈을 키우고 도전할 만한 열정과 동기를 주지 않는다. 지역에는 농업, 상업, 임업, 공업, 서비스업이 존재하고 오랜 전통의 지역문화가 존재하지만, 아이들은 이

것이 자신의 미래 삶과 무슨 관계가 있는지 알지 못한 채 성장한다. 강남 패러다임에서는 그 목표가 상류 중산층에 맞추어져 있기 때문에 지방의 아이들에게는 열심히 땀 흘려 일하는 부모들에 대한 존경과 그 노동현장에 대한 존중이 생기지 않는다.

지역에서 자라난 우수한 아이들이 성장 후 다시 고향에 돌아가게 하는 일, 창의적인 열정으로 고향을 채우겠다는 꿈을 갖게 하는 일을 학교가 시작해야 한다. 학교에서 지역 패러다임을 만들어 가야 한다. 지역의 다양한 인프라와 학교가 관계를 맺고, 아이들이 성장과정에서 지역사회를 위해 자신이 무엇을 할 수 있는지를 고민하도록 해 주어야 한다. 학교가 지역사회와 관계를 맺으면서 학교교육과정에 지역사회의 내용을 반영해 나가야 한다. 체험활동, 봉사활동, 첨단연구활동 역시 지역에 기반을 두고 해야 한다. 아이들의 창의적인 아이디어가 지역사회에 기여하도록 하고, 지역문화에 대해 연구, 발굴하는 활동이 프로젝트 수업이나 교과수업으로 승화되어야 한다. 그리고 지역의 대학은 이러한 지역사회에 대한 인식과 기여를 입시에 반영하는 시스템을 마련해야 한다.

진보교육감 시대에 싹을 틔운 혁신학교는 무엇보다 강남 패러다임을 딛고 아이들에게 배움의 즐거움을 주는 데 성공하고 있다. 학교 가는 일이 즐겁다고 표현하는 아이들이 많아졌다. 2년 전 필자가 광주 혁신학교 컨설팅을 하였을 때 그 자리에 참석한 학부모 한 분은 혁신학교를 단적으로 이렇게 표현했다. 그분의 자녀 하나는 일반 중학교에, 하나는 혁신학교에 다니고 있었다.

"성과는 아직 모르겠지만 이것은 분명해요. 혁신학교 다니는 아이는 아침에 일어나서 밝게 학교 갈 준비를 해요. 반면 일반학교에 다니는 아이의 아침 등굣길 표정은 상대적으로 밝지 못해요."

다행히 혁신학교는 과열된 입시경쟁을 깨고, 배움의 즐거움, 협력적 창의성 육성에 성공하고 있는 듯하다. 2기 진보교육감 시대를 맞이하여 혁신학교는 그 성과를 더욱 꽃피울 것이다. 그러나 여기에 하나 더, 혁신교육의 화두에 지역교육 패러다임을 반드시 포함시키고 성공적으로 만들어 가야 할 것이다.

## 강남 패러다임의 사회·경제적 배경

과잉경쟁교육, 조기유학, 특목고 붐, 영어 조기교육, 선행학습 등으로 대표되는 강남 패러다임의 특성을 제대로 이해하기 위해서는 그 속에 내재된 교육적 면면들을 분석해 볼 필요가 있다.

첫째, 강남 패러다임은 교육을 통해 어떤 인적 자원을 길러내고자 하는가?

강남 패러다임은 명확한 목표를 가지고 있다. 바로 상류층 진입이다. 똑똑한 10%의 인재 양성을 위한 수월성 교육을 지향하고 있다. 그리고 이러한 수월성 교육의 기조는 '똑똑한 한 명이 만 명을 먹여 살린다'는 신자유주의 철학과 근본적으로 연결되어 있다. 또한 그간 한국 경제의 성장동력으로 글로벌화한 대기업 중심의 경제시스템을 선택한 것과도 맥을 같이한다. 즉, 한국이 세계화 과정에서 살아남기 위해서는 세계의 인재들과 경쟁할 수 있는 엘리트들이 양성되어야 하고, 이들은 국제 경쟁시스템을 갖춘 대기업에 들어가 그 역할을 수행해야 한다는 것이다. 자율형사립학교 100개교 설립, 일제고사 부활과 성적 공개 등은 초중고 단계에서 상위 10~20％의 학생을 선별하고 그 아이들에게 집중하는 교육시스템을 전면적으로 강화하는 정책이었다.

이렇게 과열 경쟁을 남발하면서 글로벌화한 대기업을 위한 우수한 엘리트를 양성하겠다는 목적은 과연 정당할까? 대기업 중심의 산업구조로는 빠르게 변화해 가는 지식기반사회에 대한 적응이 어렵고, 미래 한국 사회의 승패는 창조적 콘텐츠를 바탕으로 하는 중소기업 영역을 새로운 성장동력으로 육성하는 데 달려 있다는 것은 경제학자들의 공통적인 인식이다. 그간 성장과정에서 만들어진 국가의 과도한 대기업 의존도와 대기업의 정치적 영향력 때문에 성장동력을 중소기업으로 전환해야 하는 터닝포인트를 놓치고 있다는 안타까운 얘기도 들린다.

지나친 경쟁교육, 교육서열화 정책은 교육을 파행시킬 뿐 아니라 배제된 80~90％의 학생들을 소외시킨다. 이들은 학교교육 안에서 지속적으로 소외를 경험하고, 학교를 마친 뒤에도 비정규적인 서비스산업 일자리와 불안정한 삶이 그들을 기다리고 있다.

다양성과 창조성의 기조에서 학교교육 문제에 접근하면 획일적인 경쟁을 지양하고, 학생의 다양한 적성과 창조적 능력을 계발하는 '모든 학생을 위한 수월성 교육'을 지향해야 한다. 성적 위주의 서열화 정책을 넘어서 성장기 아이들이 다양한 실패와 성공의 기회를 가질 수 있도록 해야 한다. 학교가 이러한 다양성 교육의 기반 위에 서야 아이들 개개인에 대한 맞춤형 교육으로의 전환이 점차 가능할 것이다.

둘째, 강남 패러다임은 학교의 역할을 무엇이라고 규정하는가?

강남 패러다임에서 바라보는 학교의 역할은 분명하다. 지적 수월성, 즉 성적향상이다. 따라서 교육의 주요 기능을 학업성취도로 대표되는 지식 전수 기능의 강화로 규정하고, 지적 수월성을 달성하기 위한 효율성 최대화에 초점을 맞추고 있다. 때문에 학교교육의 성패를 대학입학 성적과 동일시하게 된다. 그러다 보니 학교교육의 주된 자리를 문제풀이 중심의 강의식 수업이 차지하게 된다.

아직 대부분의 일반계고등학교에서 입시 지도 교사들은 성적 중심의 강의식 수업에 대해 강한 의욕과 지지를 보인다. 수시입학 및 입학사정관제도의 확대에 따른 다양한 스펙 쌓기조차도 쓸데없는 짓 정도로 생각한다. 그러나 이런 관점에서 볼 때, 아이러니하게도 학교의 역할과 사교육의 역할을 구분하기 어려워진다. 학원이나 학교나 교육 방식에서 큰 차이가 없는 것이다. 더욱이 사교육 시장은 지식 전수에서 가장 효율적인 노하우를 가지고 있기 때문에 나날이 번성하게 된다.

지식 전수를 학교의 주된 역할로 규정하는 강남 패러다임은 과연 타당할까? 지덕체를 강조해 온 전인교육의 관점에서만 보아도 문제가 있다.

학교교육은 사회 통합, 문화 전수, 기본 가치관 교육 등 최소한의 선에서 한국 사회를 하나의 공동체로 유지시키는 기능을 해야 한다. 이런 관점에서 보면 당연히 학교교육에 체험활동, 프로젝트 학습 등의 협력활동 프로그램이 포함되어야 한다. 학교에서의 다양한 활동을 통해 공동체를 배우고, 지역을 이해하고 사랑하게 되며, 협동하는 방법과 집단 효율성을 경험하게 해야 하는 것이다.

강남 패러다임은 지식정보화사회에 필요한 협력적 창의성을 길러내는 데도, 공동체성을 양성하는 데도 적합하지 않게 되있다. 영국은 2008년

교육개혁에서 협력적 창의성 배양을 위해 중등교육과정의 3분의 1 이상을 프로젝트 학습으로 하도록 법제화한 바 있다.

## 미래가 아니라 현재가 중요하다—슈드비 콤플렉스의 극복

강남 패러다임에서 교육의 시선은 현재가 아니라 미래에 있다. 아이들이 하고 싶은 것을 끊임없이 억누르며 좋은 대학이라는 미래를 위해 현재를 희생하도록 요구한다.

자라는 아이들이 꿈을 가져야 한다는 것은 교육적으로 너무나 당연한 것이고 특히 우리 기성세대에게는 진리에 가까운 말이다. 경제성장기에 성장한 기성세대들은 나라를 위해서, 가난한 집안을 일으키기 위해서 열심히 공부해 왔다. 개천에서 용 나는 일이 드물지 않았던 시기, 우리의 교육목표는 당연히 '꿈'이었다. 그리고 그 꿈은 대부분 '미래의 성공', 즉 입신양명이었다.

심리학에 슈드비 콤플렉스(Should Be Complex)라는 것이 있다. 이 나이에는 이것을, 저 나이에는 저것을 해야 한다는 강박관념이다. 강남 학원가들은 부모들이 지닌 슈드비 콤플렉스를 이용해 장사를 한다. 유치원에서는 영어교육을 해야 한다거나, 고등학교는 반드시 특목고로 보내야 한다거나, 대학은 스카이를 들어가야 한다며 부모와 아이의 마음을 가두는 것은 슈드비 콤플렉스를 이용한 상술이다.

아이의 미래를 걱정하는 대부분의 부모들은 어지간한 내공이나 배짱 없이는 슈드비 콤플렉스를 건드리는 교육 상술 앞에서 무너진다. 그래서 일찍부터 선행학습을 시키고, 영어학원이며 수학학원을 보낸다. 영어단어 몇 개, 수학공식 몇 개를 먼저 알고 있는 옆집 아이를 보면 무언가 경쟁에서 뒤지는 것 같아 내 아이가 원하는 것, 하고 싶은 것을 하게 내버려 둘 수가 없다. 이 때문에 아이들은 잠이 모자라 성장기 장애를 안게 되고, 집에서 부모와 편안히 밥을 먹으며 대화하지 못하게 되고, 독서를 통해 상상의 나래를 펼칠 수가 없게 된다. 미래의 진짜 '꿈'을 위해 상상력을 키울 시간을 갖지 못한다.

아이들에게 '꿈을 가져라'는 얘기가 슈드비 콤플렉스 차원일 때, '꿈'이라는 말 속에는 목표를 위해 빈틈없이 준비해야 한다는 강조가 들어 있다. 무엇인가 시도해 보고, 시행착오를 겪어 가면서 자신의 정체성을 확립하고 미래를 가늠해 보아야 할 성장기의 요구를 무시한 채 목표만이 강조된다. 대학입시는 '미래를 위한 일생 최대의 관문'이라는 성격을 지니기 때문에 이러한 슈드비 콤플렉스의 특징이 가장 많이 반영되어 있다. 그래서 입시 경쟁구조가 강하면 강할수록 아이들은 꿈을 잘 표현하지 않는다. 꿈을 얘기하라고 하면 그냥 의사, 변호사 등 직업 얘기를 할 뿐이다.

교육의 목표를 아이의 미래에 맞출 것인지, 아니면 아이의 현재에 맞출 것인지에 대한 논란은 아주 오래전부터 있어 왔다. 학교는 아이들을 미래의 일꾼으로 키우기 위해 존재한다는 '국민교육론'은 근대 공교육을 지탱해 왔다. 그간 국가의 경제성장의 동력으로 작용했던 우리나라의 공교육도 이 기반 위에서 이루어졌다. 모두 개천에서 나는 용이 되기 위해 애를 썼다. 산업 발전기의 강한 교육열과 개인적 성장 동기는 공교육 확립에 일정한 역할을 하였지만, 한편으로는 우리 모두를 슈드비 콤플렉스에 빠지게 하였다.

미래 일꾼 양성이라는 근대 교육체제에 일찌감치 상한 반기를 들었던 것은 페스탈로치, 슈타이너, 존 듀이 등의 교육학자들이었다. 아동은 하나의 인격체이기 때문에 행복해야 하고, 학교를 다니는 동안에도 그 행복은 유지되어야 한다는 것. 그리고 이러한 '인격적 교육관'은 공교육보다 대안교육에서 훨씬 성장하였다. 발도르프 교육, 프레네 교육 등이 이러한 인격적 아동관의 토대 위에서 발전해 왔다.

경제성장기를 거치면서 우리 사회의 구조가 바뀌었다. 지금 아이들은 부모 세대가 경제성장기의 사회에서 누리던 확장성을 경험하지 못할 것이 분명하다. 열심히 공부만 하면 취업이 되고, 무엇을 하건 성실하면 돈벌이가 괜찮았던 부모 세대와는 이미 사회적 구조가 달라졌다. 성실하고 모범적이어도 취업의 문은 좁아져 있고, 사회의 변화가 너무나 빠르게 진행되어 10년 만에 절반 이상의 직업이 없어지고 새롭게 생겨난다. 사회가 요구하는 인재의 상도 나날이 변하고 있다. 근대 성장기에 바탕을 둔 우리 교육의 토대로는 더 이상 아이들이 견디기 어렵게 되었다.

요즘 부모들은 봉건적 의무감보다는 그저 아이들이 제 앞가림이나 잘하며 살기를 원하고 있다. 아이들도 '내가 하고 싶은 일을 하면서 살고 싶다'는 강한 내재적 욕구를 가지고 있다. 그러나 정작 아이들은 자신이 무엇을 하고 싶은지, 무엇을 잘하는지를 알지 못한 채 성장한다.

2012년 통계청 자료에 따르면, 매년 학교를 떠나는 아이들의 수가 7만 명이나 된다. 이제 우리 교육의 패러다임을 바꿀 때가 되었다. 아이가 자라는 과정에서 충분히 자신을 탐색하고, 즐거운 추억을 가지며 자존감을 형성하도록 돕는 것, 학교가 바뀌어 추구해야 할 목표이기도 하다. 학교붕괴현상은 아이들 스스로가 자신의 미래를 꿈꾸지 않는 데서 시작되고, 점점 심각해지고 있다. 부모와 학교가 슈드비 콤플렉스에서 벗어나야 한다.

혁신학교를 비롯한 사례들은 지금 행복해야 하고, 지금 하고 싶은 일을 하는 것이 곧 성공이라는 것을 증명한다. 행복한 아이가 창조적으로 성장한다. 인격적 아동관을 받아들이며 새로운 성장을 이루어 가야 할 때가 된 것이다.

2012년 경향신문과 어린이 잡지 『고래가 그랬어』가 합동으로 5월 교육 캠페인을 전개했다. 총선과 대선의 열기 속에서 캠페인은 큰 반향 없이 지나갔지만, 그 내용은 큰 의미를 담고 있었다. 캠페인의 제목은 '아이를 살리는 일곱 가지 약속'이다. 그 내용은 '지금 행복해야 한다, 최고의 공부는 놀기다, 하고 싶은 일 하는 게 성공이다, 남의 아이 행복이 내 아이 행복이다, 성적이 아니라 배움이다, 대학은 선택이어야 한다, 아이 인생의 주인은 아이다'이다.

지금의 아이들을 살릴 수 있다는 일곱 가지 내용 자체가 우리에게 주는 울림이 클 뿐 아니라, 교육의 초점을 미래가 아니라 현재에 맞추어야 한다는 문제의식을 제기한 것에서 주목할 만하다.


## 부모 밀착형 교육이 낳은 파행들

가해자는 과거를 그만 묻어 두고 미래를 얘기하자고 하고, 피해자는 과거가 청산되어야 한다고 주장한다. 2차 세계대전과 관련한 미국, 일본, 한국의 입장은 이러한 측면을 아주 잘 보여 준다. 일본은 36년 동안 한국을 식민지배한 분명한 가해자이다. 그러나 일본은 미국에 대해서는 할 말이 많다. 일본의 입장에서 미국은 원자폭탄을 도시 두 곳에 투하했고, 수많은 민간인을 희생시킨 가해자이기도 하다. 그래서 일본은 우리 한국을 만나면 과거 얘기는 그만하자고 하고, 반면 미국을 만나면 언제나 피해자의 입장이 되어 과거 히로시마와 나가사키에 떨어뜨린 원폭 얘기를 한다. 웬 역사 얘기냐고? 부모와 아이의 관계도 이러하다.

한의사가 쓴 교육에 대한 책 『모든 10대는 엘리트가 될 권리가 있다』(송재희, 넥서스, 2000)에 재미난 분석이 있었다. 사상체질로 사람을 나누면 소양인은 매사에 적극적이고 미래지향적이다. 반면 소음인은 소극적이고 과거지향적이다. 그래서 소양인은 과거 자신이 했던 얘기를 금방 잊어버리고 미래의 목적을 생각하는 반면, 소음인은 과거의 내용이 정리되지 않으면 한 발짝도 앞으로 나가지 못한다고 한다.

문제는 엄마가 소양인이고 아이가 소음인인 경우 심각해진다. 엄마는 아이에게 온갖 간섭과 요구를 말한다. 눈에 보이는 대로, 생각나는 대로 다 표현한다. 아이의 상태와는 상관없이 의견을 전한다. 소음인인 아이는 엄마가 하는 모든 얘기를 듣고 하나씩 정리해야 한다. 마음에 상처를 받으면 그 치유 없이는 앞으로 나가지 못한다. 그런데 엄마는 말한 것을 쉽게 잊어버린다. 아이에게 실컷 퍼붓고 나서 "애, 이제 지난 일은 다 털어 버리고 같이 맛있는 것 먹으면서 앞으로 어떻게 할지 얘기하자." 하고 제안한다. 그러나 아이는 엄마가 말한 모든 것을 되새기면서 그것을 정리하는 것이 필요하다. 맛있는 것 먹고 쉽게 떨쳐 버릴 상황이 아닌 것이다. 이러한 상황이 반복되면 아이 마음속에는 깊은 상처가 쌓이게 된다.

아이들 교육에 적극 개입하여 아이 미래를 계획하고 주도하는 부모들은 보통 크거나 작게 가해자의 입장이 되기 쉽고, 이는 소양인 체질의 부모 역할과 비슷하다. 반면 아이들은 부모의 적극적인 개입 속에서 피해자의 입장이 되기가 쉽다. 그리고 소음인 비슷한 역할을 하게 된다. 요즘은 입시에 관한 막강한 정보력을 가진 엄마들이 아이의 일정을 조정하고 아이의 계획을 대신 설계한다. 그러다 보니 어지간히 조심하지 않으면 아이에게 상처가 조금씩 쌓여 가고, 보통 사춘기 무렵이 되면 폭발하게 된다.

청년실업률의 증가, IMF 등을 경험하면서 몰락하는 중산층의 위기를 몸으로 체험한 엄마들은 아이의 미래를 위해 고군분투한다. 뿐만 아니라 집집마다 아이가 한둘에 불과하기 때문에 어느 때보다 강력하게 아이의 생활과 행동에 적극 개입하고 있다.

7, 80년대만 해도 집집마다 아이가 두 명을 훨씬 넘었고, 아이들은 자라면서 형제들 틈바구니에서 조직의 쓴맛(?)도 자연스레 겪으며 공동체를 경험할 수 있었다. 그리고 어지간한 여유가 있는 집을 제외하고는 누구나 부모의 간섭을 크게 경험하지 못하고 성장하였다. 생활전선에서 바쁜 부모들이 대여섯이나 되는 자식들을 하나하나 챙기기란 쉽지 않은 일이었고, 나이 터울이 많은 형제들이 자연스레 동생들을 돌보는 일이 일반적이었다. 심각하게 잘못한 일이나 크게 칭찬받을 일, 진로와 관련된 큰일을 제외한 일상의 소소한 일부터 학업을 비롯한 대부분의 문제들은 형제들 속에서 해결되었다.

그러나 저출산 사회로 진입한 지금, 어느 때보다 부모의 관심이 아이들에게 집중되고 있다. 더욱이 요즘은 아이를 잘 키우기 위해 정보를 교환하는 부모들의 모임까지 활발하다. 유사 이래 아이들의 일거수일투족에 지금처럼 부모가 밀착된 관심을 가진 경우도 흔치 않았을 것이다. 문제는 이것이 교육적으로 올바른가 하는 것이다.

아이들은 성장하면서 서서히 자신의 정체성을 형성해 나간다. 건강한 성세싱은 부모가 모든 시행착오를 시뮬레이션하여 실패의 확률을 최소화하고 무결점의 상태로 성장시킬 때 형성되는 것이 아니다. 그보다는 아이들이 소소한 일상 속에서 숱한 시행착오를 직접 겪으면서 이루어진다. 그래서 성장하는 아이들에게는 성공뿐 아니라 실패의 경험도 중요하다.

저출산 사회에서 부모의 관심이 정도를 넘어선 밀착형이다 보니 아이들은 실패를 잘 경험하지 못한다. 부모가 미리 알아서 가장 효율적인 방식을 찾아 주니 아이는 미숙하나마 스스로 판단하여 실천할 기회도 없고, 엄두를 낼 수도 없다. 우리보다 저출산 사회로 10년 정도 일찍 진입한 일본도 비슷한 몸살을 앓았다.

10년도 더 된 얘기이다. 90년대 말, 고베에서 일본 교사들과 교육에 관한 얘기를 나눈 적이 있었다. 그때 일본 초등교사 한 명이 초등학교에서 교사들이 아주 황당한 일을 겪는다는 하소연을 하였다. 학교에 온 아이들이 갑자기 옆자리의 아이를 연필로 쿡 찔러 버리거나, 이유도 없이 때리는 등 예기치 않은 행동을 한다는 것이다. 그리고 이런 상황이 벌어진 후 부모를 불러서 얘기하면 거의 예외 없이 '우리 아이가 그럴 리 없다'고 한다는 것이었다.

일본 교사들은 자신들끼리 이를 '요코짱 신드롬'이라고 부른다고 했다. 일본에서 아주 예쁜 아이를 '요코짱'이라 부르는데, 집집마다 집에서 아이를 아주 예쁘고 착하다 하고, 어릴 때부터 모범생으로 칭찬하며 기대를 한몸에 다 부어 준다는 것이다. 그러니 집에서는 아이가 부모의 기대에 어긋난 행동을 절대로 할 수가 없다. 항상 "우리 착한 요코짱, 참 잘했어요." 하는 부모의 눈길이 따라다니기 때문에 아이는 도저히 일탈 행동을 할 수 없다는 것이다. 항상 모범생이기를 강요당하는 생활인 셈이다. 그렇게 성장한 아이가 유치원생이나 초등 저학년이 되면 충동적으로 내면의 욕구를 행사하는데, 실제로 일본에서 광범위하게 나타나는 현상이라고 하였다.

그리고 얼마 전 우리나라 초등학교 교사에게 이 얘기를 했더니, 어쩌면 우리 학교 현상과도 그리 똑같으냐고 손바닥을 쳤다.

부모의 과잉 관심은 아이를 해친다. 특히 성장과정에서 부모의 과잉 관심은 아이의 성장을 가로막고, 아이의 욕구를 억누르는 기능을 한다. 아이의 성장과정에는 실패를 경험하고 내면에서 그것을 교훈삼아 발전하는 피드백 시스템이 작동하는데 어른이 지나치게 개입할 경우 이 피드백 시스템이 망가지게 된다.

우리 교육은 관심의 과잉과 부족 두 가지 문제를 모두 가지고 있다. 중산층 이상은 아이에 대한 과잉 관심으로 부모가 아이 대신 진로를 결정하고 학습계획을 짜는 일이 벌어지고, 또 한쪽에서는 가족이 해체되어 꼭 필요한 관심마저 가져 주지 않은 채 아이를 방치하여 문화적 결핍과 정서적 결핍을 초래하고 있는 것이다.

부모의 과잉 관심은 이전에도 없지는 않았으나, 요즈음은 가족공동체의 해체와 지역 교육생태계의 붕괴와 함께 아이의 성장을 왜곡하는 요소로 일반화되고 있다. 공동체 속에서 아이를 키울 때는 자연스레 자아정체성이 형성되는 법이다. 자신의 장점과 단점, 자신의 특성과 취미를 알게 되고, 타인을 배려할 줄 알며, 선배들의 성장과정을 자연스레 모델로 삼아 스스로의 미래를 설계해 나가게 된다. 그러나 이러한 공동체가 사라진 지금, 그 자리를 부모의 관심만으로 메우기에는 한계가 있다.

아이들이 감정 면에서 자유롭게 자랄 수 있도록, 아이들에게 자신의 인생을 결정할 수 있는 권한을, 아이들에게 자연스럽게 발달할 수 있는 시간적 여유를, 어른들에게서 받는 두려움과 강압을 배제하고 좀 더 행복한 아동기를 보낼 수 있도록 하는 영국 서머힐 학교의 교육방침은 저출산 시대의 우리 교육에 시사하는 바가 크다.

학교교육에서도 학부모를 변화시킬 수 있는 다양한 시도와 시스템이 필요하다. 우선, 자신의 아이에게 밀착된 학부모의 관심을 모든 아이들에게 돌릴 수 있도록 학교운영위원회와 학부모회가 변화되어야 한다. 여기에서 학부모들에 대한 교육이 이루어져야 하고, 아이들의 성장과 관련된 각종 문제와 학교교육과정에 대한 이해와 참여가 보장되어야 한다. 학부모들의 건강한 참여를 이끌어 낸 혁신학교가 확산되고, 일반학교에서도 다양한 학부모 참여 사례가 확산되고 공유되길 희망한다.


## 학교는 건강한 미래사회를 준비하고 있는가

10년 전 프랑스에서는 현대사회의 교육위기를 극복하기 위한 방안으로 교육전문가 1만 6000명, 국민 100만 명이 참여한 교육대토론회를 진행한 바 있다. 대통령의 주도 아래 온, 오프라인에서 진행된 교육대토론회를 전 국민이 TV나 인터넷, 강연장에서 1년간이나 관심 있게 지켜보았다. 교육대토론회에서는 교사의 역할, 21세기 인재상 등 다양한 이슈들이 논의되고 대안이 제시되었다. 이 토론회의 의제 중 첫 번째가 '학교의 역할'이었다.

그렇다면 지금 한국에서 학교의 역할은 어떠한가? 사회에서 필요한 인재를 건강하게 배출해 내고 있는가? 학교에서 배출된 인재는 사회에서 건강한 리더로 성장하고 있는가? 굳이 장관 등 사회지도층의 인사청문회를 기억해 내지 않더라도 우리의 학교교육에 적색경보가 울리고 있음을 직감할 수 있다.

근대 교육은 개인적 성장이라는 목표 외에 공동체에 대한 강한 의무감을 부여했다. 그간 학교는 다양한 계층의 아이들이 모여 있는 공간이었다. 우리나라도 평준화 정책이 수십 년 진행되는 동안 잘사는 집 아이와 못사는 집 아이, 공부 잘하는 아이와 못하는 아이가 한 교실에서 생활하고 성장해 왔다. 그래서 빈부격차, 성적의 우열을 넘어 서로 친구가 되기도 하며, 아이들은 공동체의 한 구성원으로 성장했다.

그러던 것이 산업화가 급격히 진행되며 아파트 평수에 따라, 강남과 강북에 따라 계층이 나뉘었다. 그리고 부모의 경제적 지위에 따라 자녀의 성적이 결정된다는 수많은 보고서가 발표되었다. 잘사는 집의 아이들이 공부를 잘하고, 못사는 집의 아이들이 공부를 못하는 빈곤의 대물림 현상은 더욱 심화되었다.

여기에 고교다양화 정책이 확대됨에 따라 학교는 성적순으로 더욱 분화되었다. 이제 우리나라의 엘리트들은 고교시절부터 대부분 잘사는 집의 자식들끼리 모여 성장한다. 강남 출신 스카이대 입학생들의 비율이 30%를 훌쩍 넘은 지 오래되었다.

그러면 이렇게 계층적으로 분화된 사회구조 속에서 성장한 우리나라 엘리트들의 도덕적 관념은 어떠할까? 이 아이들은 공동체적인 윤리의식을 몸으로 체화하며 성장하고, 앞으로 건강하게 나라를 이끌 것인가? 월 가의 엘리트들이 얼마나 공동체의 도덕과 멀어져 있는가를 보면, 우리도 낙관적으로 전망하기는 어려울 것 같다.

'금융위기'로 불리는 2008년 세계경제위기는 월 가에서 시작되었다. 금융계에 입성한 엘리트들은 학창시절 성적이 뛰어났다는 것 외에 대다수 미국인들과 차이가 없었다. 그러나 이들 엘리트들은 성과 위주의 시스템 속에서 높은 보수에 걸맞는 성과를 내어야 한다는 강박감을 안은 채 일을 하게 되고 그 과정에서 자신의 근본적인 가치를 망가뜨려 간다. 미국의 경제학자 조지프 스티글리츠는 『불평등의 대가』(열린책들, 2013) 서문에서 다음과 같이 분석하고 있다.

> 애초에 이들에게는 근본적 가치에 대한 지향이 있었다. 인간의 목숨을 구할 수 있는 발명을 한다거나, 극빈층이 가난에서 벗어나도록 돕겠다는 꿈이 있었다. 그러나 이들은 그 꿈을 보류한 채 믿기지 않을 만큼 많은 보수를 손에 넣기 위해 믿기지 않을 만큼 장시간의 노동을 감수했다. 그리고 이 과정에서 이들의 도덕성은 무너졌다. 결국 이들은 꿈을 보류하는 것이 아니라, 완전히 내던져 버렸다.

성적이라는 결과에 대한 과도한 목적의식을 갖고 있는 강남 패러다임은 월 가의 엘리트가 드러낸 현상과 크게 다르지 않은 결과를 보여 주고 있다. 전국 초중고 학생 2만 1000명을 대상으로 '2013년 청소년 정직 지수' 설문조사를 실시했다. 조사 결과 고등학생 응답자 47%가 '10억이 생긴다면 감옥에 가도 괜찮다'고 답했다. 참고로 초등학생은 16%, 중학생은 33%였다. 해마다 흥사단에서 진행하는 이 설문의 문항에 비윤리적 응답률은 점차 상승하고 있다. 물론 아이들이 실제로 그러한 일에 부닥치면 정의로운 판단을 할 것이라 믿고 싶지만, 교육이 아이들을 도덕적이고 윤리적으로 성장시키고 있는가 하는 질문에는 그렇지 않을 수도 있다는 쪽으로 생각이 기우는 것이 사실이다.

산업화 과정에서 성장했던 우리 기성세대는 가족공동체의 대표선수 역할을 하기도 했었다. 어려운 집안에서 가족 모두의 지원을 받은 경험이 있었고, 그 뒤에는 힘들게 농사를 짓는 부모님이나 일찍부터 돈을 버는 형제들이 있었다.

그러나 지금의 아이들은 그러한 부채의식이 없는 세대들이다. 공동체적 부채의식이 없는 아이들은 자유롭게 자신이 하고 싶은 일을 하고 살아갈 수 있다는 장점이 있는 반면, 한컨에는 부채의식에 동반되던 강한 공동체적 윤리의식이 사라지기 쉽다는 측면도 있다. 교육에서 정의와 윤리가 어느 때보다 중요하게 요구되는 이유이기도 하다.

무리한 경쟁은 자칫하면 모든 사회적 가치를 경쟁의 하위에 두며 왜곡시킬 수 있다. 사랑과 정의, 이웃에 대한 배려와 같은 가치들 역시 경쟁 속에서 사라질 수 있다. 우리 사회에는 오래전부터 이러한 위기감이 싹터 왔다.

1995년쯤의 일이다. 동아일보 칼럼란에 기자가 좀 장난기 어린, 그러나 심각한 글을 한 편 썼다. 퇴근하고 집에 갔더니 식탁에 맛있어 보이는 사과가 접시에 담겨 있어 하나를 집어 먹었는데 부인에게 혼이 났다는 얘기다. "아이도 아직 먹지 않았는데……." 말인즉슨 방에서 열심히 공부하는 아이에게 주기 위해 사과를 준비하였는데 왜 그것을 아빠가 먹었는가 하는 힐책이다. 기자는 입시생인 아이에게 밀려난 아빠의 지위를 농 삼아서 쓴 칼럼이었다. 하지만 이후로도 고개 숙인 아빠의 자화상에 대한 묘사가 각종 매체에서 이어졌다. 이는 엘리트 아이들이 성장과정에서 어떻게 교육되고 있는가를 보여 주는 사례이기도 하다.

교육이 사회에 기여하는 주요한 역할 중 하나는 공동체의 기본 가치관을 훈련시키고 그 중요성을 받아들이게 하는 것이다. 과거 우리가 자랄 때는 흰 마을에 이층집도 있었고, 판자집도 있었다. 그러나 산입와 파징와 함께 진행된 주거 공간의 분화는 이러한 계층 혼합 공동체를 없애고 말았다. 아파트가 단지별로 구성되고, 아파트 단지 내에 들어선 학교는 비슷한 가격대의 아파트에 사는 아이들로 구성이 된다. 강남과 강북의 아이들 구성이 달라지고, 서울과 지방의 구성이 달라졌다. 특히 입학 준비과정에서부터 사교육 지원이 가능한 집 아이들로 구성된 외고, 자사고, 특목고는 중상층 가정의 비슷한 조건의 아이들로 구성이 된다. 이 아이들이 명문대를 졸업하고, 미래 한국의 엘리트층을 구성할 것이다. 우리나라의 엘리트들은 윤리적으로 성장하고 있는가? 결과에만 집착하는 강남 패러다임의 교육시스템이 우리나라 엘리트의 건강한 성장을 왜곡하고 있지는 않은가? 이 물음은 그래서, 지금 우리 교육의 심각한 과제이다.

# 시골이 강남 패러다임의 탈출구가 될 수 있는가

## 개천에서 나는 용 – '지역 인재 양성'이라는 딜레마

내가 살고 있는 지역은 중소도시이다. 이곳은 예전부터 지금까지 비평준화 지역이고, 대부분의 중소도시가 그렇듯 지역의 전통과 역사가 있는 명문 고등학교가 있다. 그러나 최근 들어 이러한 지방 고등학교의 명성이 위기를 맞이하고 있다. 중학교에서 고등학교로 진학하는 과정에서 상위권 아이들 50명에서 100명 가까이가 타 지역의 특목고, 자사고로 빠져나간다. 지역 고등학교에는 비상이 걸렸다. 우수한 아이들 두 학급 이상이 타 지역으로 빠져나간 상태에서 수십 명씩 스카이대로 진학하던 예전의 명성이 유지될 리 없기 때문이다.

온갖 궁리가 이루어진다. 고교입시가 남아 있는 비평준화 지역임에도 불구하고 자사고, 자율형공립고, 중점학교, 자율형기숙학교 등 수많은 이름으로 인문계고등학교의 유형이 나뉘고, 심지어는 비평준화 지역 명문고 내에서 스카이반을 따로 모집하는 편법까지 생겨났다. 우수 학교 안에다 또 우수반을 따로 모집하는 것이다. 뿐만 아니라, 사망사지난제와 시력의 명문 고등학교가 힘을 합한다. 스카이대를 많이 보낼 수 있도록 지방자치단체는 한 학교에 수억 원씩을 지원한다. 대부분 지방의회 의원들이 지역 명문고 출신들이기 때문에 이들 지원금은 한두 학교로 집중된다.

이러한 문제는 참여정부 시절, 전남 순천에서 지역 기숙사를 지으면서 처음 사회적 문제가 되었다. 순천시에서 지역의 우수한 아이들을 지원하기 위해 순천의숙을 만들어 집중 지원하면서 문제가 불거졌다. 약 200명 정도의 아이들이 지원을 받는 반면, 나머지 아이들은 상대적인 박탈감을 느끼게 되는 현상이 벌어진 것이다. 그 이후, 전주에서는 10억 정도의 교육예산으로 1000명의 우수 학생들의 외국 연수를 지원하는 계획을 내놓았고, 곧 이러한 집중 지원은 전국적인 현상이 되었다. 민선지방자치단체장의 입장에서는 지역의 인재를 유출하지 않고 잘 기르는 것이 큰 역할이라고 생각했을 것이고, 소수의 우수 인재들에게 집중 투자하는 것이 효율 면에서는 가장 좋은 방법이라고도 생각했을 터이다. 그러나 학교의 현실은 그렇지 않다.

한 학교에 2억에서 4억 정도의 돈이 집중 투자되어 상위 10% 아이들의 교육비로 쓰이는데, 때로는 이것이 아이들의 발목을 잡는다. 100명 정도(한 학년 30명씩)의 아이들에게 방과 후, 즉 보충수업으로 이 예산을 사용한다고 생각해 보라. 원래의 의도는 서울 유명 학원의 스타 강사들을 초청해, 대치동 학원가에 갈 수 없는 지방의 우수 학생들에게 좋은 교육 혜택을 주자는 것이었지만, 잘 모르는 말씀이다. 아이들이 공부할 시간이 없어졌다. 아침 8시부터 시작되는 교사들의 0교시 보충수업 강의는 방과 후 저녁식사 전까지 이어지고, 우수한 인재들은 저녁식사 이후 시간에도 서울에서 내려오는 스타 강사들의 강의에 시간을 투자해야 한다. 그러고도 모자라 토요일이나 일요일에도 수업을 들어야 한다. 일주일 내내 아침부터 밤늦게까지 수업을 들어야 하는 것이다. 예습을 할 시간도, 복습을 할 시간도 부족하다. 지식정보화사회에서 가장 중요하다고 하는 자기주도적 학습이 절대적으로 모자랄 수밖에 없다.

아이들은 엄청난 딜레마에 빠진다. 암죽식(갓 태어난 아이가 먹는 죽처럼 내용을 잘 소화하여 정리해 주는 방식)으로 요점정리가 잘된 수업내용이 제공되더라도 스스로 이를 정리해 볼 시간조차 없이, 엄청난 속도로 학습과제가 누적된다. 학교에서는 공부할 시간이 없다고 강의를 듣지 않겠다는 아이들과 시간을 잘 조절해서 혜택을 받으라고 설득하는 담당교사들 간의 승강이가 흔하게 벌어진다.

또 각 지역에서 경쟁적으로 강사들을 불러오다 보니 수요가 엄청 많아진다. 그래서 정작 스타 강사들은 오지 않는다. 서울의 유명 학원은 이들 지방의 수요를 하나의 사업으로 정착시켜 강사를 따로 배정한다. 지방 전용 강사들인 셈이다. 성적이 중하위권인 아이들이 갖는 상대적 박탈감 또한 적지 않은 문제를 남긴다.

전국 거의 모든 지방이 이 지경이다 보니 지자체가 하는 일은 오히려 지역 인재 양성에서 멀어져 거꾸로 가고 있다. 지방자치와 교육자치의 부분적 통합이 이루어지고, 교육위원회는 지방의회로 편입되면서 광역시도 단위에서는 초보적이나마 교육에 대한 통합적 논의가 이루어지고 있지만, 교육과 지방자치가 분리되어 있는 대부분의 시군구 단위 지자체는 여전히 맹목적인 강남 패러다임의 틀 속에 갇혀 있다. 지방행정자치단체가 교육에 더 많은 관심을 가지고 의미 있는 교육 투자를 통해 건강한 교육생태계를 살리는 데 너 임써야 알 시섬이 아닌가 한나. 교육을 위한 논의가 시억 단위에서 이루어지고, 장기적 계획 속에 교육투자가 이루어지는 경기도 혁신지구사업 등에서 새로운 대안을 찾아야 할 것이다.


## 시골학교는 대안이 될 수 있는가

내가 시골로 옮겨 온 2000년 무렵, 한 일간지의 설문에 대기업 회사원 85%가 시골에서 아이를 키우며 살고 싶다고 답한 것을 보았다. 시골은 과잉 경쟁의 강남 패러다임에서 벗어나 아이들을 키울 수 있는 좋은 탈출구이다.

내가 살고 있는 곳은 충주와 제천의 경계에 놓인 천등산 자락이다. 15년 전 서울에서 이곳으로 이사를 왔다. 그리고 그때 초등학교 3, 4학년이던 아이들은 이제 훌쩍 커서 20대 중반의 청년들이 되었다.

부부 교사인 우리가 시골 생활을 선택한 것은 우선 대가족이 살기에 서울이 맞지 않았기 때문이었다. 방문을 열면 거실이 나오는 아파트는 대부분의 서울 중산층들의 보금자리다. 하지만 이러한 아파트 구조는 3대가 함께 살기에는 적당하지 않았다. 적당한 가까움과 적당한 거리감. 그것이 서울의 아파트에서는 거의 불가능했다. 부부싸움을 하려고 해도 밖으로 나가야 하는 답답함은 어른인 우리도 마찬가지였다.

시골은 공간적으로는 말할 수 없이 좋은 대안이었다. 집과 텃밭이라는 적절한 공간, 드문드문 흩어진 이웃집들. 그리고 텃밭 노동은 마음이 답답할 때 술을 먹지 않고 마음을 풀 수 있는 가장 좋은 방법이기도 했다. 시골로 이사 온 첫 해, 우리는 아이 둘과 함께 차로 10분이면 갈 수 있는 천등산 중턱의 산림도로로 종종 산책을 나갔다. 가끔씩 밤에 그곳에 가서

돗자리를 깔고 누워 하늘을 보면 별똥별이 길게 밤하늘을 가로지르며 선을 긋는 것이 보였다. 아이들은 '불빛이 없는 밤하늘'(서울에서는 상상도 할 수 없다)을 신기해하였다.

아이들이 시골 초등학교로 전학을 하였다. 우리가 상상했던 시골학교의 생활은 아이들이 마음껏 뛰어노는 모습이었다. 운동장에서 공을 차고, 친구들과 개구리도 잡고, 물고기도 잡고, 산으로 들로 뛰어 다니며. 그 상상은 아이들을 초등학교에 보내고 얼마 후 무너졌다.

시골학교는 일찍 문을 닫았다. 교사 전원이 도시에서 출퇴근하는 초등학교에서 아이들의 일과는 3시경이면 모두 끝났다. 도서관이며 컴퓨터실이며 시설은 잘 갖추어져 있었지만 교사들은 저마다 행정업무를 하거나 승진을 위한 연구활동을 하느라 아이들을 학교에 남기지 않았다. 그리고 당시는 방과후학교도 제대로 이루어지지 않던 시절이었다.

하루 다섯 번 정도 마을로 들어오는 버스를 타려면 아이들은 매일 두 시간 정도를 길거리에서 기다려야 했다. 그렇다고 걸어오기에는 15리 정도 되는 길이 아이들에겐 짧지 않은 거리였다. 한 학년은 15명 내외라서 남자 아이들은 수적으로 축구 한 팀이 형성되지 않았고, 개구리 잡는 데는 별 관심이 없었으며, 학교가 끝나면 집으로 게임을 하러 두셋씩 몰려갔다. 덕분에 아이들은 좋아하는 축구를 서울 있을 때보다 더 못 하였으며, 두세 시간씩 버스를 기다리느라 학교 입구 문방구에 놓인 게임기 앞에 쭈그리고 앉아 시간을 보내는 일이 많아졌다.

우리는 고민 끝에 아이들을 25킬로미터 떨어진 도시의 학교로 전학시키기로 결정하였다. 옮겨 간 도시의 초등학교에서는 아이들이 축구도 하고, 미는 시간은 도시실에서 보내고, 학교 인근의 마음씨 좋은 주인이 운영하는 서점에서 책을 보기도 하다가 우리 부부와 함께 집으로 돌아왔다. 차츰 아이들의 생활환경은 집이 있는 시골 동네에서 학교가 위치한 도시로 바뀌어 갔다.

그럼에도 불구하고 시골에서 자란 우리 아이들은 이것저것 시도를 하였다. 매일 저녁 사슴풍뎅이를 잡으러 손전등을 들고 혼자서 숲을 찾기도 하였으며, 장수풍뎅이를 잡겠다며 꿀을 나무에 발라 놓고 새벽녘에 살피러 가기도 했다. 아이들은 그렇게 성장하였다. 시골 생활이 아이들에게 준 자산은 자연 속의 성장이다.

얼마 전 OECD에서 실시하는 PISA평가에서 2015년부터 평가지표로 생태 영역(생태적 감수성/생태적 낙관주의)을 추가하기로 하였다. 아이들에게 '생태적 감수성'을 심어 줄 수 있는 가장 좋은 방법은 시골에서 성장하도록 하는 것이다. 생태적 감수성은 자연에 대한 관찰, 교감 등 자연 속에서 살아온 인간의 본성을 되찾는 일일 것이다. 자연 속에서 성장하며 생겨난 생태적 관심은 자연스레 환경 문제에 대한 애정과 낙관주의를 불러올 수 있다.

하지만 내가 사는 이곳 시골학교는 2년 전부터 폐교를 둘러싼 몸살을 아주 심하게 앓고 있다. 지난 15년 동안 우리나라 어디나 그렇듯이 교통혁명이 일어났다. 자동차전용도로와 고속도로가 서울까지 뚫리고, 인근 도시로 가는 길도 쭉 펴지고 넓어졌다. 그와 더불어 시골 아이들이 도시로 나가는 것이 더 편리해졌다. 이에 따라서 시골학교들의 아이들은 더 줄어들고 있다. 초등학교는 그래도 전교생 50명이 넘지만, 중학교는 올해 신입생이 2명이다. 그대로 간다면 중학교는 2, 3년을 못 넘기고 폐교의 운명을 맞게 될 것이다.

시골학교는 시골 사람들에겐 고향과 같다. 지금도 해마다 10월이 되면 동문 체육대회가 열리고, 모두가 동문인 이곳 사람들은 학교에 모여 운동을 핑계 삼아 잔치를 한다. 이때는 멀리 서울이며 타지로 떠난 사람들도 모인다. 이곳 학교가 폐교 예정이라고 했을 때 가장 반대를 한 사람들은 동문들이었다. 성장기 추억이 담겨 있는 학교가 폐교되는 것은 마음 둘 고향이 사라지는 것과 같은 것이다. 어릴 때 놀았던 운동장, 사고 친 에피소드를 안고 있는 느티나무 등은 어른들에게도 재산이며 거친 생활전선 속에서 생태적 감수성을 유지할 수 있는 기본 바탕이 된다.

지금 이 상태로 두면 우리나라 대부분의 시골학교는 폐교의 운명을 맞을 것이다. 그러나 시골학교는 제대로 운영이 될 경우, 협력적 문제해결 능력과 생태적 감수성 등 미래 인재의 자질을 키울 수 있는 최적의 장소이기도 하다. 엄청난 교육적 잠재력을 품은 공간인 것이다. 교사나 교장이 점수 따는 자리, 도시로 옮겨 가기 위한 징검다리로써 잠시 쉬는 자리가 아니다. 역동적으로 시골학교를 움직이는 동력을 만들고, 많은 비용을 들여 도시로 내보낸 아이들이 다시 돌아올 수 있는 학교로 되살려야 한다. 교장을 공모하고 교사들이 헌신한 결과 되살아난 경기도의 작은 학교들이 그 좋은 사례를 보여 준다. 붕괴하고 있는 시골학교를 살리기 위한 좀 더 적극적인 액션이 필요하다.

## 사교육 없이 영어교육은 가능한가

시골에서 아이를 키울 때 생기는 또 하나의 문제는 사교육 시장과 거리가 멀다는 것이다. 또 한편으로는 사교육 시장과 동떨어져 있다는 것이 너할 나위 없이 큰 장점이기도 하다.

우리 부부는 도시에서 아이를 키울 경우, 아이가 대학에 들어갈 때까지 끝없이 학원에 목을 매달게 될 것이란 위기감이 있었다. 시골로 이사를 결정한 두 번째 이유이기도 했다.

시골로 이사를 간 뒤, 우리 부부는 아이를 어떻게 교육할 것인가에 대해 진지하게 고민을 하였다. 당시 아이들이 초등학교를 다녔기 때문에 이후 중학교, 고등학교, 그리고 아이의 진로를 어떻게 할 것인지에 대해서 꽤 심각하게 의견을 나누었다. 아이를 학원에 보내지 않을 것이란 생각이 있었기 때문에 그대로 학교교육에 맡길 경우 어떤 점이 부족할 것인지에 대해 생각을 했다. 사실 학원 없이 학교를 다니는 것은 많은 장점이 있었다. 대부분 선행학습 위주로 진행되거나 지나친 반복학습 중심으로 되어 있는 기존 학원 교육은 학습 효율 면에서도 아무런 도움이 되지 않는다는 것을 잘 알고 있었다.

그러나 영어교육에 대해서는 자신이 없었다. 자칫 잘못하면 아이가 고등학교를 졸업할 때까지 계속 학원의 유혹을 떨칠 수 없을 것 같았다. 그리고 영어는 학과 공부로도 그렇지만 언어로서 아이에게 많은 가능성을 열어 줄 것이라 가능하면 언어습득이 필요하다고 생각했다.

그때, 사회적으로 영어교육에 대해 새로운 견해가 대두되었다. 집에서 훌륭히 아이를 교육시킨 사람들의 얘기가 매체를 통해 소개되었다. 여러 사람이 각각 다른 방식을 이야기했지만 대체로 일치한 지점은 영어라는 것은 말이기 때문에 어린 아이가 태어나서 말을 배우는 과정을 그대로 따라하는 것이 좋다는 것이었다. 즉 영어는 학습이 아니라 '훈련'이라는 것이었다.

영어를 잘하지 못하는 부모들도 충분히 아이에게 영어교육을 시킬 수 있다는 이들의 논리에 우리 부부는 적극 공감하였다. 영어로 된 만화영화를 더빙 없이 보며 자란 스웨덴의 아이들은 대부분 초등학생만 되어도 간단한 회화를 할 수 있었다. 그에 비해 문법 위주로 영어공부를 한 우리는 대학을 졸업하고도 여전히 말을 잘 하지 못하며 듣지도 못한다. 공부하는 과정도 재미가 없고 쉽지 않았다. 우리 세대의 부모가 아이들을 무조건 외국 조기유학이나 영어연수를 보내려고 생각하는 이면에는 성장기 영어학습에 대한 실패의 추억도 한 몫을 하지 않나 생각한다.

우리는 초등 5학년, 6학년이었던 우리 아이들과 토론했다. 매일 세 시간씩 놀이처럼 영어를 해야 했기 때문에 아이들이 이를 수긍하고 받아들이는 것이 필수였다. 다행히 아이들이 이를 받아들였고, 우리는 아이들과 함께 인터넷을 뒤져 영화며 오디오북이며 영어 게임을 찾아냈다. 아이들은 하루 세 시간 이상을 영화를 보거나 미국 성우가 읽어 주는 동화책을 듣고 읽었다. 단 내용은 아이들이 고르도록 했고, 일주일에 하루는 영어를 절대 하지 않았다.

아이들은 당시 유행하던 '해리포터' 시리즈 영어 오디오북을 들으며 자랐다. 새로운 시리즈가 나올 때마다 아이들은 번역본이 나오기 전 원서와 오디오북을 구해 먼저 읽었다. 둘째는 특히 이를 좋아해서 한 권을 대여섯 번씩 읽기도 했다.

결과는 성공적이었다. 1년 반 정도 '영어훈련'을 한 이후 아이들은 영어 공부에 별다른 스트레스를 받지 않았다. 고등학교 졸업 때까지 그냥 편하게 수업을 하였다. 영어공부로 인한 스트레스가 거의 없었기 때문에 대학 입시 공부에서도 여유를 가질 수 있었다.

그 후, 참여정부 말에 청와대 비서실에서 행정관으로 근무할 때 영어교육전문가들과 우리 영어교육에 대한 전면적인 검토를 한 적이 있었다. 나는 그때까지 우리 아이들이 성장하던 시기라 큰 확신은 없었지만 당시 정책실은 영어교육을 영어훈련으로 보아야 한다는 데 깊은 공감과 인식이 있었다. 학교마다 아이들이 영어로 듣고, 읽고, 즐길 수 있는 영어훈련 시스템을 마련하는 것이 필요하다는 것이었고, 이를 위한 단계적인 지원책도 검토되었다. 대통령 임기 말이었기 때문에 정책은 검토 단계에서 끝났지만, 우리 학생들이 영어교육을 사교육이나 어학연수, 조기유학에서 벗어나게 하는 또 다른 접근이 가능하다고 보았다. 사실 조기유학이나 어학연수도 아이들에게 영어 환경을 만들어 주는 훈련의 과정이지 않은가? 그런데 이는 비용이 너무 많이 든다. 결국 부모의 부의 정도에 따라 영어라는 언어능력은 차이가 날 수밖에 없게 된다. 새로운 계급적 징표가 되는 것이다.

성장기 아이들, 초등 고학년에서 중학생에게 훈련으로써의 영어교육은 적절한 대안이 될 수 있다고 생각한다. 또한 아이들이 그 방식을 수긍하고 따르기만 한다면 큰 성과를 거둘 수 있다고 믿는다. 학교나 지방자치단체 차원에서 '영어훈련 시스템'을 만들어 저렴하게 운영하면 어떨까? 우리처럼 아이들에게 영어훈련을 실천해 보려는 학부모들이나 이미 우리처럼 아이를 키운 사람들을 자원봉사자로 고용하면 어떨까? 지방의 목민관이나 교장선생님들이 귀담아 들을 만한 제안이라고 생각한다.

### 여고생들의 용광로 만들기

지난 봄, 4월의 일이다. 산화와 환원을 설명하는 고등학교 화학 수업시간이었다. 화학 교과서에는 20년 전이나 지금이나 이 단원이 나오면 정체를 알 수 없는 용광로 그림이 나온다. 철광석은 녹슨 철(철과 산소가 결합하여 만들어진 산화철)과 돌이 엉켜 있는 것이다. 그림에는 용광로에 철광석, 숯, 석회석을 넣어 산화철에서 산소를 떼어 내고 순수한 철을 만드는 과정이 나와 있다. 그리고 철과 산소가 붙어 있는 힘이 세기 때문에 바로 산소를 떼어 내기 힘들고, 탄소를 가해 산소가 일산화탄소로 변하게 해야 철광석에서 산소를 떼어 낼 수 있다고 시험문제에도 나온다. 철을 만드는 과정은 인류의 문명과 직접 관련이 있다. 철기시대는 바로 철광석에서 산소를 떼어 내어 철을 분리하는 기술을 발견하면서 시작되었던 것이다.

용광로 그림을 앞에 두고 잠시 설명이 옆길로 나갔다. 충주 지역이 과거 우리나라의 3대 철 생산지였다는 것, 그래서 충주 지역에는 다른 지역에는 없는 철불이 있고, 몽고가 침략했을 때 충주가 보기 드문 승리를 거둔 것도 철 생산과 무관하지 않다는 것을 얘기했다. 불과 1980년대까지 충주에는 철광산이 있었고, 충북선 기차가 충주 지역의 철광석을 싣고 장항 제철소까지 달렸다는 얘기도 덧붙였다. 그러다 우리나라에 포항제철이 세워지면서 중국이며 동남아의 값싼 철을 수입하였고 우리 지역의 철 생산이 멈추게 되었다는 설명, 충주의 야동, 연수동 등은 모두 철과 관련이 있다는 것도 덧붙였다. 아이들 몇몇이 불쑥 얘기하였다.

"선생님, 우리도 철 제련을 한번 해 보면 어떨까요?"

그럴까? 하고, 긍정적인 답을 한 것이 화근이었다. 여자아이들 셋이 적극적으로 용광로를 재현해 철을 만들겠다고 나섰다. 근데, 용광로를 어떻게 만들지? 교사가 가르칠 지식이 없을 때는 참 막막하다. 나는 대학에서 화학을 전공하였지만 용광로를 만들어 본 적이 없을 뿐 아니라 구경도 하지 못하였다. 무얼 지도하지? 부담감은 아이들과 활동하는 내내 이어졌다. 막막한 교사와는 달리 아이들은 신이 났다. 미지의 세계에 들어서기 직전의 설렘이 아이들에게 감돌았다. 교사와 학생이 함께 정보를 교류하고 의논하고, 연구하는 일이 거의 3개월간 이어졌다.

학생들은 인근 철 박물관을 찾았다. 철 박물관에서는 바로 1년 전 용광로 재현을 하려고 했다가 실패했던 경험을 보여 줬다. 다음 찾은 곳은 선사유적 박물관이었다. 지역의 사료를 정리하고 담당하는 학예관이 충주 지역의 제철 유적에 깊은 관심이 있었다. 아이들에게 설명과 함께 자문을 자청하고 나섰다. 아이들은 학예관과 함께 유적지와 폐광산 지역을 방문하였고, 슬래그와 철광석을 수집했다. 아이들이 삽과 괭이, 망치를 들고 철광산으로 간다는 얘기에 학교는 모두 술렁였다. "쟤들 정말 철광석 캐러 가는 거야?" 아이들의 관심이 모아졌다. 이미 폐광이 된 철광산 방문에서 땅 주인인 주민이 철광석 지역을 설명하고 아이들이 철광석을 캐는 것을 도와주었다.

수집한 철광석을 분석하기 위해 쇠절구를 사다가 철광석과 슬래그를 가루로 만드는 일을 아이들이 했다. 너무나 단단한 철광석을 깨다가 쇠절굿 공이가 반토막이 났다. 용광로를 가동하기 위해서는 20킬로그램 이상의 철광석을 가루로 만들어야 하는데, 거의 불가능했다. 겨우 분석 샘플을 가루로 만들었을 뿐이다. 일주일을 온 교실이 울리도록 쇠절구 빻는 일을 하다가 지역의 맥반석공장에 연락을 하였다. 여학생들이 용광로를 만든다는 얘기에 맥반석공장 사장님이 나서서 직접 자가용을 몰고 멀리 태백까지 가서 가루로 만들어 왔다.

아이들은 용광로 설계에 들어갔다. 교과서에서 나와 있는 단순한 이론을 실제에 옮기기 위해서는 훨씬 많은 토론이 필요했다. 몇 도까지 온도를 올려야 하지? 돌이 녹는 온도는 얼마지? 철광석은 1500도가 넘어야 녹는데, 환원되는 온도는 얼마일까? 돌이 녹아서 슬래그가 되면 부피가 얼마나 될까? 1500도를 견디는 벽돌을 구입해야 하는데, 어디서 구하지? 내화 벽돌 종류와 거래처를 알아야 하고, 바람을 넣어 주는 송풍관의 위치를 잡아야 하고, 20킬로그램의 철광석을 제련하기 위한 용광로의 규모를 선택해야 했다. 아이들은 대학의 교수를 찾아 자문을 구하고, 인터넷에서 제철 관련 동영상을 찾았다. 나는 열심히 도움을 줄 전문가들과 자료를 찾아 아이들에게 소개해 주었다. 또한 학교의 오래된 자료 속에서 일본 동경대에서 진행한 용광로 제작 동영상을 찾아내었다. 예산이 얼마 되지 않았기 때문에 비싼 내화벽돌은 꼭 필요한 곳에만 쓰고 나머지는 붉은 일반벽돌을 사용하기로 결정한 것도 학생들이었다. 송풍장치는 모터에 주름관을 달아 이어서 만들고, 접합부는 알루미나로 된 내화 송풍관과의 이음새와 맞게 설계하여 주문 제작했다.

철광석과 슬래그의 성분을 비교분석하기 위하여 인근 대학을 찾아 자문을 구하고, XRD, XRF란 분석장치가 있다는 것도 알아내었다. 전자현미경 사진과 함께 성분을 분석해 주는 FE−SEM/EDS란 분석장치도 직접 경험하였다. 이 과정에서 아이들은 기기에 가루를 조금 넣으면 기계가 성분과 함량을 그래프와 데이터로 나타내 준다는 사실도 알았다. 기기분석을 하는 전문가가 여학생들이 하는 용광로 실험을 아주 기특해했다. 아이들도 그렇지만 교사도 그 과정에서 하나씩 새로 배워 나갔다.

용광로보다 뜨거운 여름이 지나간 가을 초입, 토요일 아침부터 학교 운동장 한켠에서는 용광로 제작이 시작되었다. 전날부터 배달된 내화벽돌과 일반벽돌, 알루미나 관, 송풍장치, 긴 전선, 인근 숯가마에서 가져온 백탄숯, 서울 영등포에서 주문한 지름이 30센티미터나 되는 강철 연통, 내화 모르타르 등이 산더미같이 쌓였고, 아이들은 조적용 도구를 사용해 벽돌을 쌓아 갔다. 지나가는 아이들이 구경을 하고, 궁금해했다. 용광로는 여섯 시간이 지나서야 완성되었다. 교장선생이 아이들이 제작한 용광로에 동아리 이름을 따서 'New Turn 로'(뉴턴로. 발상의 전환이라는 뜻을 지니고 있다.)라고 이름을 지어 붙였다.

다음 날인 일요일, 아이들의 아버지들이 자원봉사를 지원해 왔다. 힘을 써야 하는 일의 성격 때문이다. 불을 붙이고, 두어 시간 후 용광로 속의 온도가 1000도를 넘어서기 시작했다. 용광로는 이후 1000도 이상의 온도를 네 시간 이상 유지했다. 굴뚝 위로 넘실대는 불꽃이 붉은 색에서 파랗고 투명한 환원불꽃으로 바뀌었다.

결국 아이들은 용광로에서 구슬 모양의 순수한 철을 얻어내는 데 성공하였다. 그러나 원래 생각했던 칼이나 낫을 만들 수 있는 철 덩어리를 얻어내지는 못하였다. 미완이었다. 이후 아이들은 그 이유를 분석하기 위해 거의 한 달을 더 토론하고, 전문가의 조언을 듣고, 새로운 과제를 다시 얻었다. 충주 지역의 철광석이 자철석이 아니라 적철석이란 사실을 확인했고, 철광석 제련에 필요한 석회석의 정확한 비율도 비교분석해서 얻어내었다. 아이들은 이렇게 얻은 성취감과 자신감으로 또 새로운 도전에 맞서 갈 것이다.

아이들의 용광로 만들기에서 나는 몇 가지 교훈을 얻었다.

첫 번째는 교사인 나의 문제였다. 해 보지 않은 미지의 과제를 맡았을 때 느낀 두려움, 막막함의 경험이었다. 나름대로 '배우며 가르친다'는 교육적 소신을 가지고 있었음에도 불구하고 실패와 무지에 대한 두려움은 내내 나를 따라다녔다. 학생들이 미지의 경험을 한다는 것, 그것은 교사도 새로운 도전을 해야 한다는 것을 전제한다. 창의적이고 협력적인 문제 해결 능력을 요구하는 현 시대의 교육적 방향이 그렇다고 생각한다.

두 번째 교훈은 두려움과 부딪쳐 가기로 생각한 순간, 내가 가르치고 지도하던 아이들이 평등한 파트너로 다가왔다는 것이다. 교사와 학생이 함께 역할을 분담하고, 토론하고, 정보를 공유하는 일이 자연스럽게 되었다. 가르치면서 동시에 교사도 성장하였다. 새로운 도전을 한다는 것, 그것은 교사에게도 성장을 의미한다.

세 번째 교훈은 세 아이의 활동에 너무나 많은 도움이 필요했고, 손을 벌리는 순간 그 도움들이 다가왔다는 것이다. 아이를 기르는 데는 정말 마을 하나가 필요했다. 이들의 관심은 따뜻했고, 그것은 학생들의 자존감을 높여 주는 데 결정적인 역할을 하였다.

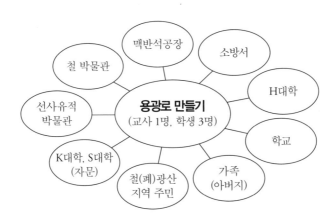

**용광로 만들기 활동과 관련한 학습 네트워크 도식**

2012년 서울시와 교육청은 '한 아이를 키우는 데 온 마을이 필요하다'는 슬로건을 발표한 바 있다. 맞는 말이다. 교실을 한 발만 벗어나면 온 마을이 학교와 관계를 맺는다. 아이와 학교와 지역사회가 함께 엉켜서 성장하는 것이 필요한 때가 되었다.

아이들은 우리의 미래이다. 그간 산업화 과정에서 우리 사회의 높은 교육열은 미래를 향한 강한 성취 동기를 부여하고, 생산의 효율성을 높이는 등 훌륭한 역할을 해 왔다. 그러나 중산층이 무너지면서 시작된 부모 세대의 과도한 교육에 대한 개입, 결과 위주의 강남 패러다임은 21세기 한국의 미래를 준비하기에는 너무나 많은 문제를 안고 있다.

나는 시골 선생의 경험과 시각 속에서 시골학교, 지역성을 살린 교육, 마을이란 교육생태계의 복원 등 강남 패러다임의 새로운 대안을 하나씩 살펴보고자 하였다. 강남 패러다임을 극복하고 새로운 패러다임을 여는 더 좋은 시선과 실천이 등장하기를 기대한다.

새로운 세상을 만드는
교육생태계를 꿈꾸다

# 이광호

학창시절 한 번도 교사가 되겠다는 생각을 한 적이 없다. 뒤늦게 대안학교(이우학교) 설립에 참여하면서, 교육대학원(동국대)에서 교사자격증을 얻고 마흔 살에 교사가 되었다. 2006년 이우학교의 경험을 바탕으로 새로운 교육 모델을 연구하기 위해 설립한 (사)함께여는교육연구소의 소장으로 선출되어 현재까지 그 역할을 담당하고 있다. 또한 2008년 성남 구시가지에 '성남청소년지원네트워크'를 설립하여 학교와 지역사회가 결합한 새로운 교육복지 모델을 실험하고, 2009년부터 하이원리조트(강원랜드) 사회공헌위원회와 함께 강원도 폐광 지역 학교와 교사를 지원하는 '해피스쿨' 사업을 진행하고 있다.

2009년 경기도교육청의 학교혁신추진위원으로 경기혁신교육정책에 참여하는 한편, '새로운학교네트워크' 연구위원장(2011~2013)으로 학교혁신을 실천하는 전국의 교사들과의 협력을 위해 노력하였다. 2010년 경기도교육감 취임준비위원회(인수위원회), 2014년 경기도교육감직 인수위원회 자문위원, 세종시교육감직 인수위원을 역임하였다.

함께 지은 책으로 『학교를 바꾸다』 『학교 혁신의 이론과 실제』 등이 있다.

# 배움으로부터 멀어지는 아이들

## 학교를 바꾸면 교육이 바뀐다?

'교실붕괴' 담론이 등장한 지 20년이 지났다. 수많은 분석과 대안들이 제시되었지만, 여전히 그 위세는 누그러들지 않고 있다. 오히려, '학교붕괴론'이 등장하고, 심지어 '교육망국론'까지 등장하고 있다. 우리는 오랫동안 그 대안을 학교의 변화와 개혁에서 찾고자 했다. 기존의 낡은 학교와 다른 대안적인 학교 모델을 만들어 확산하겠다는 것이다. 내가 이우학교라는 특성화학교(대안학교) 설립에 참여한 이유이기도 하다.

이우학교는 2003년 9월 개교하였다. 이우학교는 설립 과정부터 공간 구성, 학교운영 원리, 교육과정에 이르기까지 새로운 교육 모델을 만들고자 노력하였다. 지금도 많은 교사, 학부모, 연구자들이 이우학교의 새로운 실험을 보기 위해 학교를 방문한다. 그리고 2010년, 사립학교 중 처음으로 경기도 혁신학교로 지정되었다.

나는 또한 2006년 이후 사단법인 '함께여는교육연구소'의 소장을 맡고 있다. 연구소는 이우학교의 교육적 경험을 일반화하는 한편, 공교육 내부에서 새로운 학교 모델을 만들어 가는 운동을 전개하기 위해 설립되었다. 연구소 소장에 부임한 이후, 전국의 수많은 교사, 학부모, 교육운동가들을 만나 왔다. 그때마다 내가 강조한 것은 '학교 단위 개혁'의 중요성이다.

학교 단위 개혁을 통해 새로운 학교 모델을 만들고, 그 학교를 거점으로 성과와 경험을 확산시켜 공교육 전반을 개혁하겠다는 것이다. 우리는 이를 '새로운학교운동'이라고 불렀다. 이 전략은 2009년 경기도에서 처음 도입된 혁신학교 정책과도 부합된다.

나는 경기도 혁신학교추진위원으로 혁신학교 정책 추진에 참여하였다. 2010년 이후 혁신학교가 전국으로 확산되면서 나의 활동 반경도 확대되었다. 매년 컨설팅과 강연 등으로 수십 차례 전국의 학교를 방문한다. 그때마다 나는 늘 '학교 단위 개혁'의 중요성을 강조했다. 물론 학부모, 지역사회와의 연계와 협력도 학교혁신의 중요한 과제로 강조했지만, 그 중심은 어디까지나 '학교'였다. 그리고 이런 학교의 변화는 교사의 성찰과 변화로부터 출발한다고 믿었다.

하지만 언제부터인가 학교가 변화하면 우리 아이들의 현재와 미래의 삶이 과연 건강해질까 하는 의문이 계속 떠올랐다. 서울의 한 초등학교에서의 경험이다. '미래사회의 변화와 혁신학교'를 주제로 강의를 마치자, 한 선생님이 갑자기 눈물을 쏟으며 하소연하셨다. 대충 보아도 50대의 베테랑 교사처럼 보이는 그는 1학년 담임이었는데, 자기 학급에 심각한 수준의 ADHD 학생이 두 명 있다고 했다. 자신이 교실에서 하는 일의 대부분은 마구 돌아다니면서 수업을 방해하는 두 명을 붙잡아서 자리에 앉도록 하는 것이라고 했다. 그렇게 하루를 보내고 집에 돌아갈 때마다 눈물이 쏟아진다고도 했다. 그 두 아이의 삶이 안타깝고, 또 그 두 아이에 온 신경을 쏟다 보니 나머지 아이들의 '학습권'을 제대로 지켜 주지 못했다는 교사로서의 자책감 때문에.

신자유주의 세계화에 따른 사회양극화, 그로 인한 위기 가정의 증가는 어제오늘의 일이 아니다. 위기는 단순히 저소득 계층의 문제만이 아니다. 전반적인 고용불안과 노동강도의 강화, 맞벌이 부부의 확대 등으로 제대로 돌봄을 받지 못하는 아이들이 늘어나고 있다. 특히 1997년 외환위기를 기점으로 급증하였다. 보건복지부의 통계에 따르면 하루에 한 시간 이상 성인의 돌봄을 받지 못하는 아동의 수가 240만 명에 이른다고 한다.

최근 몇 년 사이 "북한군이 남침하지 못하는 건 대한민국의 중학교 2학년 때문이다."라는 우스갯소리와 함께 널리 퍼진 '중2병'도 이러한 사회적 상황과 관련이 된다. 1997년 외환위기를 전후하여 탄생한 아이들이 인간의 성장단계상 가장 '격렬한 혼란기'인 15세가 되면서 '중2병'이라는 신조어의 주인공이 된 것이다.

## 근대 학교교육 신화의 붕괴

한국의 기성세대, 즉 현재의 학부모들은 자신의 부모 세대보다 훨씬 풍요로운 삶을 살고 있다. 그리고 그 이유를 '긴 가방끈'에서 찾는다. "가난한 소작농 출신 할아버지가 소 팔아서 아빠 대학 등록금을 마련했다."는 '우골탑'의 신화를 자녀들에게 자랑스럽게 이야기한다. '학교교육을 통한 계층 상승'이라는 신화가 이들에게서 탄생한 것이다. 그 신화의 후속편이 무엇인지는 굳이 설명할 필요가 없다. 현재의 부모 세대들은 자신의 자녀가 교육을 통해 자신보다 높은 사회적 지위를 갖기를, 적어도 자신과 유사한 지위를 유지하기를 희망한다. 아니 당연시한다.

신화와 전설 속에는 시간적·역사적 맥락이 거세된다. '가난한 집안에서 태어나 어렵게 공부해서 성공했다'는 신화 속에는 1970년대 이후 대한민국 경제의 고도성장이라는 역사적 맥락이 의도적으로 거세되어 있다. 가난과 고통을 이겨낸 불굴의 의지와 노력을 강조하기 위해서다.

사실, 학교교육의 신화는 경제의 고도성장이라는 사회적·역사적 맥락에 기초하고 있다. 그런데 세계 자본축적의 위기와 한국 경제의 만성적인 불황으로 인한 취업난과 고용불안은 학교교육의 기초를 무너뜨리고 있다. 매년 50만 명 내외의 대학, 대학원 졸업생들이 쏟아지지만, 그들이 희망하는 직장(대기업, 공무원 등)의 정규직 신규 채용 인원은 2만에서 2만 5000명 수준에 그친다고 한다. 요즘 젊은이들은 대부분 계층 상승은 고사하고, 부모 세대 수준의 안정적 삶을 누리기조차 힘든 조건이 되었다.

그럼에도 불구하고, 같은 신화는 여전히 반복되고 있다. 사회적·역사적 맥락이 배제된 채 더욱 강화된 학벌경쟁과 입시경쟁의 모습으로 우리 곁에 존재하고 있다. 그 낡은 신화와 현실 사이의 간극에서 이른바 '교실붕괴' '학교붕괴'가 발생한다. 일본의 교육학자 사토 마나부는 『교육개혁을 디자인한다』(학이시습, 2009)에서 이렇게 표현하였다.

유럽과 미국이 여러 세기에 걸쳐 이룬 교육근대화를 일본을 포함한 동아시아 국가들(한국, 북한, 중국, 대만, 홍콩, 싱가포르)은 한 세기 혹은 반세기라는 단기간의 압축성장에 의해 이룬 것이다. 이 압축성장은 계급과 계층의 평준화에 의해서 교육에 의한 사회 이동(social mobility)을 높이는 방법으로 수행됐다. 그로 인해 동아시아 나라들이 하나같이 '학벌주의'의 입시경쟁, 학일적 교육이 낳은 부작용에 골치를 썩고 있는 것은 교육에 의한 사회 이동을 기반으로 한 압축성장의 후유증으로 볼 수 있다.

학교교육의 압축성장은 급속한 경제성장 과정에서 대부분의 아이들에게 부모보다 높은 학력과 사회적 지위를 제공했다. 일본의 학교가 고도성장기까지 세계 어느 나라보다 학교에 대한 신뢰와 교사에 대한 존경심, 그리고 아이들의 학습의욕과 성적이 높았던 것은 바로 이 때문이다.

그러나 동아시아형 근대화는 압축성장의 정점에 달한 순간, 파탄 나고 만다. 이제 학교는 대부분의 아이들을 부모보다도 낮은 학력과 낮은 사회적 지위로 전락시키는 장소로 변해 버렸다. 그 결과, 지금 학교에 대한 신뢰와 교사에 대한 존경심과 아이들의 학습의욕은 세계 최저 수준으로까지 떨어져 학교생활은 무미건조하기 짝이 없다. 또 아이들의 내면에서는 '왜 학교에 가야만 하는가?' '꼭 배워야 하는가?'라는 심각한 물음들이 싹트고 있다.

이런 상황에서 갈수록 학습에 흥미를 잃거나 아예 학교에 등교하지 않는 아이들이 늘어난다는 것이다. 그는 이를 '배움으로부터 도주하는 아이들'이라고 표현했다.

2006년에 일본을 방문했을 때, 사토 교수는 나에게 요오기 공원에 가볼 것을 권했다. 배움으로부터 도주하는 아이들을 직접 만나 보라는 것이었다. 요오기 공원뿐 아니라 시부야와 신주쿠에서도 나는 그들을 쉽게 만날 수 있었다. 학교에 갈 시간에 시내를 배회하거나 공원에 모여 춤을 추거나 음주와 흡연을 즐기고 있었다. 조깅을 하거나 산책을 하는 어른들도 그 청소년들의 일탈에 무관심한 듯했다.

## 새로운 하류 계층의 등장

사토 마나부가 '배움으로부터 도주하는 아이들'로 지칭한 아이들은 대부분 등교 거부를 거쳐 '은둔형 외톨이'나 니트(NEET, Not in Education, Employment, Training)족, 혹은 프리터(Free Arbeiter를 줄인 말. 돈이 필요할 때는 아르바이트를 하고 쉽게 일자리를 떠나는 사람들로, 경제활동을 통한 저축이나 결혼 등에 이르지 못한다.)족으로 전락한다.

은둔형 외톨이들을 상담하고 사회에 복귀시키는 일에 헌신해 온 후타가미 노우키는 그들을 '일할 의욕이 없는 나약한 젊은이'가 아니라 일본 사회의 변화 속에서 자연스럽게 발생한 현상이라고 말한다(『일하지 않는 사람들, 일할 수 없는 사람들』 홍익출판사, 2005). 그들은 대부분 '단카이 세대'(2차 세계대전 직후 일본의 베이비붐 세대, 전후 일본 경제부흥을 주도한 세대이며, 학교교육 신화의 주인공이기도 하다.)를 부모로 둔 '단카이주니어 세대'들이다. 경제 불황과 취업난을 경험하면서 부모 세대와 전혀 다른 조건에 처하게 되었는데, 여전히 부모들은 자신의 경험에 근거하여 학교교육을 통한 사회경제적 지위 확보를 기대한다. 그리고 자녀의 교육에 모든 에너지를 쏟는다.

후타가미 노우키는 수많은 상담과 임상 사례를 제시하며, "모범적인 부모가 아이를 궁지로 내몰고 있다."고 일갈한다. 따라서 은둔형 외톨이나 니트족의 치유와 사회 복귀는 그들을 부모로부터 격리시키는 것에서 출발해야 한다고 말한다.

또한 일본인들의 소비 패턴과 문화 코드를 오랫동안 연구해 온 미우라 아츠시는 단카이주니어 세대의 은둔형 외톨이, 니트족, 프리터족 등을 가리켜 새로운 계층십난인 '하류사회'도 넝넝하기도 한다. 이들의 특징은 뒤

업과 저축을 통해 안정적인 사회적 지위를 누리고자 하는 욕망을 포기하고, 순간의 즐거움을 선택한다는 것이다. 요즘 우리 사회에서 종종 언급되는 '3포(취업, 결혼, 출산의 포기) 세대'라는 말과 유사한 의미라 할 수 있다.

이들 하류사회는 기존의 가치와 문화에 저항하여 스스로 '자기다움'과 '개성'을 강조하는데, 단카이 세대와 단카이주니어 세대는 정반대의 양상을 보인다고 설명한다. 단카이 세대에서 '나만의 개성'을 지향하는 사람들이 주로 상류층인 데 반해, 단카이주니어 세대에서는 오히려 하류층에 더 많다는 것이다.

> 단카이 세대의 경우 '나만의 개성'을 지향한 사람이 점차 성공하여 '상'(상류층—인용자)이 되었고, 반대의 사람들이 평범한 샐러리맨 생활을 하다가 결국 구조조정되어 '하'가 되었다는 해석도 성립할 수 있다. 그러나 그것보다는 단카이 세대의 '상'이 젊은 시절부터 계속 가지고 있던 가치관, 즉 '자기가 좋아하는 것을 하면 된다'는 메시지가 지난 30년간 점차 사회풍조로 확산되었고, 동시에 사회 전반적으로 풍요로워지면서 그 풍조가 다음 세대의 '하'에까지 침투되었다고 보는 것이 자연스러울 것이다. (…) 그것은 왜일까? 이에 대해서는, 그러한 가치관의 침투로 인해 좋아하는 일만 하고 싶다거나 싫어하는 일은 하고 싶지 않다고 생각하는 젊은이들을 '하' 계층에서 더욱 조장하여, 결과적으로 저소득층 젊은이를 증가하게 했다고 할 수 있다. (…) "그래! 자기가 정말 좋아하는 일을 찾아서 그걸 직업으로 삼자!" 하고 생각하며 자아 찾기를 시작하는 젊은이들은, 언제까지나 프리터를 계속하여 30세가 되어도 저소득에 만족하고 낮은 계층에 고정화될 위험성이 높을지도 모른다는 것이다.

—『하류사회』 미우라 아츠시, 씨앗을뿌리는사람들, 2006

상류층의 경험에 기초한 사고 경향, 혹은 이데올로기가 하류층까지 확대되고, 이제는 그것이 하류층의 사회적 불만을 희석시키는 역할을 하고 있다는 것이다. 이러한 분석은 하류층 전락의 원인을 개인의 탓으로 돌리게 만든다. 즉, 사회구조적인 모순이 아니라, 개인이 원하는 것을 추구하다가 하류층이 되었다는 결론에 도달하게 하는 것이다.

또한 단카이주니어 세대의 상류층이 NHK를 즐겨 보고 '지지하는 정당 없음' 즉, 기존 정당에 비판적인 입장이 대다수인 반면, 하류층은 후지TV와 자민당을 좋아한다. 일본 사회의 우경화와 새로운 하류층의 등장이 무관하지 않은 것이다. 독도 영유권을 주장하며 신사 참배를 강행하는 아베 정권의 비상식적인 역사왜곡, 극우적 정치 행위 역시 마찬가지이다. 아베 정권의 뒤에는 전통적인(늙은) 보수 우익 집단 외에 새로운(젊은) 우익들이 존재하는 것이다.

이에 대해 구조주의 철학자 우치다 타츠루는 보다 근본적인 성찰을 한다. 그는 사토 마나부가 말하는 '배움으로부터 도주하는 아이들'이 왜 발생했는지 집요하게 분석한다. 그는 마르크스의 자본론에서 '등가교환'이라는 개념을 원용하여 '시간 개념이 배제된 소비자의 선택 권리'만을 추구하는 사회 전반의 구조적인 문제로 배움과 노동으로부터 도피하는 현상을 설명하고 있다.

우리 세대는 태어나서 처음으로 한 사회적 활동이 노동이 아니고 소비였던, 그러니까 가사 일을 돕는 경험보다 먼저 돈을 쓴 경험이 있는 아이들이 거의 없었다. 반대로 지금 아이들은 거의 절반이 태어나서 처음으로 한 사회 경험이 물건 사기였을 것이다. (…) "나는 사는 사람입니다." 하고 자신을 설정하면 아무리 어린아이라도 어엿한 한 사람의 선수로 시장에 참가하도록 허락한다. 이 경험이 가져다주는 짜릿한 쾌감은 매우 중요하다. (…) 당연히 학교에서도 아이들은 '교육서비스를 사는 사람'이라는 위치를 무의식적으로 선점하고자 한다. 아이들은 마치 경매에 참가한 부호들처럼 바지주머니에 손을 넣고서는 교단 위의 교사를 거만하게 바라보며 말한다. "자, 당신은 뭘 팔 건데? 마음에 들면 사 주지."

—『하류지향』 우치다 타츠루, 민들레, 2013

증여와 돌봄의 관계가 사라지고, 화폐를 매개로 하는 '등가교환'에 익숙한 아이들은 자신이 구입하는 상품의 용도와 가치를 따지는 일에 익숙해진다. 당연히 학교에서는 "이걸 왜 배우지요?" "이걸 배우면 나에게 어떤 이익이 생기지요?"를 묻게 된다는 것이다. 여기에 "자기가 좋아하는 일을 선택하라."는 이데올로기가 결합하면, 아이들은 주저 없이 학습을 포기하고 PC게임을 선택하게 된다.

일본의 '새로운 하류 계층' 이야기는 이제 우리의 상황이 되었다. 학습에 무관심하고 반항과 일탈을 반복하는 학생들이 늘어나고, 흔히 '88만원 세대' '3포 세대'라 불리는 청년들이 우리 주변에 가득하다. 극단적인 반공, 보수 논리와 비상식적인 행위로 사회적 지탄을 받고 있는 소위 '일베충'의 등장도 이와 무관하지 않다.

## 학교붕괴에 대한 상류층의 '구별짓기' 전략

지난 수십 년간 한국 교육정책, 특히 고교정책과 대학입시제도를 들여다보면, 대한민국 상류층들, 소위 '강남 엄마'의 욕망에 맞춰 '개혁'이 이루어졌음을 알 수 있다. 20여 년 전 '교실붕괴' 담론이 등장하자 '강남 엄마'들은 자사고, 특목고를 대안으로 제시했다. 물론 '세계화·정보화 시대에 필요한 인재 양성'이라는 국가적 목표를 내세웠지만, 자기 자녀를 붕괴된 교실에 방치하고 싶지 않다는 강남 엄마들의 욕망이 배후에 존재한다는 것은 누구나 다 아는 사실이다.

강남에 특목고 전문 학원이 생겨나고, 그 학원을 통해 특목고에 진학하고, 또 명문대로 이어지는 '강남형 진로 코스'가 형성되었다. 때마침 대학에서는 수시전형, 혹은 입학사정관제전형의 명목으로 글로벌 리더십 전형, 영어 특기자 전형, IBT 전형 등을 추가해서 특목고 출신들의 내신 불이익을 상쇄시켜 주었다.

2011년 서울대 입시에서 특목고 출신이 40.5%에 달하고, 거기에 강남 3구(강남, 서초, 송파) 출신을 더하면 입학생의 3분의 2를 차지하는 것은 결코 우연이 아니다. 강남 엄마들의 치밀한 전략과 투쟁의 산물인 것이다. 그리고 그 전략은 우리가 통상 '공교육'이라 부르는 영역 바깥에서 진행되었다. 그 과정을 통해 학교교육을 통한 사회적 지위가 대물림되고, 소수의 상류층에서는 학교교육의 신화가 유지되었다.

강남에서 시작된 특목고 열풍, 그 핵심으로서의 사교육 열풍은 목동, 중계동뿐 아니라 분당, 일산, 평촌 등으로 급속도로 확산되었다. 비록 경제적 여건상 강남에 거주하지는 못하지만, '강남형 진로 코스'를 모방하고 싶은 중산층들의 추격이 시작된 것이다. 1997년 외환위기를 무사히 통과한 중산층 중에는 곧이어 불어닥친 코스닥 열풍에서 꽤 두둑한 현금을 챙긴 경우가 많았다. 무엇보다 부동산 가격의 폭등은 중산층의 자산을 저절로 늘려 주었다. 생활비를 약간 절약하면 특목고 대비 학원비 정도는 감당할 수 있었다.

이러한 추격전은 수도권에서만 이루어진 것이 아니다. 강남에서 명성을 떨친 특목고 전문 학원들에 대규모 사모펀드 투자가 이루어지고 지방 소도시까지 체인망이 구축되었다. 한 사교육업체는 나스닥 상장 계획을 제시하기도 했다. 전국 어디서든 유명 어학원들의 간판이 발견된다. '전 국토의 강남화'가 실현된 것이다. 중산층 가정에서는 어떻게든 강남에서 명성이 확인된 '유명 학원'에 자녀를 보내려 애썼고, 학원비가 부담스러운 서민층은 자녀에게 동네 보습학원, 혹은 학습지라도 시켜야 했다.

2002년과 2006년의 지방선거에서 거의 모든 지방자치단체장 후보들은 특목고 유치를 공약으로 내걸었다. '여야를 막론하고'라는 수식어가 딱 맞는 모습이었다. 우스갯소리로 전국의 후보들이 공약으로 내건 특목고의 정원을 모두 합치면, 서울 시내 대학의 입학 정원보다 많다는 이야기도 있었다. 실제 이 시기에 특목고 설립이 확대되기도 했다.

특목고가 확대되고, 특목고 입학을 위한 사교육경쟁에 중산층이 참여하면서, 상류층은 새로운 전략을 구사하였다. 중산층이 도저히 추격할 수 없는 새로운 기준의 제시가 필요해진 것이다. 영어 유치원, 제주와 송도 등지의 국제학교 등 연간 수천만 원이 들어가는 교육기관들의 등장은 새로운 구별짓기 전략의 산물이다. 여기에 외국인학교와 해외유학 등이 더해지면, 우리 사회 상류층의 '구별된' 자녀교육 로드맵이 보인다.

한때 사법고시 합격자 중 대원외고 출신 비율이 대폭 늘어나면서 과거 KS(경기고—서울대)를 대체하는 DS(대원외고—서울대) 학벌의 탄생이 주목을 받은 적이 있다. 하지만 이 역시 과거의 역사가 될 가능성이 높다. CH(송도 채드윅 국제학교—하버드대학교), NY(제주 노스런던칼리지에잇스쿨—예일대학) 등의 하위에 머물게 될 것이기 때문이다.

이명박 정부는 사교육 감소 정책의 일환으로, 2011학년도 고입에서 '자기주도학습전형'을 도입했다. 토플·토익·텝스 등 영어점수, 각종 경시대회 실적, 고교 수준 이상의 수학실력 등이 필요했던 특목고 입학전형을 내신 성적과 면접 중심으로 변경한 것이다. 이명박 정부의 수많은 교육정책 중 유일하게 학교현장으로부터 지지를 받은 정책이다. 실제, 특목고 사교육이 대폭 감소했다.

그런데 그 이면에서 나는 '음흉한 의도'를 발견한다. 강남 상류층의 새로운 자녀교육 로드맵에서 특목고는 이제 목표가 아니라, 약화시켜야 할 대상으로 전환되었다. 특목고의 경쟁력을 떨어뜨려, 국제학교와 해외유학 등으로 '글로벌 리더십'을 갖춘 자기 자녀의 미래 경쟁자들을 줄이겠다는 전략이 숨어 있는 것이다. 애초에 특목고 설립을 주장할 때 '세계화·정보화 시대에 필요한 인재 양성'이라는 국가적 명분을 제시했던 것처럼, 특목고 약화 전략에는 '망국적인 사교육 경감'이라는 명분이 동원되었을 뿐이다.

이는 부르디외가 말하는 '구별짓기'의 완벽한 실현이다. 상류층이 자신을 하위계층과 구별 짓고, 하위계층은 상류층과 자신을 동일시하며 그들을 모방하고, 다시 상류층은 하류계층이 모방할 수 없도록 새롭게 자신을 구별 짓는 상황이 연속적으로 진행된 것이다. 부르디외가 지적한 대로 구별짓기는 하위계층을 끊임없이 상류계층과 동일시하도록 만든다. 자본주의 사회에서 가난한 세층이 부자들의 이해관계를 내면하는 상낭에 투표하는 것도 그 때문이다. 이는 하위계층에 대한 상류층의 지배전략이기도 하다. 이 전략이 실현되는 한 상류층의 이해를 대변하는 정치세력의 집권을 막을 수 없다.


## 대한민국 20대, '구별짓기' 내면화와 공동체적 연대의 상실

'구별짓기'는 고교서열화에서만 나타나는 게 아니다. 치열한 경쟁을 뚫고 대학에 입학해서도 지속된다. 요즘 대학생들은 단군 이래 최대의 스펙을 자랑한다고 한다. 높은 학점과 영어점수는 물론, 해외 교환학생과 인턴십, 봉사활동 등 우리 세대는 감히 상상할 수 없는 수준의 스펙을 갖추고 세상에 나온다. 스펙을 쌓느라 휴학을 하고 졸업을 유예하기도 한다.

한 사회학 강사의 분석에 따르면, 인터넷 서점에서 '20대'를 검색한 결과 '자기계발' '자기관리' 분야의 책이 압도적이라고 한다. 인문사회 분야의 책이 7%인데 반해, 자기계발, 경제·경영 분야는 69%에 이른다고 한다. 이는 당연히 '좁은 취업문'과 연관이 된다. 온갖 역경을 딛고 자기계발을 통해 스펙을 쌓고 취업에 성공한 사례에 열광하는 것이다. 취업의 실패를 개인의 책임으로 돌리며, 사회구조적 모순을 은폐하거나 사회적 인식을 왜곡시키게 하는 원인이다. 몇 년 전 우리 사회의 쟁점으로 부각되었던 KTX 파업과 여승무원의 정규직 전환 요구에 대한 대학생들의 반응에서 잘 드러난다.

날로 정규직이 되려고 하면 안 되잖아요! (…) 여승무원들은 계약직인 걸 알고 들어갔습니다. 지금 철도공사 정직원으로 전환해 달라는 요구인데, 한마디로 말도 안 되는 소리입니다. 공사 들어가기 엄청 어렵습니다. 남들 몇 년 씩 어렵게 준비해서 토익 900점 넘기고 어렵게 공사 들어가는데 정직원을 넘보는 건 도둑놈 심보라고 볼 수 있죠. 노력한 만큼 돌아오게 되어 있습니다.

—『우리는 차별에 찬성합니다』 오찬호, 개마고원, 2013

"노력한 만큼 돌아온다." 즉 "정규직 취업은 자신의 노력에 달려 있다."는 믿음은 끊임없는 자기계발 스펙 쌓기 경쟁을 낳고, 또한 '노력'을 평가하는 '객관적 기준'을 요구하게 된다. 오찬호 박사의 분석에 따르면 대학생들 내부에서 그 기준은 수능 점수, 혹은 서열화된 대학 입학 커트라인이라고 한다. 그리고 그 기준에 의해 자신보다 하위 학교, 학과의 학생들을 철저히 무시 혹은 배제하고, 상위 학교, 학과를 동경(혹은 동일시)한다는 것이다.

과거 대학생들은 소위 명문대, 수도권대, 지방대생 정도로 구분이 되었다면, 지금은 같은 대학 내부에서도 입학 점수가 높은 학과와 그렇지 못한 학과, 본교와 분교, 정시전형과 수시균형선발(농어촌 출신, 저소득층 출신 등을 배려한 전형) 등으로 세분화된 구별짓기가 이루어지고 있다. 서울대 학생 커뮤니티인 스누라이프에서 전개된 '지균충' 논란(지역균형선발로 입학한 지방 출신 학생들을 벌레에 비유하여 발생한 논란)도 그중의 하나이다. 연세대학교 커뮤니티 세연넷에도 비슷한 논쟁이 자주 발생한다. 2014년 7월 1일 한겨레 기사이다.

"연세대학교 입시 결과별 골품 비교한다. 성골=정세(정시합격생)·수세(수시합격생)·짱새세(새+ 징시힙격생), 진글ᅳ징십세(십+ 징시힙격생)·징징세

(장수 정시합격생)·수재세(재수 수시합격생), 6두품=교세(교환학생으로 온 외국인 학생)·송세(연세대 송도 국제캠퍼스생)·특세(특별전형), 5두품=편세(편입생)·군세(군인전형)·농세(농어촌전형)·민세(민주화유공자자녀 특별전형)"

몇 년 전 연세대 커뮤니티 '세연넷'의 익명게시판에 올라온 게시글이다. 세연넷에선 입학 형태에 따라 학생들을 계급화한 표현이 '버전'을 달리하며 꾸준히 업데이트된다. 최근엔 힌두교 카스트제도에 비유한 표현들도 등장했다. 이런 글(2014년 6월15일)도 눈에 띈다.

"원세대(연세대 원주 캠퍼스) 다니는 친구놈이 나한테 '동문 동문'거리는데 원세대 놈들 중에 이렇게 신촌을 자기네하고 동급 취급하는 애들 있을까 봐 심히 우려된다."

우리가 '순수의 시대'라고 회상하는 20대 청년들 사이에서 '구별짓기'가 가장 강력하게 작동하고 있는 것이다. 당연히 그 속에 타인의 고통에 대한 공감, 공동체적 연대 따위는 존재할 수 없다. 타인을 배제할수록 개인적 욕망의 실현 가능성이 커지기 때문이다. 이는 단지 교육의 문제, 혹은 청년세대만의 문제가 아니다. 이 사회의 지속 가능성에 대한 심각한 위협이다.

# 증여와 돌봄의 교육생태계를 위해

## 학교혁신을 넘어 교육생태계의 재구성으로

모든 생명은 특정한 생태계 내부에서 존재한다. 생태계는 특정 지역의 생물군과 무기적 환경요인이 종합된 복합 체계를 의미한다. 생명체는 생태계 내부의 다른 생명체, 나아가 무생물적 조건과 상호 영향을 주고받으며 성장, 진화한다.

학교 역시 마찬가지다. 학교교육을 둘러싼 여러 사회·문화적 조건들의 영향을 받으며, 또한 학교교육이 사회에 지대한 영향을 미치며 존재하고 있는 것이다. 그런데 현재 학교를 둘러싼 교육생태계는 붕괴, 혹은 해체 상태나 다름없다. 따라서 우리 사회 전반의 교육생태계를 복원, 혹은 재구성하지 않고서는 학교교육은 물론 우리 사회의 미래도 암담해진다.

교육생태계의 복원, 혹은 재구성은 단지 '교실붕괴'로 상징되는 현실의 교육문제 해결만을 목적으로 하지 않는다. 지난 몇 년간 우리 사회에서 진행된 사회적 변화를 보면, 교육계에서 시작된 새로운 담론과 실천이 사회 전반의 변화를 추동해 왔다.

2009년 경기도에서 시작된 무상급식과 혁신학교는 교육계의 변화뿐 아니라 우리 사회 전체에 많은 영향을 주었다. 무상급식은 우리 사회에 보편적복지 담론을 제시했고, 구체적으로는 오세훈 서울시장의 낙마와 박원순 시장의 등장 계기가 되었다. 뿐만 아니라 2012년 대통령 선거에서 박근혜 후보조차 '경제민주화'와 '복지 확대'를 공약으로 제시하도록 만들었다.

혁신학교 역시 마찬가지이다. 2014년 6월 4일 치러진 지방선거로 13개 교육청에서 이른바 진보교육감이 선출되었다. 우리나라 초중고의 80%가 이 13개 교육청에 소속되어 있다. 이러한 선거 결과에 대해서 다양한 분석들이 제시되고 있지만, 모두가 동의하는 것은 혁신학교에 대한 국민적 관심과 지지라는 것이다.

혁신학교는 교실붕괴를 극복할 수 있는 가능성을 보여 주었다. 경기도의 성공적인 혁신학교에는 강남에서 전입한 학생들이 꽤 있다. '강남형 진로 코스'를 거부한 학부모들의 선택이 늘어나고 있는 것이다. 이는 '교실붕괴'의 대안으로 특목고, 자사고, 국제학교 등을 제시한 강남 상류층의 구별 짓기 전략이 약화되었음을, 혹은 약화될 수 있음을 의미하기도 한다. 이는 지난 수십 년간 우리 사회에서 진행된 그 어떤 사회운동도 실현하지 못한 변화이다. 이른바 '민주주의 정권 10년'에서도 마찬가지이다. 우리는 그 10년 동안 신자유주의 세계화가 확대되고 강남 상류층의 구별짓기가 더욱 강화되는 과정을 경험하였다.

오랜 권위주의 정치체제에서 반독재 민주화운동, 혹은 노동운동 등 사회운동은 우리 사회의 진보적 개혁과 변화의 중요한 동력이었다. 하지만 1987년 6월항쟁 이후 정치적·형식적 민주주의가 확대되면서, 점차 진보적 의제들은 현실 정치권력을 둘러싼 투쟁으로 전환되었다. 과거 재야 운동권의 지도자들은 대부분 현실 정치인이 되었고, 우리 사회의 향배를 둘러싼 논쟁은 주로 선거 국면에서 진행되었다.

그런데 민주화 이후 지난 수십 년의 경험은 고착화된 양당체제 하에서 정당정치와 선거를 통한 사회의 진보적 개혁은 거의 불가능에 가깝다는 점을 보여 준다. 양당체제에서는 새로운 정책의 제시보다는 상대방에 대한 네거티브가 득표에 결정적 영향을 끼친다. 여당은 주로 '종북 논쟁' 등을 통해 야당을 공격하고, 야당은 모든 선거에서 '여당 심판론'을 내세운다. 일상적인 정책 연구나 개발은 뒷전이 될 수밖에 없다.

더구나 한국의 양당체제는 지역감정과 결합되어, 그 어떤 사회적 쟁점도 무력화시킨다. 호남의 정치인이 영남의 정치인들보다 더 '진보적'이라는 증거는 어디에도 없다. 단지, 그곳 출신이라서 여당, 혹은 야당이 되었을 뿐이다. 유권자인 주민들도 마찬가지이다.

김종필, 정주영, 박찬종, 문국현은 물론 최근의 안철수에 이르기까지 '제3 정치세력'을 표방하며 양당체제를 극복하려던 수많은 시도는 항상 실패하였다. 진보진영에서 꾸준히 주장해 온 '독일식 정당명부제'와 같은 정치개혁이 이루어지지 않는 한, 아마도 이런 상황은 상당 기간 지속될 가능성이 높다.

2009년 김상곤 교육감의 등장 이후 지난 5, 6년간 진행된 정치·사회적 변화를 볼 때, 우리 사회의 진보적 개혁은 새로운 교육을 통해 이루어질 가능성이 높다. 혁신학교의 확산과 새로운 교육생태계의 구축을 통해 새로운 사회 진보의 주체가 형성되고, 동력이 형성될 수 있다고 믿는다.

## 새로운 연대의 공동체로서의 혁신학교

2009년 초대 주민 직선으로 김상곤 교육감이 등장하면서 경기도 혁신학교가 시작되었다. 사회적으로는 2008년 국제금융위기와 교묘히 맞물린다. 금융위기를 겪으면서 중산층 가정의 경제 상황은 악화되거나, 혹은 악화될 가능성이 높아졌다. 고용불안이 증대하고, 수도권 아파트 가격은 하락했다. 자녀들에게 '강남형 진로 코스'를 제공할 경제적 능력이 줄어든 것이다.

만약, 부동산 가격이 급등했던 노무현 정부 시절에 김상곤 교육감이 등장했다면 어떻게 되었을까 상상해 본다. 그 시기는 또한 특목고가 지속적으로 확대되고 송도와 제주 국제자유도시에 국제학교 설립이 추진되던 때였다. 만약 그때 혁신학교 정책이 추진되었다면, 지금처럼 교육계의 핵심적인 관심사로 떠올랐을까? 나는 이 질문에 대해 회의적이다.

혁신학교 정책 도입 초기에 나는 서울에서 혁신학교 입학을 위해 경기도로 이사 오는 학부모들을 많이 만났다. 우리가 흔히 중산층이라고 부르는 사람들이었다. 또한 상당한 정도의 인문학적 소양과 건강한 사회의식을 가진 사람들이었다. 8, 90년대 학생운동에 참여하여 비판적 사회의식을 가진 사람들도 꽤 있다. 부르디외 식으로 표현하면, '문화자본을 가진 중산층'이라 할 수 있다.

그들은 아이들을 '강남형'으로 키우지 않고, 혁신학교가 지향하는 교육철학 속에서 행복하게 기르고 싶어 했다. 그들의 생각은 "오늘 행복한 아이가 내일 성공한다."는 문장으로 표현된다. 이는 2014년 6월 지방선거에서 당선된 이재정 경기도교육감의 슬로건이기도 했다.

사실 초기 혁신학교의 열풍은 이들이 만들었다. 이들이 대거 몰린 판교,

광명, 양평 등지의 혁신학교 주변 부동산 가격이 상승하면서, 혁신학교가 전 국민적 관심사가 되었던 것이다. 전반적인 부동산 가격 하락 속에서 '이 례적인' 사건이었기 때문이다. 물론 혁신학교를 통해 새로운 교육 모델을 만들고자 노력하는 교사들의 헌신이 없었다면 그 열풍은 만들어지지 않았을 것이다. 혁신학교 교사들의 헌신이 새로운 학교문화를 만들고, 그 학교로 진입한 중산층 학부모들을 감동시키면서 혁신학교는 전국적으로 확산된 것이다.

상류층의 구별짓기 전략에 포획되지 않고, 스스로 전략을 선택한 교육 주체의 형성이라는 측면에서 혁신학교를 새롭게 인식할 필요가 있다. 과거 일부 중산층이 '공동육아'와 '대안교육'을 통해 그러한 전략을 선택했다. 그리고 서울 마포의 성미산마을처럼, 공동육아에서 출발하여 대안학교, 마을공동체 만들기로 발전한 사례들도 있다. 하지만 현실적으로 대안학교를 선택하기는 쉽지 않다. 대안학교는 대부분 비인가학교로, 고비용과 불안정성이라는 한계를 지닌다. 혁신학교는 그 한계를 극복할 수 있는 가능성을 제시한 것이다.

경기도교육청은 혁신학교 지정 4년차 학교들에 대해 종합평가를 실시한다. 나는 작년과 올해, 평가단의 일원으로 4년차 혁신학교들을 방문하여 수업을 관찰하고, 교장과 교사, 학생과 학부모들의 면담을 진행했다.

내가 종합평가 과정에서 확인한 것은 성공적인 혁신학교일수록 학부모들의 참여 폭이 넓고, 학교와 가정, 지역사회와의 연계와 협력이 이루어지고 있다는 것이었다. '지역(마을)과 함께하는 혁신교육' '지역교육 거버넌스' 등이 내가 학부모와 교사 면담 과정에서 자주 들었던 용어들이다.

학부모의 학교교육 참여는 현실적으로 중산층 진입주부 중심으로 이루어질 수밖에 없다. 물론 아빠나 직장맘들의 참여도 확대되는 추세이지만, 정기적으로 교육활동에 참여하기에는 사회적 여건(학교 참여에 대한 유급 휴가 인정 등)이 불충분하다.

그런데 나는 학부모들의 학교교육 참여에서 일정한 패턴을 발견했다. 처음에 학교교육의 지원자, 혹은 봉사자로 참여하던 것이 점차 학교 방과후 프로그램은 물론 창의적 체험활동 등 정규 교육과정의 참여로 확대된다는 점이다. 물론 여기에는 학교의 개방적이고 공동체적인 문화, 수평적 리더십 등이 전제되어야 한다.

또한 개별 학부모의 입장에서 보면, 자기 자녀의 성공을 위해 학교교육에 참여하는 과정에서, 자녀의 친구 혹은 선후배들을 만나게 된다. 참여를 통한 성취감을 경험한 학부모들은 그들을 돌보고 가르치는 역할을 기꺼이 담당한다. 가정 형편이나 경제 상황 등으로 학교생활에 어려움을 겪고 있는 아이들을 위한 프로그램에 참여하는 학부모들이 늘어난 것이다. 그들은 나에게 말한다. "우리 모두의 자식이라고 생각하고 즐겁게 참여한다."고.

혁신학교가 새로운 교육과정, 학교문화를 만들어 가는 것 못지않게, 새로운 연대의 공동체를 만들어 가고 있는 것에 주목할 필요가 있다. 혁신학교에서 상류층의 구별짓기 전략에서 벗어난 중산층과 서민의 연대가 시작되었다면, 지나친 비약일까? 나는 혁신학교가 공교육의 새로운 가능성을 확대할 뿐 아니라, 새로운 교육생태계를 구축하고 우리 사회의 진보적 개혁을 위한 주체를 형성하는 데 있어서 중요한 '진지'가 될 것이라고 믿는다.

얼마 전 혁신학교로 새롭게 지정된 학교의 학부모 대상 강의에서 나는 마지막에 이런 말을 했다.

"혁신학교 학부모로서 학교교육과 지역공동체에 열심히 참여하는 것이 자녀를 살리고, 에듀푸어와 하우스푸어에서 벗어나 노후를 준비하는 길입니다. 그리고 후손에게 물려줄 자랑스러운 민주주의 국가를 만드는 길입니다."

## 유아기 돌봄에서부터 시작되는 공교육

최근 PISA 평가 결과 등이 공개되면서, 핀란드는 마치 성지 순례처럼 전 세계 교육자들이 자주 방문하는 나라가 되었다. 나 역시, 세 차례에 걸쳐 핀란드를 방문하였다. 많은 사람들은 핀란드 교육의 성공 요인으로 풍부한 교육복지 예산, 국가교육위원회의 정치적 중립성과 중장기 교육비전에 대한 사회적 합의, 교사들의 '지성적 책무성'에 대한 국민적 신뢰, 고등교육의 높은 경쟁력 등을 꼽는다.

그런데 내가 헬싱키에서 만난 한 교민은 핀란드의 최고 장점으로 아동정책과 유아교육을 꼽았다. 모든 유아와 아동에 대한 철저한 돌봄과 지원이 이루어진다는 것이다. 당시 핀란드 방문을 함께 했던 도종환 시인은 이렇게 설명하였다.

아이가 건강검진을 받고 예방주사를 맞을 때 언제부터 앉기 시작했는지 손으로 물건을 잡기 시작한 건 언제인지 간호사가 일일이 체크합니다. 그러면서 동시에 그림 보고 말하기, 도형 옮겨 그리기, 공 던지고 받기, 구슬 꿰기 등의 지석능력도 검사한다고 합니다. 라스텐 네우볼라라고 불리는 이 싱싱

발달 기록은 조기교육을 시키기 위해서가 아니라 뒤처지지 않게 하려는 노력의 하나입니다. 핀란드 교육의 목적은 영재를 키우는 데 있지 않고 뒤처지는 아이가 생기지 않도록 배려하고 노력하는 데 있습니다.

—프레시안, 2009. 1. 28. '핀란드 아이들'

'라스뗀 네우볼라'의 기록 중 성장의 이상이 발견되면, 그 내용은 즉시 지방자치단체 아동교육위원회에 보고되고, 의사 등 전문가의 처방이 내려진다. 그리고 처방에 따른 다양한 교육과 보육 프로그램이 지원된다. 한마디로 단 한 명의 아이도 신체적, 정서적 성장의 어려움을 겪지 않도록 전 사회적인 지원 시스템이 구축되어 있는 것이다.

라스뗀 네우볼라는 ECEC(Early Childhood Education and Care)라는 개념의 핀란드 유아교육 및 보육정책 시스템의 일부이다. 핀란드는 0~6세의 아동에게 차별 없는 ECEC를 무상으로 제공한다.

OECD 통계에 따르면, 한국은 다른 OECD 국가들에 비해 ECEC 서비스의 지출 규모가 현저하게 적고, 또한 공적 지출에 비해 사적 지출이 많다. 결국 부모의 경제력과 사회적 지위에 따라 유아단계부터 교육격차가 발생한다는 것이다.

뇌과학자들의 연구에 따르면, 인간의 뇌는 세 살까지 85%가 형성된다고 한다. 즉, 그 시기에 적절한 돌봄과 교육적 지원이 없으면, 그만큼 정상적인 뇌의 성장이 지체되는 셈이다. 전 세계적으로 영·유아기에 대한 사회적 지원 시스템이 확대되는 것도 이 때문이다.

우리도 이에 대한 대책이 시급하다. 지자체마다 출산장려금, 혹은 양육수당을 준다는 기사는 많아도 영·유아의 성장을 체계적으로 지원하는 시스템을 구축했다는 이야기는 듣기 어렵다. 부모에게 돈을 주는 게 아니라, 아동을 직접 돌보는 방향으로 사고의 전환이 요구되는 것이다.

핀란드는 취학 전 교육에 대한 철학, 교육프로그램도 우리와 다르다. 우리와 같은 조기 선행교육을 찾아보기 어렵다. 아동의 사회적 역량 강화에 초점을 맞추고 있으며, '배울 상태'가 안 되었다고 판단하는 경우 초등학교 입학을 유예하기도 한다.

이러한 ECEC의 섬세한 돌봄과 지원 시스템은 종합학교로 이어진다. 유치원 학생부터 9학년(중학교 3학년) 학생들이 다니는 헬싱키의 라또카르타노 종합학교의 1학년 교실. 학급당 15, 16명의 학생들이 있고, 각 교실에는 두 명의 교사가 아이들을 가르치고 돌본다. 한 명은 보조교사이다. 교실 사이에 교장실이 있고, 교장실은 물론 각 교실의 벽은 투명한 유리이다.

내가 그 장면과 공간 배치를 설명하면, 한국의 교사들은 대뜸 이렇게 말한다. "교장이 교사들을 감시하고 있네요!" 그러면 내가 반문한다. "교장의 입장에서는 어떨까요? 사방에서 구경당하는 건 아닐까요? 동물원의 원숭이처럼."

그러한 교실 배치와 건축에는 "단 한 명의 아이라도 소외되지 않도록 한다."는 핀란드 교육의 철학이 배어 있다. 교장은 말한다. "두 명의 교사가 15, 16명을 돌보지만, 그래도 소외되는 아이들이 발생합니다. 나는 업무를 보면서 줄곧 그러한 아이들을 관찰하고, 발견 즉시 담임교사와 상의를 합니다." 그다음의 이야기는 더욱 감동적이다. "아이가 학교에 처음 왔을 때 '학교가 안전하다' '선생님들이 나를 사랑한다'는 믿음을 주어야 합니다. 그래야 아이들이 학습과 성장을 경험할 수 있습니다. 1학년 생활이 그 아이의 미래를 설정합니다."

초등학교 1학년 두 학급과 교장실 옆으로는 특수학급이 있다. 장애를 가진 아이들을 위한 섬세한 공간 배치가 돋보인다. 그리고 그 옆에는 대여섯 명이 앉아서 공부할 수 있는 공간이 별도로 있다. 그곳은 학습과정에서 뒤처지는 아이들을 별도로 교육하는 공간으로 활용된다.

이처럼 저연령, 저학년 단계의 집중적인 지원은 아동들이 신체적, 지적, 정서적 성장에서 뒤처지는 것을 막고자 하는 것이다. 핀란드는 종합학교까지 소외된 아동을 철저하게 지원하는 것에 집중한다. 모든 아이들이 자신의 단계에 맞는 신체적, 지적, 정서적 성장에 도달하도록 최대한의 지원을 하는 것이다. 그 과정에서 학생들은 적정 수준의 학업성취는 물론, 정서적, 신체적 성장을 한다. 그 성장에는 자율성과 책무성이라는 매우 중요한 덕목도 포함된다.

한국의 교육관계자들이 가장 '효율적인' 교육시스템이라고 추켜세우는 핀란드 고등학교의 학점제·무학년제 시스템은 바로 이러한 종합학교까지의 교육적 기반 위에서 가능한 것이다. 한국에 널리 알려진 야르벤빠 고등학교의 경우, 학생들은 자신의 수준과 진로에 맞게 과목을 선택하여 수강한다. 공간 배치는 물론 교육과정 운영도 대학과 유사한 시스템을 갖추고 있다.

예컨대 학생들은 자신이 선택한 교과 수업시간에 맞춰 각기 다른 시간에 등교한다. 월요일 아침 시간과 금요일 오후 시간에 개설되는 강의는 대부분 소규모 학생들이 선택하는 심화 교과들이다. 그래서 학생들의 시간표를 보면, 대충 그 학생의 학업 수준을 가늠할 수도 있다.

또한 자신이 선택한 교과에서 일정한 수준의 학업성취를 이루지 못하면 유급이 된다. 그래서 2년 안에 졸업하는 학생들도 있지만, 4년 동안 학교를 다니는 경우도 있다. 학생들에게 자율적 선택의 권한을 주는 만큼, 그에 따른 책임을 지우는 것이다.

한국의 진보적인 교육자는 물론 보수적인 교육자들도 '학생들의 진로와 수준에 따른 개인별 맞춤형 교육과정'이라고 감탄한다. 그리고 그러한 시스템을 한국에서도 빨리 적용해야 한다고 목소리를 높인다. 그런데 그러한 교육시스템은 학생들의 자율성과 책무성을 기반으로 가능해진다. 한국의 유아교육부터 초등학교, 중학교까지의 현실을 떠올리면 불가능에 가까운 상황이다.

핀란드의 학점제·무학년제 교육과정에 대해 설명을 들은 한국의 고등학교 교사들은 대부분 이렇게 말한다. "저런 교육과정은 한국의 특목고에서나 가능하다. 우리 학교의 경우, 대부분의 학생들이 유급을 면치 못할 것이다."라고.

야르벤빠에서 만난 한국인 교환학생은 이렇게 말한다. "굉장히 자유롭지만, 그만큼 자신이 모든 걸 책임져야 합니다. 그 때문에 스트레스가 심합니다. 이곳에서는 타인과 경쟁하는 게 아니라, 자신의 과거, 그리고 게으름 피우고 싶은 자신의 욕망과 경쟁합니다." 그 옆의 핀란드 친구는 또 이렇게 덧붙인다. "이제껏 국가는 우리를 위해 모든 걸 지원했습니다. 그만큼 우리도 스스로 성장해야 합니다."


## 증여와 돌봄의 마을공동체 복원

마을은 생활의 기본 단위로서, 사회적 관계망과 정서적 돌봄이 이루어지는 공간이다. 과거에 일터에서 밤늦게 돌아오는 어머니의 어린 자식을 이웃집 '마을 어른'들이 돌봐 주는 것은 당연했다. 도시화·산업화에 따라 인구가 도시로 집중되었지만, 대부분 농촌에서 상경한 그들에게는 공동체 문화가 남아 있었다. 대규모 아파트 단지를 제외하고 소규모 자영업 가게들(구멍가게, 철물점, 문방구, 세탁소 등)이 중심이 된 골목문화가 살아 있었고, 그것은 자연스럽게 아동에 대한 돌봄의 기능을 담당하기도 했다. 농촌공동체와 대가족 제도는 붕괴되었어도, 그 제도가 남긴 인간관계의 기억은 오랫동안 남아 있었던 셈이다. 그것은 자본주의 상품교환과 대비되는 증여와 선물(보답)의 관계이다. 자본주의 상품교환이 자기를 위한 것이라면 증여는 타인을 위한 것이다. 또한 자본주의 상품교환이 공동체적 관계를 파괴하고 결국 자신에게도 손실로 돌아오는 악순환의 결과를 낳는다면, 증여는 타인을 위한 동기에서 출발하지만 결국 공동체의 발전을 통해 자신의 이익으로 귀결된다. 그래서 공동체가 유지되기 위해서는 자본주의 상품교환 관계뿐 아니라 증여와 선물의 관계가 공존해야 한다. '마을 어른'에 의한 돌봄은 바로 그러한 증여의 한 형태라 할 수 있다.

IMF 외환위기 사태 후 두드러진 현상은 가정 붕괴와 그에 따른 위기 아동의 증가만이 아니다. 신자유주의 세계화의 격랑 속에서 대기업에 의한 골목상권의 해체가 본격화되었다. 소규모 자영업 가게들 대신 24시간 편의점, 대형 마트 등이 들어섰고, 그곳에서 일하는 점원들은 '마을 어른'이 아니다. 그들은 더 이상 동네 아이들과 증여와 돌봄의 관계를 맺지 않는다. 화폐가 매개된 등가교환, 자본주의 상품교환 관계의 대상일 뿐이다.

증여와 돌봄의 관계가 사라진 상황에서 아동은 등가교환에 기초한 소비자로서의 선택만을 경험한다. 자기중심적이고, 타인과의 소통이나 협력에 무관심한 아이들이 증가하는 것은 당연한 것이다. 따라서 현재의 교육붕괴를 극복하기 위해서는 마을을 돌봄의 공동체로 전환하는 방안을 고민해야 한다. 이는 과거의 농촌공동체로 회귀하자는 것이 아니라, 마을과 지역사회를 증여와 돌봄의 공동체로 재조직하는 것을 의미한다.

## 모치즈키와 진안, 그리고 도른비른

2011년 방문했던 일본의 모치즈키는 동계올림픽이 개최되었던 나가노현의 작은 마을이다. 수업 참관을 위해 방문한 모치즈키 소학교에서 교장은 연세 지긋한 한 분을 소개하였다. '모치즈키교육플랫폼'이라는 단체의 대표였는데, 자신의 단체를 설명하는 자료와 소식지를 전달해 주었다.

모치즈키교육플랫폼은 일본에서 다양하게 운영되는 '학교지원지역본부'의 한 모델이다. 학교지원지역본부는 학교교육을 지원하기 위해 교직원, PTA(Parent—Teacher Association) 관계자, 학부모 대표, 자치단체 구성원, 기업인, 사회단체 대표 등으로 구성된 조직이다.

모치즈키교육플랫폼이 만들어진 것은 고등학교의 심각한 위기 때문이라고 한다. 입학생의 절반 가깝게 중도에 자퇴하는 상황이 반복되면서, 지역사회가 학교를 살리기 위한 노력에 동참하였고 그 과정에서 모치즈키교육플랫폼이 구성되었다고 한다. 모치즈키교육플랫폼에서는 학교 방과후 활동은 물론 학생의 등하교 생활지도도 맡는다. 또한 학교에서 정기적으로 진행되는 공개수업 및 수업연구회에도 참가하여, 학교교육의 개선 방안을 논의하는 등 학교교육 전반에 대한 참여와 지원을 왕성하게 진행한다. 우리가 방문했을 당시는 낡은 중학교를 개축하는 문제가 주요 화두였다. 모치즈키교육플랫폼 회원들은 타 지역의 학교를 방문하면서 새로운 교사건축 방향을 논의하고 있었다.

또한 모치즈키 학생들에게는 학년별로 지역사회 봉사과제가 주어진다. 예컨대 소학교 5학년들은 팬지 화분을 길러 지역 공공기관에 기부하고, 고등학교 1학년들은 분리수거를 책임진다. 지역사회의 어른들이 아이들을 함께 돌보고, 아이들은 나름의 방법으로 지역사회에 기여하는, 그야말로 증여과 돌봄의 공동체를 구성하고 있는 것이다. 모치즈키교육플랫폼의 활동이 본격화되면서, 학교폭력과 왕따가 사라진 것은 물론 학생들의 학력도 신장되었다. 이제 더 이상 고등학교를 자퇴하는 아이들은 없었다.

얼마 전에 방문했던 전북 진안의 교육협동조합도 나에게 새로운 상상력을 제공하였다. 진안은 오래전부터 마을 만들기 사업을 모범적으로 진행해 왔다. 마을 만들기를 통해 도시의 귀농인구를 흡수하고, 시골의 부족한 문화적 기반을 확충하여 삶의 질을 높이려는 의도라 할 수 있다.

진안의 교육협동조합 창립을 주도한 사람들은 대부분 도시에서 귀농한 사람들이었다. 그들은 대부분 생태주의와 공동체주의적 지향을 갖고 있고, 한 분은 경기도에서 농민운동을 하기도 했다. 청·장년층이 거의 없는 농촌 지역에서 그들은 자연스럽게 지역에 활력을 불어넣어 왔다. 그리고 대부분이 진안군에 위치한 3개 혁신학교의 학부모들이었다. 혁신학교를 중심으로 학부모 활동을 하면서, 점차 새로운 교육에 대한 이해와 참여 의지가 높아졌고 지속적인 논의를 거쳐 교육협동조합을 창립한 것이었다.

교육협동조합의 1차적 사업은 학교 방과후수업의 위탁 운영이다. 귀농한 사람들은 대부분 대학을 졸업한 사람들로 다양한 분야의 전문성을 갖고 있다. 사실, 진안과 같은 농촌 지역에서 그만한 강사를 구하기가 힘들 것이다.

학교의 업무 분장에서 교사들이 가장 싫어하는 것이 방과후부장이다. 교사 한두 명이 수많은 방과후 프로그램을 구상하고, 강사를 구하고, 프로그램 운영을 관리하는 것은 매우 힘든 일이다. 더구나 강사를 구하기 어려운 농촌 지역에서는 그 수고가 배가된다. 그런 면에서 진안교육협동조합은 학교에 '현실적으로' 도움이 될 수 있다. 이미 혁신학교 한 곳과 위탁 운영 관련한 논의를 진행 중이다.

그런데 진안교육협동조합의 간부들은 방과후학교 위탁과 관련하여 약간 다른 지점을 제안했다. 아이들에게 농촌의 문화와 가치를 가르치는 방과후학교를 운영하고 싶다는 것이다. 이를 교육학적 개념으로 바꾸면, '지역화교육과정'이라 할 수 있다. 대부분의 교사들이 도시에서 출퇴근하는 상황에서, 정작 아이들에게 지역의 특성과 문화를 가르쳐 줄 사람이 부족하고, 그러다 보니 아이들이 맹목적으로 도시적 삶과 문화를 지향하게 된다는 것이다. 도시에서 새로운 삶의 가치를 찾아 귀농한 사람들의 입장에서는 매우 답답한 현실이 아닐 수 없다. 이제 그들이 직접 나선 것이다.

진안교육협동조합의 실험이 어떤 성과를 낳을지는 예측할 수 없다. 아마도 그들이 구상하는 사업의 확장과 성공적 정착까지는 수많은 난관들이 있을 것이다. 하지만 그 시도가, 위기에 처한 농산어촌 학교교육을 살리는 데 기여할 가능성은 충분하다고 생각한다. 그리고 유사한 실험이 전국으로 확산되기를 간절히 기원한다.

증여와 돌봄의 지역공동체 형성을 위해서는 공간의 재배치도 고려해야 한다. 나는 오래전 오스트리아의 조그만 시골 마을 도른비른에서 본 양로원의 모습을 잊을 수가 없다. 한국에서 양로원은 대부분 경치 좋은 교외에 위치한다. 하지만 도른비른에서는 도심의 한복판에 양로원이 있었다. 뉴

을수록 자신이 젊었을 때 활동했던 기억을 잊지 말아야 한다는 게 그 이유였다. 양로원의 중앙 복도에는 시내 중심가의 사진이 전면에 붙어 있다. 더 놀라운 것은 양로원과 고등학교가 인접하고, 두 건물 사이에 벽이 없었다는 것이다. 노인들은 언제든 학교를 방문하여 아이들이 운동장에서 뛰어노는 것을 보거나 아이들과 이야기를 나눈다. 그리고 학생들도 정기적으로 양로원에서 봉사활동을 하면서 노인들과 스스럼없이 대화를 나누는 모습을 볼 수 있었다. 아마도 학생들은 노인들에게 삶의 활력을, 노인들은 오랜 경륜에서 우러난 삶의 지혜를 학생들에게 나누어 줄 것이다. 세대를 뛰어넘어 서로 돌보는 관계가 형성된 것이다.

몇 년 전, 대덕에서 아동보육시설(공동육아협동조합)과 노인정이 함께 있는 공간을 구상한다는 소식을 듣고 무릎을 친 적이 있다. 아동과 부모, 노인들 사이에 세대를 뛰어넘는 상호 돌봄의 관계가 만들어질 것으로 예상했기 때문이다. 핵가족 시대에 이보다 더 좋은 아이디어가 있을까?

가끔 농촌 지역을 지나다 보면, 학생 수 감소로 텅 빈 교실들을 본다. 그리고 그 옆의 면사무소, 우체국, 어린이집, 노인정 등의 시설들을 본다. 그것을 보면서 이런 의문이 든다. 남아도는 교실들을 면사무소, 우체국, 어린이집, 노인정으로 사용할 수 없을까? 거기에 도서관이나 문화시설을 추가하면 얼마나 좋을까? 그러면 지역 주민의 입장에서는 한 공간에서 필요한 업무를 손쉽게 처리할 수 있고, 정부는 예산을 줄일 수 있고, 세대 간 상호 돌봄의 관계가 만들어지지 않을까? 그리고 학교가 그야말로 지역공동체의 중심이 될 것이다. 우리는 이러한 상상을 끊임없이 해야 한다.

## 세대와 계층을 연결하는 청년 멘토링의 의미

계층 간 격차 확대와 갈등 못지않게 세대 간 단절과 대립이 뚜렷해졌다. 세대 간 단절은 전 세대에 걸쳐 나타난다. 쌍둥이 사이에도 세대 차이가 있다는 우스갯소리가 있을 정도이다.

이러한 계층 간, 세대 간 단절과 대립을 완화하거나 해결하는 방안으로, 나는 청년 멘토링에 관심을 갖고 있다. 중산층 출신의 대학생들이 낙후된 지역 혹은 위기 가정의 학생들을 멘토링하는 것이다. 질풍노도의 시기, 대부분의 청소년들은 부모와 교사를 '꼰대'로 인식한다. 그리고 마음을 터놓고 소통할 수 있는 인생의 선배를 갈구한다. 대학생 형, 누나, 언니, 오빠들이 그들의 상처를 보듬고, 공부를 돕고, 진로를 개척하도록 조언한다면 그 어떤 프로그램보다 효과적일 수 있다.

이는 멘토링에 참여하는 대학생 혹은 청년들에게도 깊은 성찰과 성장의 기회를 제공할 것이다. 우리 사회를 보다 넓게 이해하는 기회가 되고 또한 증여와 돌봄의 기쁨을 경험하게 될 것이다. 그 과정에서 청년들은 우리 사회의 건강한 어른으로 성장할 것이다.

물론, 여기에는 한 가지 전제가 있다. 멘토를 체계적으로 양성하고, 그들을 청소년들과 조직적으로 연결해 주고, '감동적인' 프로그램을 기획, 운영할 전문가 그룹이 있어야 한다. 만약 이 조건을 충족시키지 못한다면, 교육부에서 진행하는 대학생 멘토링처럼 값싼 대학생 과외 수준을 벗어나지 못할 것이다.

최근 다큐멘터리 〈부모 vs 학부모〉을 통해 널리 알려진 '아름다운배움 (www.beautifullearning.org)'은 대학생 멘토를 조직하여, 낙후지역의 중·고등학생들을 내상으로 '징글맹이 멘토링'을 진행하는 청년들의 단체이다. 강돌뱅이 멘토링은 개별 학교 단위로 이루어지기도 하고, 경기도 연천, 강원도 양구와 전남 완도와 같은 지역 단위로 진행되기도 한다. 최근에는 세월호 참사로 비극에 빠진 안산 단원고 학생들의 치유와 멘토링에 온 힘을 쏟고 있다.

비용은 주로 외부공모사업이나 기부를 통해 충당한다. 멘티 청소년들은 무료로 참여하지만, 멘토로 참여하는 대학생들은 숙식비를 스스로 부담한다. 또한 멘토로서의 자세와 프로그램 등을 사전에 훈련받는다. 아름다운배움은 전국의 주요 대학과 연계해 멘토링이 진행되는 그 지역의 대학생들이 주로 멘토로 참여한다. 현재 1600여 명의 대학생이 아름다운배움의 멘토로 조직되어 있다.

이 단체의 고원형 대표는 대학원 시절, 자신의 진로를 고민하는 과정에서 형편이 어려운 청소년들을 돕는 교육봉사 NGO를 구상하고, 수많은 경험을 통해 멘토링 프로그램을 완성했다고 한다. 그의 입을 통해 들은 이야기들은 매우 감동적이고, 때로는 충격적이다. 장돌뱅이 멘토링 마지막 날 멘티 청소년들과 그 부모들이 대학생 멘토와 눈물바다를 이룬 사연, 멘토로 참여하는 대학생들에게 숙식비 10만 원씩을 받고 모집하는데 경쟁률이 7:1이었다는 사실, 한글을 모르는 고등학생을 만나 받았던 충격……. 그와 대화를 나누다 보면, 우리 사회의 암담한 교육현실을 마주하게 된다. 또한 그 암담한 현실을 변화시키려는 청년들의 열정을 확인하기도 한다. 어둠이 있는 곳에 빛도 있게 마련이다.

최근 고원형 대표에게 들은 사례 중 하나. 완도의 초등학교 4학년부터 중학교 1학년 20명을 대상으로 하는 장돌뱅이 멘토링에 처음으로 고등학생 멘토를 결합시켰다고 한다. 수도권의 중산층 가정에서 성장한 학생들이었다. 멘티 두 명을 고등학생 멘토 한 명이 맡고, 고등학생 두 명을 한 명의 대학생 멘토가 담당하는 방식이었다고 한다.

그런데 그 효과가 매우 놀라웠다고 한다. 멘티로 참여한 완도의 아이들은 물론, 멘토로 참여한 고등학생들의 변화가 더욱 두드러졌던 것이다. 이제껏 부모와 세상에 대한 불만으로 가득했던 고등학생들이 자신을 되돌아보고 삶의 동기를 발견했다. 누구보다도 기뻐한 것은 부모들이다. 멘토링 프로그램을 후원하겠다고 나서는 분들이 늘어났다고 한다.

멘토로 참여했던 대학생들은 대부분 아름다운배움의 후원자가 된다. 그리고 대학 졸업 후 직장에 취직해서도 꾸준히 기부를 한다. 증여의 기쁨을 경험한 그들은 우리 사회의 훌륭한 성인으로, 훌륭한 부모로 성장할 것이다.

이처럼 계층과 세대를 연결하는 청년 멘토링은 우리 교육의 위기를 극복하고 교육생태계를 새롭게 구성하는 데 매우 중요한 역할을 할 수 있다. 계층과 세대를 뛰어넘는 증여와 돌봄을 통해 모두가 성장하는 새로운 교육 모델이 탄생하고 있는 것이다.

## 광주시와 교육청의 방과후학교 공익재단

최근 광주광역시교육청은 새로운 사업을 추진하고 있다. 광주시와 광주교육청의 공동 출연을 통해 '방과후학교 공익재단'을 설립하는 것이다. 기존 단위 학교 차원의 방과후학교를 광주시 차원에서 보다 체계적으로 운영하겠다는 의지이다.

광주시교육청이 '방과후학교'를 운영할 공익재단을 전국 최초로 설립할 계획이라고 14일 밝혔다. 현재 일선 학교에서 개별적으로 진행하는 방과후학교를 통합, 체계적으로 운영해 업무의 효율성을 높이고 다양한 프로그램으로 학부모·지역 주민들도 혜택을 볼 수 있도록 하자는 뜻에서 추진한다.

방과후학교 공익재단은 이르면 3, 4월께 출범하게 된다. 교육청은 관련 조례안을 만들어 다음 달 중 시의회에 제출할 계획이다. 광주시교육청이 매년 2억 원씩 5년간 총 10억 원의 기금을 출연하고, 광주시는 연간 2억 원씩 운영비를 지원한다.

공익재단이 설립되면 방과후학교 관련 사업이 크게 확대될 것으로 기대된다. 우선 프로그램이 영어·수학과 음악·미술 등 기존의 교과목 중심에서 인문학·예술이나 승마·수영·골프 등으로 한층 다양하고 풍성해진다. 또 일반 시민들이나 직장인들도 자유롭게 강좌를 들을 수 있도록 운영시간을 야간까지 늘릴 계획이다. 지금까지 대부분의 일선 학교에서는 학생들의 수업이 끝나는 오후 3, 4시부터 한두 시간 동안 '반짝' 방과후수업을 진행해 왔다.

공익재단이 본격적으로 운영되면 방과후학교의 강사는 현재 3000여 명에서 5000명 수준으로 늘어날 것으로 예상된다. 특히 대학 졸업생 1000여 명을 인턴 강사로 활용하게 된다. 광주시교육청은 초등학교 6곳, 중학교 3곳, 고등학교 1곳 등 선도학교 10곳을 선정해 새 학기부터 시범운영에 들어갈 계획이다. (…) 고현아 광주시교육청 장학관은 "학생들의 경쟁력 강화와 함께 지역 주민 평생교육기회 제공, 교육복지 확대 차원에서 방과후학교 공익재단을 설립하기로 했다."고 말했다.

—중앙일보, 2014. 1. 15.

방과후학교 위탁 운영은 꾸준히 확대되고 있다. 주로 대학이 위탁받아 운영하거나, 전문 기업이 운영하기도 한다. 또한 SK그룹은 사회공헌사업의 일환으로 지자체 및 교육청과의 협력을 통해 방과후학교를 운영한다. SK 그룹에서 지원하는 행복한학교재단은 현재 서울, 부산, 대구, 울산 등에서 방과후학교를 운영하고 있다.

광주 방과후학교 재단은 기존 주체들과 몇 가지 차이점을 보인다. 첫째, 학생 대상의 방과후학교를 평생학습과 연계하였다는 점이다. 이는 프로그램의 수준을 높일 수 있을 뿐 아니라, 학교와 지역사회의 연계를 강화시키는 역할을 하게 될 것이다. 학교가 마을공동체의 중심적 역할을 강화하는데 기여할 것이다.

둘째, 지자체와 교육청은 물론 민간 단체와 다양한 전문가 그룹이 참여하는 민관 거버넌스 구축을 지향하고 있다. 재단 운영을 통해 구축된 거버넌스는 향후 광주 교육 전반의 방향을 논의하는 장이 될 것이다.

셋째, 취업난에 허덕이는 청년들의 일자리 창출에 기여하고, 지역 차원의 돌봄문화를 형성할 수 있다. 광주 출신 청년들이 방과후학교에서 지역 후배들을 가르치면서 자연스럽게 돌봄의 관계를 형성할 수 있는 것이다. 이는 지역 교육생태계 복원의 소중한 자산이 될 수 있다.

진안교육협동조합이 농촌 지역의 새로운 교육 모델이라면, 광주 방과후학교 공익재단은 도시 지역에서 시도할 만한 모델이다. 여기에 상상력을 가미한다면, 각 지역별로 다양한 모델이 실현될 수 있을 것이다.

이러한 흐름은 2014년 6월 교육감 선거를 통해 타 지역으로 확대되었다. 서울의 조희연 교육감은 교육협동조합 육성을 통한 방과후마을학교 공약을 내걸었다. 경기도 이재정 교육감 역시 '마을교육공동체'를 중요 공약으로 제시했다. 마을과 학교가 공동으로 협동조합이나 사회적기업을 만들어, 방과후학교 위탁 운영은 물론 교복 공동구매, 학교급식 식자재 구입, 학습교구 구입 등을 담당하도록 한다는 것이다. 전북의 김승환 교육감은 4년간 100억 원을 방과후 공익재단에 투자하겠다고 밝혔다.

이러한 협동조합, 혹은 사회적기업을 통한 학부모와 지역사회의 학교 참여는 새로운 교육생태계 구축의 중요한 토대가 될 것이다. 단지, 방과후학교 위탁 운영으로 학교(교사)의 일손을 덜어 주는 것이 아니라, 학교와 지역사회의 연계를 강화하고, 마을에서 어른과 아동의 돌봄관계를 구축하는 데 중요한 토대가 될 것이다. 그리고 무엇보다 협동조합에 참여하는 다양한 계층, 연령대의 조합원들을 우리 사회의 새로운 사회적 주체로 형성할 것이다.

마을과 학교의 만남

# 한민호

서울에서 초등학교 교사로 10년 넘게 일하였다. 중간에 전교조 결성에 참여하여 해직되었으며 5년
간 해직생활을 거쳐 다시 복직하였다. 그 뒤 학교현장을 나와 (사)한국교육연구소에서 연구원으로,
(주)우리교육에서 월간지 『우리교육』 편집주간으로, 원광디지털대학교에서 외래교수로 활동하면서
다양한 교육 경험을 쌓았다. 그러다 2011년부터 2014년까지 서울 금천구청에서 차성수 구청장의
교육정책보좌관으로 일하면서 지방자치와 교육자치의 관계를 고민해 왔다. 2014년 7월부터 서울
시교육청 조희연 교육감의 정책보좌관으로 일하고 있다.

# 한 기초자치단체의 교육사업

## 기초자치단체들이 교육사업에 관심 갖다

최근에 기초자치단체에서 다양한 교육사업들이 진행되고 있다. 주민들의 생활에서 교육이 차지하는 부분이 크고 이에 대한 개선 요구가 자치단체들에게도 많은 압박으로 나타나기 때문이다. 그러나 일부 자치단체의 교육사업들은 학생들의 경쟁을 부추기거나 유명 대학 진학만을 지원하는 방식으로 진행되어 우리 교육의 병폐를 심화시키고 특정 주민들의 요구를 받아들이는 수준에서 멈추는 경우들이 있다. 하지만 일부 자치단체는 기존 학교교육의 문제점들을 해결하기 위해 적극 노력하고 있기도 하다.

서울 금천구는 민선 5기에 들어서면서 2010년부터 이런 주민들의 교육적 요구에 부응하면서 기존 학교교육의 문제점을 완화하기 위한 새로운 사업방향을 제시해 왔다. 이 글은 2010년부터 2014년까지 지난 4년간 교육사업을 기획하고 추진해 왔던 금천구 교육정책보좌관으로서 그동안의 금천구의 교육사업들을 정리한 글이다.

최근 몇 년간 지방자치단체의 교육사업에 대한 투자는 해마다 늘어났다. 한 예로 2013년 서울의 25개 기초자치단체가 교육사업에 투자한 예산은 총 2000억 원에 가깝다. 서울시가 서울시교육청에 비법정전출금으로 별도 투자한 예산도 약 2000억 원에 달한다. 이를 합하면 자치단체가 교육사업에 투자한 예산은 서울에서만 총 4000억 원에 달하는데 이 정도 규모면 교육청이 마치 학교를 유지하는 인건비와 유지비를 투자하고, 상당수 사업들은 자치단체가 투자하여 운영하는 것이 아닌지 착각이 들 정도이다. 그만큼 지방자치단체의 교육사업에 대한 투자가 많아지고 있지만, 과연 올바른 방향으로 기획되고 투자되고 있는지는 점검이 필요하다.

이런 면에서도 금천구가 교육사업의 방향을 어떻게 잡고 추진했는지 살펴볼 필요가 있다. 미래 우리 교육의 발전을 위한 새로운 모델을 제시하려고 노력했기에 눈여겨볼 부분이 있다고 보는 것이다.


## 주민들이 교육문제를 제기하다

서울에서 금천구는 마지막으로 생긴 자치구이다. 1995년에 구로구에서 분구되었으니 이제 막 스무 살이 되려는 청년이다. 청년이라고 하니 씩씩한 느낌이 들 만하다. 그러나 내가 2010년 금천구에 가서 본 첫 인상은 전혀 그렇지 않았다. 마치 60대 노인 같은 느낌이었다.

1995년 28만 4000명이던 인구가 2010년 현재 26만 4000명으로 15년 동안 2만 명이 줄어들었으니 해마다 평균 1500여 명씩 준 셈이다. 반면 1인 가구와 외국인 근로자는 상대적으로 해마다 늘고 있다.

소득 수준이 서울에서 가장 낮은 편에 속하며, 땅값과 전세 값이 서울에서 가장 싼 곳이기도 하다. 소위 신도시가 없고 낡은 다세대주택이 낮은 곳이며 관내에 대학교도, 종합병원도, 특급호텔도 없다.

특히 교육환경은 더 심각했다. 금천구에는 인문계고등학교가 4개 있는데 소위 스카이대학 진학률이 서울에서 가장 낮은 수준에 머물러 있었으며, 2010년에 실시된 전국학업성취도평가 결과도 서울에서 가장 낮은 수준이었다. 이렇게 되니 주민들이 교육 때문에 이사 간다는 말이 나올 만도 했다. 2010년 관내 1080명의 학부모에게 조사한 결과 '금천구 교육현실에 만족하지 못한다'는 응답이 69.9%였으며, '교육문제로 이사를 고려한 적이 있다'는 응답이 65.2%나 되었다.

금천구는 교육문제 해결이 가장 시급한 곳이며 교육문제의 해결을 통해 지역의 인구감소를 막고 지역발전을 꾀할 필요가 있었다. 대다수의 주민들이 교육문제를 가장 중요한 과제로 제기했으며, 이를 바탕으로 민선 5기가 출범하게 되었다.


## 주민들 손으로 사업계획을 수립하다

2010년 6월 지방자치단체장 선거가 있었다. 이때 금천구의 교육문제가 중요한 선거 이슈로 부각되었다. 마침 서울시교육감 선거도 같이 이루어졌으며, 무상급식이 전국적인 선거 이슈였던 것도 작용했지만, 더 이상 지역의 교육문제를 놔둘 수 없다는 주민들의 생각이 하나로 모였다. 그래서 당시 차성수 후보가 교육을 가장 중요한 공약으로 내걸고 당선되었다. 금천구에 새로운 교육실험이 시작된 것이다.

차성수 당선자는 인수위원회 시절부터 교육사업을 추진하기 위한 팀을 별도로 구성하였으며 외부의 교육전문가들을 적극 영입하여 교육사업 방향을 논의하였다. 나도 이때부터 금천구와 인연을 맺게 되었다. 구청장의 부탁에 의해 인수위원이 된 것이다. 인수위원회 교육분과에 소속되어 구청의 종래 교육사업을 점검하고 향후 중장기 기본 사업계획을 수립했다. 하지만 한 달 동안 진행된 인수위원회 활동으로는 충분한 사업계획 수립이 어려웠다. 그래서 2010년 7월 구청장 취임 뒤부터 2010년 말까지 구청 교육사업의 무료 자문위원으로 활동하였다.

이때 좀 더 충실한 중장기 교육사업계획을 수립하기 위해 대학 등에 연구용역을 맡기는 것을 검토하였다. 당시 대부분의 자치구들이 중장기 사업계획 수립을 대학에 맡기고 있었다. 그러나 대학교수들의 연구는 현실을 정확히 반영하지 못하는 경우가 많고, 특히 집행을 해야 하는 구청의 입장에서 구체적인 방안을 외부에서 얻어내는 것이 쉽지 않아, 결국 금천구는 대학에 연구용역을 맡기지 않기로 하였다.

하지만 구청 내부에서는 새로운 사업계획을 수립할 여유가 없었다. 새로운 구청장이 취임하였지만, 일상적인 구청 업무는 하루도 쉬는 법이 없기 때문이다. 그래서 생각해 낸 것이 주민들에게 연구를 맡기자는 것이었다. 지역을 가장 잘 알고 있는 주민들에게 연구용역을 맡겨서 결과를 받은 뒤 이를 바탕으로 사업을 집행할 세부계획은 집행부가 수립하는 것이 가장 현실적인 방안이라고 생각했다.

금천구청은 2010년 8월에 '금천교육발전 10대 연구과제 공모'를 주민들에게 공고했다. 금천구 교육문제를 10개의 과제로 나눈 뒤 이들 과제에 대해 주민들이 모여서 연구를 신청하면 구청이 지원하겠다고 한 것이다. 이에 주민단체와 지역의 관련 기구나 기관 등 40여 곳이 응모를 하였다.

그중 학부모연구모임, 돌봄교사모임, 지역아동센터, 금천다문화가족지원센터 등 12개 단체와 기관들이 최종 선정되었다. 이들에 의해 '금천구 다문화가정 자녀의 교육실태 및 지원 방안' '금천구 저소득 지역 청소년 진로지도 방안' '금천구 평생교육현황조사와 활성화 방안' '수도권 주요대학의 모집요강 분석을 통한 금천구 학생의 맞춤식 진학지도 방안' 등을 연구주제로 확정하였다. 모두 금천구의 주민들이 가장 시급하게 느끼는 금천구의 교육문제들이었다.

12개 단체는 3개월 동안 직접 몸으로 뛰면서 지역의 실정을 조사하였다. 설문조사를 하기도 하고 관련 기관들을 찾아다니며 자료를 수합하였으며 심층 인터뷰를 통해 지역 주민들의 의견을 조사하였다. 3개월 뒤 조사결과를 연구보고서로 작성하여, 12월에 '주민참여 연구결과 발표─금천교육발전 주민대토론회'를 구청 대강당에서 열고 직접 지역 주민들에게 발표하였다. 약 300여 명이 참여하여 3시간 넘게 진행된 토론회에서 지역 주민들의 교육에 대한 목소리가 진지하게 터져 나왔다. 금천구에서 이런 주민토론회는 처음 있는 일이었다.

이날 토론회는 크게 4개의 분야로 나누어 분과토론을 진행하였다. 아동분야, 청소년분야, 학력신장분야, 평생교육분야마다 각 3개씩 연구결과가 발표되었다.

먼저 아동분야는 돌봄교실, 지역아동센터, 다문화가정 등의 3가지 주제에 대한 연구결과들을 발표했다. 모두 교육적으로 가장 어려움을 겪고 있는 저소득층 학생들에게 초점이 맞추어져 있었다. 아동문제에 있어 지역사회가 가장 먼저 관심을 가져야 할 대상이라고 보았기 때문이다.

청소년분야도 마찬가지이다. 저소득층 학생들에게 가장 큰 고민인 학교부적응으로 인한 학교 밖 청소년문제, 진로문제, 나아가 청소년자살문제까지 연구한 결과가 발표되었다.

학력신장분야에서는 기초학력부진문제, 학부모참여문제, 대학진학문제 등을 발표하였다. 특히 대학진학문제는 소수의 공부 잘하는 학생들을 대상으로 하는 유명 대학 진학률이 문제가 아니라 대학 진학을 희망하는 다수의 일반 학생들을 대상으로 어떻게 맞춤형 지도가 이루어져야 하는지를 다루었다.

마지막으로 평생교육은 자원 및 실태조사, 작은도서관 활용, 마을사업과의 연계 등을 주제로 하였다. 지역 주민들의 적극적인 참여 방안을 찾은 것이다.

대학이 아니라 주민들에게 연구를 맡긴 새로운 방식은 큰 성공을 거두었다. 주민들이 직접 자신의 연구과제에 대해 주변에 설문조사를 하거나 관련 기관을 조사하여 실제적인 결과를 이끌어 냈으며, 구청에서 이렇게 사업을 추진했으면 좋겠다는 제안까지 자세하게 도출하였다.

300여 주민들은 분야별로 나누어 토론을 진행하였는데 정해진 시간을 한 시간이나 초과하면서 저녁 늦게까지 열띤 토론을 이어 갔다. 이렇게 이루어진 연구결과와 토론결과는 자료집으로 제작하여 주민들에게 배포하고 내용을 함께 공유하였다.

주민대토론회가 끝난 뒤 연구에 참여하였던 약 70여 명의 연구자들이 모두 모여 뒤풀이를 하였다. 이 자리에서 앞으로 교육사업을 추진하기 위해서는 주민들의 단결된 힘이 뒷받침되어야 한다는 의견이 나와 교육단체들의 네트워크를 만들기로 하였다. 이것이 뒤에 '금천교육네트워크'로 발전하여 지역의 교육관련 시민단체 20여 개가 하나로 묶이는 결과를 낳았다.

구청에서는 연구와 토론결과를 바탕으로 중장기 교육사업 집행계획을 수립하였다. 향후 4년간 추진될 교육사업의 밑그림이 완성된 것이다. 금천구의 교육실험은 이렇게 주민들의 손에 의해 시작되었다.


## 새로운 교육사업의 기반이 조성되다

금천구는 민선 5기가 시작되기 전까지는 교육사업을 전담하는 부서가 없었다. 종래 교육문화체육과가 있었지만 교육전담부서가 아니라 문화사업과 체육진흥사업을 주로 하면서 서너 명이 학교교육지원과 평생교육사업을 모두 맡아서 하고 있었다.

그래서 조직개편을 통해 교육사업을 전담하는 부서를 신설하고 책임자를 담당관으로 격상시켰다. 구청에 감사담당관에 이어 교육담당관이 생긴 것이다. 서울 25개 자치구 가운데 최초의 일이었다.

교육담당부서의 직원이 충원되어 모두 25명이 되었으며 교육기획팀, 교육지원팀, 평생학습팀, 도서관팀, 청소년팀이 구성되었다. 특히 당시 대부분의 구청에서 여성복지과에 있던 청소년팀을 교육담당부서로 옮겨 학교 안팎의 청소년사업이 상호협력할 수 있도록 하였다.

지역사회에서 청소년복지사업은 곧바로 청소년교육사업과 연계되지 않으면 안 되는 일이다. 학교에서 쉽게 적응하지 못하는 청소년의 배경을 보면 대부분이 가정에 어려움이 있었으며 가정의 문제를 해결하기 위해서는 청소년복지와 청소년교육지원사업이 같이 연계될 필요가 있었다. 지금은 여러 자치구에서 청소년팀이 교육부서에 소속되어 있지만 당시는 서울에서 처음 있는 일이었다.

교육담당부서가 신설되고 중장기 사업계획이 수립되면서 교육사업에 대한 예산이 획기적으로 늘어났다. 민선 4기 4년 동안 해마다 교육사업비가 총 50억 원을 넘지 못하였는데 민선 5기에는 한 해 평균 100억 원 정도로 늘어난 것이다.

교육사업을 좀 더 전문적으로 추진하기 위해 교육전문가를 계약직으로 충원하였다. 2011년 2월 공모를 통해 구청의 교육정책보좌관을 선정하였는데 나는 이때 임명되어 본격적으로 구청 사업에 참여하게 되었다. 서울에서 최초로 교육정책보좌관이 된 것이다.

주민들에 의한 교육문제 연구 및 제안과 그에 바탕한 중장기 사업계획 수립, 이어 교육담당부서 신설 및 직원 확충, 연간 100억 원이 넘는 교육예산 확보, 교육전문가의 고용 등 금천구 교육사업을 본격적으로 추진할 수 있는 기반이 마련되었다. 이런 기반 조성에는 물론 구청장의 교육사업에 대한 애정과 의지가 바탕이 되었다. 금천구의 새로운 교육사업은 이렇게 시작되었다.


## 지방자치와 교육자치의 관계에 대한 고민

새로운 교육사업을 시작하면서 제일 먼저 부딪힌 문제는 지방자치와 교육자치의 관계였다. 일부 주민과 구청 직원들이 구청의 적극적인 교육사업이 결국 교육자치를 해칠 가능성은 없는지 문제를 제기한 것이다. 교육청이 있는데 굳이 구청이 이렇게 나설 필요가 있는가라고 물어 왔다.

이 문제는 사실 사업을 처음 시작할 때부터 지금까지도 끊임없이 제기되는 문제이다. 직원들은 구청이 학교교육을 어디까지 지원해야 하는지 의문을 품은 채 사업을 할 수밖에 없었다. 주민들이 지방자치단체에 교육지원을 요구하는 것은 이해되지만 실제로 사업을 집행하려고 하면 과연 교육청과 구청의 역할 분담을 어떻게 해야 할지 명료하지 않았던 것이다.

지금까지 구청에서 학교교육을 지원하던 방식은 '지방자치단체의 교육경비보조에 관한 규정'에 의거하여 교육경비보조금을 지급하는 것이었다.

대부분 '시설개선' 등 하드웨어 구축에 대한 지원으로 한정되어 있어서 초기에는 주로 급식시설비 지원을 비롯하여 학교의 각종 환경개선 및 시설개선비 지원으로 이루어졌다.

그러나 2010년부터 기초자치단체의 보조는 '시설개선'보다 아이들의 '학력향상'에 더 많은 비중을 두게 된다. 지역 주민들은 학교교육에 있어서 시설을 깨끗하고 편리하게 개선하는 것도 원했지만, 더 중요하게는 학교교육의 결과가 좋게 나오기를 희망했다. 그래서 자기 지역의 지방자치단체에 적극적으로 학교교육의 효율성을 높이는 방향으로 지원을 요구한 것이다.

민선 5기 때부터 각 지방자치단체에서는 적극적으로 '학력향상'을 위한 지원을 늘리는 것이 유행처럼 퍼졌다. 서울 자치구들의 교육경비보조금에서 '시설개선' 지원금과 '학력향상' 지원금의 비율 변화를 살펴보면 쉽게 알 수 있다. '시설개선' 비율은 2009년 56%에서 2011년 36%로 줄었지만 '학력향상' 비율은 38%에서 52%로 늘었다. 학교교육내용이 정상화되기를 바라는 지역 주민의 요구가 반영되면서 지방자치단체가 적극적으로 학교의 변화를 추동하려 하는 현상이다.

이것은 어쩌면 너무나 자연스러운 것이라고 생각된다. 지금 온 국민이 교육의 문제점을 잘 알고 있으며 현재의 공교육에 만족하지 못하고 있는 상황이므로 학교교육에 변화가 있기를 희망하지만 교육청의 노력만으로는 해결되지 못한다는 인식 하에 지방자치단체에 적극적인 참여를 요구하고 있기 때문이다.

서울시교육청도 2011년 4월 교육청과 자치구 간의 교육협력을 위한 협의회를 개최하고 자치구의 교육협력을 강하게 요구하고 나섰다. 자치구가 교육에 투자하면 관내 학교들의 교육여건이 개선되고, 이로 인해 교육의 질이 향상되면 지역 내 인구가 유입되면서 세수가 증가하게 되어 지역의 발전으로 이어지는 선순환 효과가 발생하는 것이다.

그러면서 학습준비물비를 구청에서 투자해 달라거나, 학부모 고교진학 진로설명회에 연수강사를 지원해 달라거나, 특성화고의 수업 방법 개선을 위한 프로젝트 교수학습방법 도입을 위해 재정 지원을 해 달라거나, 혁신학교 운영을 위한 지원을 해 달라거나, 중학교의 학교도서관 사서들의 인건비를 지원해 달라거나, 지역교육청이 운영하는 영재교실 운영에 행정적, 재정적 지원을 해 달라는 식의 구체적인 내용을 요구하기도 하였다.

물론 지방자치단체의 교육 지원이 개입으로 비쳐져 교육자치를 해칠 수도 있다는 우려가 없는 것은 아니다. 어떤 경우에는 중복투자가 이루어지기도 하고 지방자치단체에서 추진하는 교육사업에 대해 교육청의 문제 제기가 이루어지기도 한다. 그러나 시교육청도 앞장서서 자치구의 교육협력을 유도하고 있는 실정이어서 지방자치단체는 교육사업에 더 많은 투자를 하지 않을 수 없었다.

현실적으로 지방자치와 교육자치는 협력적 관계를 가질 수밖에 없는 실정이다. 지방자치단체의 적극적 역할은 갈수록 강화될 전망이며 교육자치와의 협력도 강화될 것이다. 이런 협력과정에서 지방자치단체는 단순히 예산 지원에 그치지 않고 자기 지역의 주민들이 요구하는 교육적 제안들을 실현하기 위해 적극적인 사업기획을 해 나갈 것이라고 본다. 학교교육도 지

역과 연계되어 같이 진행되어야 각종 병폐들을 극복하고 좀 더 발전적인
개선안을 찾아 나갈 수 있지 않을까?

## 주민들의 학교교육에 대한 불신을 극복하다

금천구는 제일 먼저 학교에 대한 지역 주민들의 불신을 극복하기 위해서
는 학교가 혁신되어야 한다고 보았고 이를 지방자치단체가 교육청과 같이
협력하는 첫 사업으로 추진하였다. 당시 교육청이 추진했던 혁신학교 정책
을 활성화하고자 했고 그 첫 사업으로 추진한 것이 관내 학교장들을 대상
으로 하는 학교혁신에 대한 워크숍이다.

2010년 10월 남부교육지원청에서 행사를 주관하고 금천구청이 후원하
는 방식으로 '학교장 프론티어 연수'를 1박2일로 실시하였다. 경기도에서
학교혁신으로 유명해진 학교들의 교장들로부터 학교혁신의 구체적인 사례
를 들었다. 이어 분임토의를 하면서 금천 지역 학교발전에 대한 진지한 토
론도 하였다. 교육청, 구청, 학교 3자가 같이 모여 친목을 도모하고 지역의
학교발전 전망을 공유하면서 새로운 변화를 꿈꾸었다.

워크숍를 가진 뒤 서울시교육청에서 추진한 2011학년도 서울형 혁신학
교 모집에 관내 3개 학교가 신청하여 모두 선정되었다. 금천구에서 혁신학
교가 시작된 것이다. 서울 25개 자치구 가운데 가장 많은 숫자였다. 이들
학교는 서울시교육청으로부터 4년간 해마다 평균 1억 원 이상의 지원금을
별도로 받았다. 구청도 혁신학교들과 MOU를 체결하고 4년간 추가로 해
마다 2000만 원 정도씩 지원하였다.

구청은 더 많은 혁신학교들이 만들어지도록 일종의 예비 혁신학교 제도

를 만들었다. 혁신학교를 준비하는 학교를 '금천드림학교'로 지정하고 1년 간 별도의 지원을 한 것이다. 해마다 평균 3, 4개 학교가 금천드림학교로 지정되어 혁신학교를 준비하였다.

이렇게 구청에서 혁신학교 정책을 중요하게 생각하고 지원하게 된 데에는 까닭이 있다. 바로 인구감소 때문이다. 교육환경이 열악하여 지역 주민들이 타 지역으로 이주를 하고 있는 가운데 이로 인한 인구감소를 막으려면 교육여건을 개선하는 것이 필요했으며 특히 주민들이 다시 찾아오는 교육사업이 무엇인지 찾아내야 했다. 자치구가 유지되기 힘들 정도로 인구가 감소되고 있었기 때문에 구청으로서도 절실한 문제였다.

인구감소를 막는 방법에 대해 주민들과 토론을 벌였는데 학부모들이 처음 제안한 것은 관내에 특목고를 유치하자는 것이다. 외고나 과학고 또는 자사고 같은 특목고를 유치하면 지역에 대한 이미지가 변하고 이로 인해 인구가 유입될 것이라는 이야기였다. 일견 타당성이 있는 주장이지만 결국 특목고 유치의 혜택을 받는 것은 금천구 내의 학부모나 학생들이 아니라고 결론지었다. 특목고는 관내 학생들만 입학시키는 것이 아니며 극소수의 학생들만 혜택을 볼 것이 예상되기에 구청이 추진할 사업으로 적절하지 않다고 판단했다.

그런데 특목고와 달리 학교 때문에 지역의 인구가 늘어난 사례가 가까운 곳에서 발견되었다. 금천구 옆 광명시에 구름산초등학교가 혁신학교로 신설되면서 엄청난 인구가 유입되고 있는 것이다. 심지어 학교 주변의 땅값이 오르고 전세를 구하기 힘들 정도라고 했다. 혁신학교를 통해 학교에 대한 주민들의 신뢰가 확보되자 인구 문제가 저절로 해결된 것이다.

우리는 구름산초등학교의 사례를 모델로 삼았다. 혁신학교를 시역에 도입하여 학교의 변화를 꾀하면서 이로 인해 지역의 인구가 늘어나기를 바란 것이다. 하지만 학교의 변화는 구청의 바람대로 단기간에 이루어지는 일이 아님을 시간이 지나면서 알게 되었다. 해마다 드림학교 정책을 운영하며 지원을 하였지만 2013학년도에 초등학교 1개가 추가로 혁신학교 지정을 받는 데 그쳤다. 또한 2013년 서울시교육감이 바뀌면서 혁신학교 정책이 힘을 잃고 더 이상 확대되지 못했다. 이제 새로 조희연 교육감 시대가 열렸으므로 금천구는 다시 한번 혁신학교에 대한 기대를 가지려고 한다. 진정 학교의 혁신 없이 교육에 대한 주민의 불신을 극복할 수 없으며, 불신을 극복한 학교들은 주민들을 불러 모은다는 것을 알기 때문이다.

## 학력향상을 위해 우선 학생들을 돌보는 사업을 추진하다

학생들의 생활을 돌보는 사업은 보통 교육복지사업이라고 부른다. 우리나라는 2003년부터 교육복지사업이 시행되었다. 기초생활보장가정이나 한부모가정의 학생들을 대상으로 지역사회와 학교가 힘을 모아 별도로 생활을 지원하면서 학력향상을 위한 지원도 같이 하는 사업이 교육복지사업이다. 이를 위해 학교에는 '지역사회교육전문가'라고 부르는 복지사들이 고용되어 있다. 저소득층 학생들을 돌보는 과정에서 지역사회의 각종 자원들을 결합하게 되므로 '지역사회교육전문가'라는 이름이 정해진 것이다. 교육복지사업이 진행되는지 안 되는지는 그 지역에 지역사회교육전문가가 배치된 학교가 얼마나 되는지를 보면 알 수 있다.

그런데 금천구는 2010년까지 지역사회교육전문가가 고용된 학교가 단한 곳도 없었다. 사실상 교육복지사업이 진행되지 않은 것이다. 가장 필요한 지역에서 전혀 진행되지 않은 현실이 너무나 안타까웠다.

이에 2010년 말에 나는 서울시교육청의 교육복지 담당부서를 찾아가 항의하였다. 2003년 교육복지사업이 도입된 이후 강남구도 서초구도 혜택을 받고 있으며 남부교육지원청 산하 3개 구청 가운데 영등포구, 구로구도 모두 혜택을 받고 있는데 저소득층 학생이 특히 많은 금천구가 어떻게 교육복지의 혜택을 받지 못하고 있었냐는 문제 제기였다. 당시 교육청 담당자들로부터 제도에 맹점이 있었고 적극적으로 개선하겠다는 답변을 들었다.

이후 서울시교육청은 2011년부터 금천구 내 14개 초·중학교를 '교육복지특별지원학교'로 지정하고 14명의 지역사회교육전문가를 고용하였다. 금천구에서 교육복지사업이 비로소 시작되었다.

이에 구청의 적극적인 지원이 더해져 당시 서울 25개 자치구 가운데 가장 많은 금액을 교육복지 예산으로 배정하고 각 학교에 고용된 지역사회교육전문가들을 지원하였다. 구청이 지역사회교육전문가들과 지역아동센터장들의 연석회의를 주선하고 상호 협력하여 관내 저소득층 학생들의 교육복지사업이 활성화되도록 하였다. 또한 지역의 각종 자원들이 이런 어려움을 겪는 학생들을 도울 수 있도록 네트워크를 조직하였다. 관내 병원이나 도서관, 상담기관 등을 지역사회교육전문가들에게 소개하고 연계한 것이다.

14개 학교에 지역사회교육전문가가 고용되었지만 나머지 20여 개 학교에는 여전히 복지사들이 고용되지 못하고 있었다. 이를 해결하기 위해 2013년에는 서울시교육청과 금천구청이 협약을 맺고 '금천교육복지지원센터'를 신설하여 지역사회교육전문가가 없는 학교의 저소득층 학생들을 돌보는 사업을 추진하였다. 센터는 네 명의 복지사들을 고용하여 20여 개 학교의 학생들 가운데 특히 우선 지원해야 할 학생들을 선별하여 지원하고 있다. 해마다 약 100여 명 가까운 위기 청소년들을 선정하여 사례 관리를 하면서 학생들을 지원한다.

사례 관리는 위기 청소년에 대해 지원이 가능한 관계기관들이 모여서 해당 학생의 사례를 같이 분석하고 지원할 수 있는 방안을 찾아서 학생 사례에 맞게 맞춤형으로 지원할 수 있는 방안을 찾는 사업이다. 센터가 설립되자 학교 교사들은 학급운영을 하면서 위기 학생들을 발견하면 센터에 연락을 하여 지원을 받게 되었다. 센터가 없을 때는 위기 학생을 돌보기 위해 교사들이 너무 많은 노력을 기울여야 하고 이로 인해 정상적인 학교 수업을 하기 힘든 경우도 많았는데 이제는 센터의 도움을 받으며 학급 학생 전체의 수업에 집중할 수 있어서 너무 좋다는 이야기를 많이 들었다.

단 한 명의 학생이라도 가정배경 때문에 정상적인 학습에 어려움을 겪지 않도록 돌봄과 배움의 결합을 지속적으로 해 나가야 할 것이다. 학교가 이렇게 아이들을 책임지면 누가 학교를 불신할 것인가? 물론 아직 충분한 정도는 아니지만 책임지는 학교 모습을 지역사회가 같이 도와 만들어 가는 것이 정말 필요하다는 생각이다.


## 혁신교육지구사업을 구상하다

2011년 서울시교육청이 혁신학교 정책을 시작하고 금천구에 3개의 혁신학교가 지정되었고, 교육복지사업이 도입되었음에도 금천구의 모든 학교들이 지역과 같이 혁신하기 위해서는 더 큰 기획이 필요했다. 몇 개 학교의 시범적 변화만이 아니라 지역의 학교 전체가 변화할 수는 없는지 고민한 것이다. 이 과정에서 지역 전체의 혁신, 즉 혁신교육지구라는 개념이 나왔다.

혁신교육지구를 추진한 경우가 있는지 조사하기 시작했는데 먼저 일본의 아키타현 사례를 조사했다. 지역사회가 교육청과 더불어 적극적인 노력을 한 결과, 일본에서 가장 뒤처진 지역을 교육 선진 지역으로 바꾸어 놓은 것이다. 아키타현의 사례에서 새로운 시사점을 많이 얻었으며 지역의 노력이 교육의 변화에 매우 중요하다는 것도 알게 되었으나, 금천구에 바로 적용할 수는 없었다. 일본과 우리나라의 제도가 너무 달랐고 아키타현의 변화는 10년이 넘는 노력을 통해 만들어진 것이기 때문이다.

그때 경기도교육청에서 혁신교육지구사업을 추진한다는 이야기를 들었다. 금천구를 둘러싸고 있는 안양시나 광명시가 모두 경기도교육청의 혁신교육지구로 지정되었다는 것이다. 이에 2011년 6월 경기도교육청을 찾아가 혁신교육지구에 대한 자료들을 받아 왔다. 그리고 서울에서도 가능한지 분석하기 시작했다. 경기도교육청의 계획을 그대로 서울에 적용하는 것은 적절하지 않다고 생각했다. 경기도교육청의 경우 주로 지방자치단체와 교육자치단체의 재정적 협력을 중시하고 있는데, 서울에서는 두 가지 다른 측면에 주목해야 한다고 생각했다.

먼저 서울의 경우 지역별 교육격차 해소가 중요한 과제라고 생각했다. 금천구처럼 모든 것이 열악한 지역에 교육청이 우선 투자하면서 강남 지역의 학생들과 격차를 줄여 주는 노력, 즉 교육격차 해소를 위한 역차별 지원 전략이 필요하다고 본 것이다. 단순히 돈 많은 자치단체가 교육청의 부족한 예산을 지원하는 방안이 아니었다.

둘째, 혁신교육지구는 관료들이 아니라 주민들의 힘에 의한 거버넌스적 방식으로 운영되어야 한다고 보았다. 지역교육의 선제적 변화를 위해서는 우선 자치구와 교육청이 비전과 방향을 공유하고 세부 사업내용은 지역의 교육관계자들의 많은 토론을 통해 수립되어야 한다고 생각했다. 즉 단순히 구청장과 교육감이 투자협약을 맺는 것이 아니라 지역의 교육관계자들이 같이 참여하여 지역사회를 바꾸고자 하는 거버넌스적 방식이 반드시 도입되어야 지역의 교육적 변화를 꾸준히 만들어 갈 수 있다고 본 것이다.

이런 생각을 담아 2011년 7월 금천구청이 서울형 혁신교육지구사업 제안서를 서울시교육청에 제출하였다. 그 결과 2012년 2월 서울시교육청과 금천구청이 혁신교육지구 추진에 대한 합의서를 체결하였고 금천구와 구로구가 혁신교육지구로 지정되었다.

그 뒤 지역의 교육단체 대표자들과 관내 교사들, 구청관계자, 교육청 장학사들이 같이 모인 추진단을 구성하고 세부적인 사업들을 확정지었다. 예산은 서울시교육청이 30억 원을 준비하고 구로구와 금천구가 각각 18억, 12억 원씩 준비하여 2개의 혁신교육지구가 출범하게 되었다. 2012년 12월 세부 기획안이 확정되면서 2013년 드디어 혁신교육지구사업을 시작하게 되었다.


## 혁신교육지구의 15개 과제

혁신교육지구사업은 자치단체, 지역사회, 교육청의 협력 강화로 제도적, 인적, 물적 교육여건을 개선하고 학교를 혁신하기 위한 것이다. 이 과정에서 학교는 교사의 자발성을 촉진하여 수업을 혁신하고 생활교육을 혁신하면서 21세기 미래 인재를 육성하도록 노력하며, 지역사회는 마을공동체를 실현하여 지역 주민의 행복감을 증진하는 데 노력하자는 것이다.

우리는 이런 혁신교육지구사업의 목표를 다음과 같이 설정하였다.

첫째, 21세기 교육 패러다임의 변화와 PISA 2015 신학력 개념에 부응할 선도적 교육특별지구를 추진함으로써, 교사가 수업혁신과 생활교육혁신에 전념할 수 있도록 혁신 기반을 조성한다.

둘째, 교육행정과 자치행정의 유기적 협력 강화로 지역의 인적, 물적 자원을 체계적으로 조직하여, 학교교육 지원의 효율성을 높이고 지역의 교육, 복지, 경제, 문화 수준을 제고한다.

셋째, 보편적 교육복지를 추진하고 지역사회에 산재해 있는 교육복지 인프라를 체계화하여, 모든 교사와 학생의 행복한 학교생활을 실현한다.

그동안 금천구가 추진한 각종 교육사업들이 지향했던 방향들을 종합적으로 정리하여 목표로 설정했다. 이런 목표 하에 4대 정책방향과 15개 주요 과제를 설정하였다.

먼저 '학습 지원' '돌봄 지원' '진로 지원' '운영기반 조성'을 4대 정책방향으로 정하고, 각 정책마다 3, 4개의 주요 과제를 설정하였다. 정책방향과 주요 과제는 다음 표와 같다.

| 정책방향 | 주요 과제 | 대상 |
|---|---|---|
| 1. 즐거운 배움이 일어나는 수업 환경 지원 | 1) 정규수업 지원을 위한 협력교사제 운영 | 초, 중 |
| | 2) 학급당 학생 수 25명 이하로 감축 추진 | 중 |
| | 3) 수업 속에 일어나는 삶의 교육 실현 | |
| | 4) 창의적 학교혁신 교원연수 지원 | 초, 중, 고 |

| 정책방향 | 주요 과제 | 대상 |
|---|---|---|
| 2. 배려와 돌봄이 꽃피는 학교와 지역사회 여건 조성 | 1) 창의적 테마 체험활동 학습비 지원 | 초, 중 |
| | 2) 개인성장 지원 맞춤형 복지 강화 | 초, 중 |
| | 3) 학교 안팎의 성장 지원망 체계화 추진 | |
| | 4) 지역 연계 방과후학교 활성화 지원 | 초, 중 |
| 3. 꿈을 키우고 미래를 준비하는 지원체제 구축 | 1) 탈학교 청소년 전문교육기관 운영 | 초 |
| | 2) 지역 평생교육체제 강화 | 초, 중, 고 |
| | 3) 일반고 학생 직업교육 확대 | 고 |
| | 4) 지역 주민 요구에 부응하는 사업 추진 | 초, 중, 고 |
| 4. 혁신교육지구 운영 기반 조성 | 1) 수업과 생활교육혁신의 교원업무 정상화 | 초, 중, 고 |
| | 2) 초·중·고 수직 계열화 구축 운영 | 초, 중, 고 |
| | 3) 혁신교육지구 관리지원체제 구축 운영 | |

## 혁신교육지구사업을 실행하다

4대 정책과 15개 주요 과제들에 대해 세부 집행안을 의논하기 시작하자 하나같이 쉬운 일들이 아니었다. 각종 문제가 앞을 가로막고 있었던 것이다. 몇 번의 토론과 회의를 거치면서 하나하나 장애를 넘어가야 했다.

우선 주요 과제 1–2)의 '학급당 학생 수 25명 이하로 감축 추진'의 경우를 예로 들어 보자. 학교의 수업을 교사의 가르침 중심이 아니라 학생의 배움 중심으로 혁신하기 위해서는 가장 먼저 학급당 학생 수를 적정 규모로 줄여야 했다. 적정 규모가 어떤 규모인지부터 정하였다. 교사들과 토론한 결과 학급당 학생 수를 25명 이하로 줄였으면 좋겠다고 했다. 이 기준은 OECD 중등학교 최소 기준이기도 하거니와 교사들의 교육 경험에서도 가장 적절한 규모라고 하였다. 이미 관내 초등학교의 학급당 학생 수는 평균 24명에 불과하기에 이 사업은 중·고등학교에 우선 적용하기로 하였다.

이 사업을 추진하기 위해 이어서 논의된 것은 행정권한의 한계였다. 학급당 학생 수를 줄이기 위해서는 학급을 증설해야 하는데 이를 위해서는 교원 정원 수를 혁신교육지구에만 특별히 늘려 주는 행정적 조치가 있어야 했다. 게다가 정교사의 총 정원수는 교육부에서 정하므로 서울시교육청의 권한도 아니었다. 할 수 없이 서울시교육청에서는 혁신교육지구사업만을 위해서 기간제 교사를 추가로 채용하기로 하고 이에 대한 인건비를 예산으로 배정하였다. 하지만 관내 중·고등학교 전체를 대상으로 하기에는 예산이 부족하여, 가장 심각한 학년인 중학교 2학년을 대상으로 한정 지을 수밖에 없었다.

세 번째로 논의된 것은 학급을 증설할 경우 증설되는 학급만큼 교실이 추가로 필요하기 때문에 공간적으로 여유가 있는 학교를 우선 선정하자는 것이었다.

이렇게 해서 관내 9개 중학교 가운데 5개교가 이 사업에 참여할 수 있었고 교육청은 늘어나는 7개 학급을 위해 9명의 교사를 추가로 배정하여 주었다.

비록 여러 어려움으로 일부 학교에만 적용하였지만 학급당 학생 수가 줄어든 학교들은 모두 놀라운 성과를 보여 주었다. 대표적으로 문성중학교의 경우 수업 분위기가 크게 변하였다는 내용을 참여 교사들이 일동으로 보고하였다. 교사의 시야에 학급 학생 모두가 들어왔으며 수업시간에 엎드리는 학생이 거의 없게 되었다고 한다. 같은 학교 3학년의 경우, 학급당 평균 5명 정도는 엎드려 있는 상황과 크게 대비되었다. 마찬가지로 필기를 안 하는 학생도 2학년 학생은 전체 183명 중 3명에 불과했지만, 3학년은 학급당 5명의 학생이 필기를 안 했다. 생활지도 면에서도 교사가 학급 학생들을 한눈에 살펴볼 수 있게 되면서 학교폭력이 현저하게 줄어들었다. 지각하는 학생이나 무단외출 및 조퇴 학생, 교사의 지도에 불만을 표출하는 학생 등이 3학년은 학급당 4, 5명씩 나타나는데, 2학년에는 모두 없어진 상태가 되었다. 이에 교사들의 학교생활이 의욕적으로 변하여, 각종 연수에도 적극 참여하게 되었다.

사업마다 추진하는 과정에서 많은 어려움이 있었지만 그만큼 보람도 컸다. 학교현장이 변하는 모습이 눈에 보였기 때문이다. 예를 들어 앞의 표에서 1-1)의 협력교사제사업은 큰 보람을 안겨 주었다. 협력교사제사업은 정규수업에 협력교사를 추가로 고용하여 정규수업을 정상화하자는 취지이다. 그동안 방과후학교 등으로 정규수업을 보완하려고 했으나 가장 중요한 것은 우선 정규수업 자체가 정상화되는 것이라고 본 것이다. 정규수업의 정상화는 담임이나 교과교사 혼자서는 힘든 점이 있으므로 협력교사를 배치하여 힘을 보태고자 하였다.

협력교사는 크게 세 분야로 나누어 운영되었는데, 학습부진학생 지도 협력교사, 문예체 협력교사, 체험학습 협력교사 등이었다.

학습부진학생 지도 협력교사는 현재 학교에서 학습부진학생을 지도하는 방식을 검토하며 도출한 대안이다. 현재 학교에서 이루어지는 것은 주로 부진학생을 방과 후에 학교에 남겨서 별도로 고용된 강사가 학습을 시키는 것인데, 학생들이 늦게까지 학교에 남아 공부하려고 하지도 않았고, 정작 정규수업시간에는 수업에 참여하지 않고 멍하니 앉아 있는 결과를 낳고 있었다. 심지어 학생들이 도망가지 않고 늦게까지 남아 있도록 컵라면을 나누어 주는 학교도 있었다. 한편에서는 지방자치단체가 친환경급식을 한다고 부족한 예산을 지원하고 있는데, 학교에서는 학생들에게 컵라면을 나누어 주는 것이다.

이런 비효율적인 방식을 바꾸어 협력교사가 정규수업시간에 교실에 들어가 담당 정교사를 도와 학습부진학생들을 챙겨 주면서 정규수업을 따라가도록 돕는 것이 협력교사제이다. 이런 방식이 보다 효과적이라고 판단했다. 한편 선진국들은 이미 경쟁보다 학생들끼리 협력하는 학습을 권장하고 있으며 우리나라에서도 학생들의 학습 협력을 권장하는 학교가 있지만, 교사들이 협력하여 지도한다는 발상은 새로웠다. 이 사업을 진행하며 협력교사로 참여한 교사들과 간담회를 가진 결과 방과 후에 학생을 지도하는 것보다 효과가 월등히 뛰어나다고 이구동성으로 이야기하였다.

문화예술체육(문예체) 수업의 경우 과목교사나 담임교사가 전문적이지 못한 경우가 많아서, 전문가의 협력을 받아 수업을 운영하도록 지원하였다. 음악 시간에 양악을 배운 교사가 국악 단원을 지도하면 어려움을 많이 겪게 되는데 이때 국악 전문가가 같이 수업에 들어가서 교사를 지원하며 수업을 하게 되면 수업의 질은 훨씬 향상된다. 문예체 협력교사는 25개교에 63명이 투입되어 활동하면서 학생들에게 큰 호응을 얻었다. 수업이 훨씬 재미있어졌다는 것이다.

2-1) 수요 과제 '창의적 테마 체험활동 학습비 지원'은 의무교육기간 농

안 학부모들의 사부담 공교육비를 없애자는 생각에서 추진되었다. 우리나라 초등학교와 중학교는 의무교육인데도 학부모의 공교육비 부담은 여전히 남아 있는 실정이다. 비록 최근에 사부담 공교육비에서 가장 큰 비중을 차지하던 급식비가 없어졌으며, 이어 학습준비물비도 거의 없어졌지만 여전히 남아 있는 것이 각종 체험학습이나 수련회비와 방과후학교 수강비 등이다.

학부모들의 체험학습비 부담을 없애기 위해 초등학교 6학년과 중학교 3학년생 전원에게 1인당 약 4만 원 정도의 비용을 학교를 통해 지원하였다. 학부모들의 호응이 컸다. 체험학습비를 내지 못하여 같이 가지 못하는 학생들이 없어졌고 교사들도 좀 더 적극적으로 체험학습을 진행할 수 있게 되었다.

3-3) 주요 과제 '일반고 학생 직업교육 확대'는 우리나라 고등학교의 실정을 보면서 너무나 안타까워 만든 것이다. 현재 서울의 일반계고등학교 입학학생 가운데 약 20~30%의 학생들은 특성화고에서 불합격하여 인문계로 배정받아 온 학생들이다. 이들은 입학 당시부터 이미 대학진학을 포기하고 취업준비를 희망한 학생들인데 인문계고등학교는 대학진학을 목표로 하기 때문에 이들이 학교적응을 잘 못하고 있는 것이다. 그렇기에 교육청은 고3 학생에 한해 희망하면 취업반에 들어가 1년간 직업학교나 취업 관련 학원을 다닐 수 있게 해 주고 있다. 하지만 취업반은 한 학교에 30명 정도에 불과하여 희망하는 학생에 비해 규모가 너무 작았다. 교육청의 관련 예산이 부족하여 더 많은 학생을 취업반으로 받아들일 수 없었다. 이런 실정을 극복하기 위해 4개의 인문계고교에서 총 80여 명의 고3 학생들이 추가로 취업반에 들어갈 수 있도록 재정적 지원을 하였다. 교육청에서

는 이들에게 1년간 학교에 오지 않고 직업학교에 가서 위탁교육을 받을 수 있도록 행정적인 지원을 해 주었다. 앞으로는 인문계고교가 종합학교 형태로 발전하여 진학과 진로에 대한 학생들의 요구를 모두 받아 안고 맞춤형 교육이 이루어지도록 하여야 할 것이다.

전체적으로 15개의 주요 과제별 사업들이 진행되었지만 여러 여건이 맞지 않아 잘 진행되지 못한 과제도 두셋 되었다. 하지만 대부분의 과제들이 운영되면서 교육관계자들의 반응은 상상한 것 이상으로 폭발적이었다.


## 혁신교육지구사업 추진 결과

교육청과 구청은 혁신교육지구사업을 계획할 때, 사업이 추진되는 과정을 기록하고 연구하는 것이 필요하다고 합의를 했다. 그래서 이 일을 외부 연구단체에 용역을 주기로 하였다. (사)한국교육연구네트워크에서 거의 재능기부 형태로 이 작업을 해 주었다. 그 결과 2013년 12월에 조사보고서가 발간되었으며 이 보고서에 따르면, 구로구와 금천구 관내 초·중학교 63개교의 교장, 교사, 학교운영위원 983명에게 설문을 한 결과 혁신교육지구의 주요사업에 대해 90% 이상이 긍정적인 반응을 보였다.

대표적으로 학급당 학생 수 감축사업은 100%에 가까운 환영을 받았으며, 협력교사제사업, 체험학습비 지원사업, 방과후학교 지원사업 등도 모두 95% 이상이 성과가 있다고 응답하였다.

관내 학교 교장선생님과 여러 선생님들 그리고 학부모들이 이 사업에 대해 많은 관심을 가지고 지속되기를 적극 희망하였지만 2014년이 되어 사업을 2년째 이어 가려고 하자 시교육청이 난색을 표했다. 교육감이 바뀌면서 혁신교육지구에 대한 의지가 변한 것이다. 교육청 내 혁신교육지구사업을 추진했던 부서가 없어졌으며, 담당 직원들도 다른 곳으로 전출시켜 의논할 대상조차 없어졌다. 당시 문용린 교육감에게 여러 통로를 통해 혁신교육지구사업은 반드시 이어져야 한다는 구청의 의견을 전달하였으며 정 힘들면 예산을 줄여서라도 이어지도록 해 달라는 청원을 했다. 그 결과 이어지는 것으로 결정되었지만 관련 예산은 3분의 1로 줄어들어 각종 인건비성 사업은 중단되었다. 결국 2014년 혁신교육지구사업은 2013년 사업들 가운데 비용이 들어가지 않는 사업들을 추려 일부분만 진행할 수밖에 없었다.

교육의 변화는 학교의 노력만이 아니라 지역의 협력도 매우 중요하다는 경험을 2013년에 했다면 2014년에는 선출직 교육감의 의지와 정책방향이 매우 중요하다는 생각도 들었다. 이제 다시 조희연 교육감이 선출되어 2015년에는 혁신교육지구가 새롭게 추진될 것이라고 생각된다.

# 우리는 계속 꿈꾸어야 한다

## 마을 주민들이 직접 교사로 나서다

2014년 혁신교육지구사업에 대한 일시적 좌절이 우리에게는 새로운 기회가 되어야만 했다. 그래서 물었다. 만약 학교가 변화를 거부하고 교육청이 자꾸 뒷걸음질을 친다면 어떻게 해야 할까? 주민들이 답을 주었다. 직접 주민들이 나서겠다는 것이다. 마을교사사업은 그렇게 시작되었다.

금천구는 혁신교육지구사업이 어려움을 겪을 때 평생교육으로 돌파구를 찾았다. 청사 내에 평생학습관을 개관한 것은 민선 5기 들어서 2011년의 일이다. 이때부터 금천구에는 본격적인 평생학습사업이 추진되었지만 다른 자치구와 비슷한 강좌 중심의 사업에서 벗어나지 못하고 있었다. 단순히 평생학습관에 강좌를 공급하는 구청이 아닌 주민들과 같이 학습생태계를 만드는 방법에 대해 고민하던 차에 2013년 초 교육부에서 공모하는 평생학습도시에 응모하면서 마을 주민들이 교사로 나서는 '마을교사사업'을 기획하였다. 교육부는 이 기획을 전국 최우수 평생학습도시계획으로 신청, 금천구를 평생학습도시로 시정해 주었다. 이내 교육부로부터 지원받은 2억 2000만 원을 활용하여 주민들이 직접 교사로 나서는 새로운 평생 학습사업, 즉 '금천마을교사사업'이 시작되었다.

'마을교사사업'은 뜻있는 주민들에게 다른 사람을 교육할 수 있는 역량을 키워 주고 마을에서 직접 학생이나 주민들을 모아서 가르치거나, 학교에 들어가 방과후학교 강사로 활동하도록 하는 사업이다. 연수를 받고 심사를 거친 사람에게 구청에서 마을교사인증서를 주고 각종 교육사업에 강사로 추천해 준다. 연수 과정은 대부분 지역의 교육관련전문단체에서 기획하여 구청이 운영하였다. 2013년에 총 15개 분야에서 연수가 진행되었다. 생활 속에서 배움을 나누면 좋은 생활예절지도사, 퀼트공예지도사, DIY 목공지도사, 생활체육지도사 과정 등에서 학생들에게 직접 지도할 수 있는 생활한문지도사, 엄마표영어지도사, 스토리텔링수학지도사, 진로직업지도사, 북뮤지컬지도사 과정 등이 있다.

마을 주민 총 300여 명이 이 과정을 수강하였으며 수료생 가운데 심사를 거쳐 46명이 1차 마을교사로 인증을 받았다. 이들 46명은 현재 대부분 방과후학교 강사, 학교 돌봄교실 강사, 지역아동센터 강사, 동주민자치센터 강사, 복지관 강사, 어린이집 강사 등으로 활동하고 있다. 심사에서 인증을 받지 못한 사람들도 현재 흩어진 것이 아니라 인증받은 사람과 같이 분야별로 학습동아리를 만들어 지속적인 자체 연수를 실시하고 있다.

구청에서는 15개나 되는 마을교사 동아리들이 활동하는 데 필요한 물적 지원이나 행정적 지원을 아끼지 않고 있으며 동아리 대표들을 위한 연수도 무료로 실시해 주고 있다. 또한 곧 2차 마을교사 심사과정을 거쳐 추가로 100여 명 가까운 마을교사를 배출하고, 이들을 지역의 각종 평생학습기관에 강사로 파견하여 활동하도록 할 계획이다. 2014년에는 8개 초등학교와 4개 중학교가 34명의 마을교사를 신청해 왔다. 이 마을교사들은 학교에서 방과후학교 강좌를 개설하여 아이들을 만날 예정이다.

## 휴일에는 온 동네가 마을학교가 되다

2012년 교육부에서 학교수업 토요휴무제를 전면 도입함에 따라 토요일은 아이들이 학교에 가지 않는 날이 되었다. 그러자 토요일 근무를 하는 학부모들에게는 아이들을 돌보는 것이 큰 문제가 되었다. 교육청도 이런 문제를 인식하고 급하게 지방자치단체에 도움을 요청하였다. 토요일을 포함한 휴일의 돌봄이나 학습 지원을 부탁한 것이다. 서울시도 급하게 예산을 책정하여 각 자치구에 지원하면서 '토요일은 마을이 학교다'라는 제목으로 사업을 추진해 달라고 하였다.

금천구는 2012년에 '토요일은 마을이 학교다' 프로그램을 기획하면서 그동안 구청 문화체육과에서 예술인 지원사업으로 운영하던 금천아트캠프에 찾아가 이 사업의 위탁을 의뢰했다. 금천아트캠프에는 문화예술활동을 하는 단체나 개인이 입주하여 창작활동을 하고 또 지역의 각종 문화예술교육을 운영하고 있었다. 이들에게 토요일 문화예술교육프로그램을 위탁하자 기꺼이 입주단체 가운데 9개 단체가 연합하여 맡아 주었다. 이들은 합창교실, 뮤지컬교실, 만화교실, 생활미술교실, 사진예술교실, 목공예교실, 무용교실 등을 개설하였다. 여기에 지역의 초중학생 110여 명이 참여하여 1년간 프로그램을 운영하였는데 학생들의 만족도가 매우 높았다. 관련 분야의 전문예술인들이 강사로 활동하였고, 학생들이 동아리 활동처럼 슬겼기에 좋은 결과가 있었다.

2012년에는 국가 차원에서도 토요프로그램 활성화를 위해 약 5000만 원을 지원했는데, 이것은 지역의 교육시민단체들의 네트워크인 '금천교육네트워크'에 위탁을 하였다. 금천교육네트워크는 지역의 어린이놀이터에 주목하고 이를 활용하여 토요일마다 '놀이터 프로젝트'를 운영하였다.

금천구에는 어린이놀이터가 약 30여 개 있는데 대부분 노인들이 쉬는 공간 정도이며 실제 어린이들은 놀지 않고 있다. 밤에는 일부 청소년들이 모여서 담배를 피우거나 약한 학생들을 괴롭히기도 하여 정작 어린이들은 놀이터에 가지를 않는다. 물론 학원 갈 시간도 부족한 아이들이기에 놀이터가 그 역할을 제대로 하기를 기대하기 어렵다.

이에 금천교육네트워크는 마을이 살려면 어린이놀이터가 살아야 한다며 자기들이 그 역할을 해 보겠다고 하였다. 30여 개 놀이터 가운데 7개의 어린이놀이터를 선정한 뒤, 관련 교육시민단체들이 놀이터를 하나씩 맡아 매주 토요일 독특한 프로그램을 운영하였다.

처음에는 지나가는 어린이들을 불러 모아 놓고 프로그램을 운영했다. 점차 고정적으로 참여하는 아이들이 생기고 나중에는 마을 어른들도 나와서 함께 참여하게 되었다. 현재는 매주 토요일 평균 100명이 넘는 주민과 아이들이 어린이놀이터에서 각종 활동을 한다. 어떤 놀이터에서는 아이들에게 책을 읽어 주고, 어떤 놀이터에서는 아이들에게 목공을 체험하게 하고, 어떤 놀이터에서는 아이들이 전래놀이를 배우며 놀고, 어떤 놀이터에서는 근처 풀과 나무에 대해 배운다.

2013년에는 구청도 그간의 경험을 바탕으로 적극적으로 토요프로그램을 기획하기 시작했다. 먼저 서울시 주민참여 예산에 토요마을학교 운영을 신청했다. 그 결과 5억 원의 서울시 지원금을 받을 수 있었다. 더 많은 주민들이 자발적으로 참여하도록 하기 위해, 지역 주민 누구나 토요학교를 개설하면 구청이 그에 필요한 경비를 지원하는 방식으로 바꾸었다. 희망하는 지역 주민 5명 이상이 모여서 신청하면 1년간 500만 원을 지원하기로 한 것이다.

그러자 38개 단체에서 45개의 프로그램 신청이 있었다. 지역의 시민단체도 있었고 공공기관도 있었다. 하지만 상당수는 자기 동네의 아이들을 모아 프로그램을 운영하겠다는 지역 주민들이었다. 예를 들어 아파트 단지에 있는 커뮤니티 시설을 활용하여 주민 몇이 모여서 토요공부방을 만드는 식이다. 그래서 아이들 숙제도 도와주고, 박물관 현장체험도 같이 하면서 아이들을 돌보고 공부를 도와주는 프로그램이었다.

2013년 '토요일은 마을이 학교다' 프로젝트를 운영하면서 지역 주민들이 직접 운영하는 마을학교의 가능성을 확인하였으며 이를 좀 더 체계화시키면 주민들이 직접 지역의 아이들을 키울 수 있다는 생각을 하게 되었다.

2014년에는 '마을학교사업'으로 명칭을 바꾸고 지역의 주민 가운데 마을공동체로 등록한 단체에 한해 한 학기 동안 프로그램 운영비를 지원해 주기로 하였다. 주민 3명 이상만 모이면 마을공동체로 등록이 가능하다. 이 마을학교에 그동안 구청 평생학습관에서 양성된 마을교사들도 같이 참여할 수 있도록 하였는데 지금은 총 61개의 프로그램이 곳곳에서 열리고 있다. 약 3000여 명의 학생들이 혜택을 받고 있다. 금천구의 초등학생과 중학생이 총 1만 8000여 명인데 마을학교에 참여하는 학생이 6분의 1이나 되는 것이다.

앞으로 마을학교는 마을교사사업과 연계하여 더욱 확대하고 체계화하려고 한다. 지역 주민들이 나서서 더 이상 아이들 교육을 학교의 한인에만 맡기지 말고 이웃들과 같이 직접 대안적 학교를 만들어 갈 수 있도록 할 것이다. 이 과정에서 지역 주민들의 공동체의식이나 민주시민으로서의 의식이 저절로 고양되고 있다. 평생교육과 학교교육 지원이 결합하는 새로운 지역사회의 교육사업 모델이 만들어지고 있는 것이다.


## 마을은 더 큰 꿈을 꾸어야 한다

금천구에서 각종 교육사업을 진행하면서 처음에는 많은 좌절을 느꼈다. 학교의 벽이 너무 두터웠고, 금천구의 환경이 너무 열악했다.

1995년 구로구에서 분구될 때 자치구로 자립할 수 있도록 구로구와의 경계를 잘 설정해야 했는데 그러지 못했다. 실제로는 열악한 지역만 떼어서 금천구를 만든 셈이었다. 당시 이런 문제 때문에 주민들이 구로구청 앞에서 항의시위도 많이 했다고 한다. 그래서 분구 이후에 주민들은 일종의 좌절감과 열등감을 갖고 있었으며, 심지어 어린 학생들까지도 우리 금천구는 가장 열악한 곳이라고 이야기를 했다.

그렇지만 4년이 지난 올해 초 서울시장이 참여하는 어떤 토론회에서 한 금천구 주민이 서울시장에게 자신은 '축복받은 금천구 주민이다'라고 당당하게 소개를 하는 모습을 보면서 큰 감동을 받았다. 또 얼마 전 마을교사 동아리 대표 간담회에서 한 학부모가 자신은 절대 금천구에서 이사 가지 않을 것이라고 이야기했다. 금천구가 너무 좋기 때문이란다.

처음의 좌절들이 이제는 희망으로 바뀌었다. 우리 주민들은 그 어느 자치구 주민들보다 마을의 일에 앞장서고 서로 나서려고 하며 서로에 대한 애정이 많다. 그래서 마을교사사업을 해도, 마을학교사업을 해도, 혁신교육지구사업을 해도 주민들이 서로 나서며 함께 일을 추진하는 것을 볼 수 있다. 그래서 나는 금천구에서 우리 교육의 새로운 희망을 본다. 금천구의 새로운 교육실험은 모두 주민들의 노력과 참여 그리고 그들의 열정과 끈끈한 동료애에서 비롯된 것이다. 나는 금천구의 변화가 자꾸 기대된다.

2014년 6월 지방선거를 통해 금천구에는 차성수 구청장이 재선되었다. 아마도 새로운 금천구의 교육발전이 이루어질 것이다. 나는 2014년 4월에 금천구청 활동을 접게 되었다. 이번 지방선거에서 새로이 당선된 조희연 서울시교육감으로부터 금천구의 경험을 서울시교육청에 접목시켜 달라는 요청을 받아 서울시교육감 정책보좌관으로 일하게 되었기 때문이다.

서울시교육감도 학교와 교사들만의 행정수장이 되는 것에 그치지 않고, 서울시민 전체의 교육감으로서 지역과 학교가 같이 발전하는 것을 꿈꾸고 있다. 나는 그런 교육감에게 조금이라도 도움이 되기를 희망한다. 그래서 학교교육이 마을과 함께 새롭게 변하는 새시대를 맞이하고 싶다. 또한 서울시민들이 같이 나서서 우리 교육을 만들어 가는 그런 미래를 꿈꾸고 싶다. 교육자치와 지방자치의 새로운 협력관계를 만들고 싶다. 학교의 변화는 마을에서 시작해야 한다. 도시의 마을은 교육을 매개로 활성화될 것이다. 마을과 학교의 협력 속에 우리와 우리 아이들의 삶은 더 행복해지지 않을까? 진보교육감의 새시대에 거는 나의 소박한 꿈이다.

# 새로운 학교와 교육생태계를 위하여
## —제2기 진보교육감 시대의 과제

## 여전히 뜨거운 과제, 혁신학교

2014년 6월 4일 치러진 교육감 선거를 통해 이른바 진보교육감이 13개 시도교육청에서 당선되면서, 세간은 '제2기 진보교육감 시대'가 열렸다고 말한다. 도올 김용옥은 "진보교육감 13석, 노무현 당선보다 더 큰 의미"(한겨레, 2014. 6. 17.)라고 평가했다.

2010년부터 2014년에 걸친 제1기 진보교육감 시대의 키워드는 '무상급식' '혁신학교' '학생인권조례'였다. 이는 1년 앞서 등장했던 김상곤 경기도교육감의 3대 공약이기도 했다.

이 가운데 무상급식은 2014년 교육감 선거에서 중요한 쟁점으로 부각되지 않았다. 이미 무상급식은 보수적인 후보까지도 공약으로 내세울 만큼 보편적 현상이 되었다. 제2기 진보교육감 시대에는 무상급식뿐 아니라 '고교 무상교육' '의무교육(초, 중학교) 단계의 모든 교육경비 지원'이라는 진일보한 교육복지로 나아갈 것으로 보인다. 또한 이는 필연적으로 교육·복지 예산의 확충과 세제 논란을 불러올 것이고, 이런 논란을 거치며 우리 사회는 한 단계 더 성숙하게 될 것이다.

학생인권조례 역시 커다란 쟁점을 만들지 않았다. 지난 4년 동안 우리 사회에는 인간의 보편적 권리에 기초한 학생인권에 대해 '당연시하는' 분위기가 형성되었다. 2009년 김상곤 교육감이 처음으로 학생인권조례를 제시했을 당시 도처에서 들리던 반대의 목소리는 잦아들고, 진보진영은 학생인권을 존중하는 바탕 위에서 어떻게 학교를 조화로운 공동체로 만들 것인지 구체적인 대안을 제시하였다. '학교민주주의' '자치공동체' 등의 개념이 등장하고, 민주시민교육이 확대되고 있는 것이다.

혁신학교는 여전히 뜨거운 '쟁점'이다. 진보교육감의 대거 등장 배경에 혁신학교가 중요하게 자리하고 있다. 따라서 제2기 진보교육감 시대의 평가 기준은 혁신학교의 성공 여부가 될 것이다.

2014년 3월 현재, 서울·경기·광주·강원·전북·전남 등 6개 교육청에서 578개 학교가 혁신학교로 지정, 운영되고 있지만 모든 혁신학교들이 내실 있게 운영되지는 못하고 있다. 특히 초등학교가 321개, 중학교가 197개인데 반해 혁신학교로 운영되는 고등학교는 60개에 그치고 있다. 대학입시라는 현실적 장벽으로 인해 고등학교에서의 혁신학교 정책은 양적, 질적으로 어려움을 겪고 있는 것이다. 고등학교 과정에서 혁신학교가 성공적으로 운영되지 못한다면, 초등학교와 중학교의 성과도 제한될 수밖에 없다. 내가 혁신학교를 다니면서 만나는 학부모들은 한결같이 호소한다. "지금은 아이가 매우 행복하게 학교를 다니는데, 주변에 진학할 혁신학교가 없다."고. 혁신중학교 학부모들의 경우는 매우 현실적 고민에 빠진다. "중학교까지는 자유로운 분위기 속에서 모둠수업과 협력활동이 많았는데, 입시경쟁이 치열한 고등학교에 진학해서 아이가 견딜 수 있을지 걱정입니다." 다른 한

편에서는 '일반고(인문계고) 공동화'를 걱정하며 특목고와 자사고를 선택하기도 한다.

제2기 진보교육감 시대에는 혁신고등학교의 성공적인 모델을 실현하고 양적으로 확대하는 것, 그래서 혁신학교의 교육철학과 운영 모델에 동의하는 학생, 학부모들이 초등학교부터 중학교, 고등학교까지 다닐 수 있도록 하는 것이 시급한 과제가 되었다. 이 과제를 성공적으로 수행했을 때, 강남 상류층의 '구별짓기' 전략을 약화시키고, 혁신학교는 한국 공교육 전체를 변화시킬 수 있는 근거를 확보하고, 나아가 중산층과 서민층의 연대를 통해 새로운 사회적 주체 형성의 거점이 될 수 있다. 제1기 진보교육감 시대에 그 가능성은 충분히 입증되었다. 새로운 사회적 주체의 형성 없이는 정권 교체도, 진보적 개혁도 불가능하다. 우리는 그것을 지난 '10년의 민주정권'에서 절감하였다.


## 고교 교육과정과 대학입시의 혁신

혁신고등학교의 성공, 나아가 고교교육 전반의 개혁을 위해서는 보수진영의 '고교다양화' 담론에 맞서는 실천적 대안을 제시해야 한다. 사실, 진보진영은 그동안 고교평준화라는 박정희 시대의 담론에서 크게 나아가지 못했다. 고교평준화가 평등권의 확대라는 긍정적 측면 외에, 교육과정의 획일화를 가져온 게 사실이다. 여기에 대학입시가 결합하면, 전국의 모든 고등학교 교실은 EBS 문제집으로 도배된다.

'평준화된 일반고'에서 대학이 아닌 다른 진로를 모색하는 학생들, 혹은 특성 교과의 보나 심화된 배움을 희망하는 학생들이 선택할 수업은 서의 없다. 평준화된 고교체제에서 미래사회 변화와 학생들의 요구에 따른 교육과정의 다양화를 실현하지 못한 것이다. 많은 고등학생들이 무기력과 일탈에 빠질 수밖에 없다. 요즘 언론에 자주 등장하는 '일반고 공동화'의 실체이다.

이같은 상황에서 이른바 고교다양화라는 담론이 보수진영에서 제기되었고, 그 담론은 상류층 학부모들의 욕망과 결합하면서 특목고, 자사고를 거쳐 국제학교까지 고교서열화를 낳았다. 고교서열화는 상류층 '구별짓기' 전략의 구현이자, 또한 그 전략을 강화하는 현실태이다. 정치적으로 진보적 이념을 표방하는 386세대의 중산층 학부모들 중 일부가 '일반고 공동화'를 피해 특목고와 자사고를 선택하는 이유이다.

혁신고등학교의 성공, 나아가 혁신적 고등학교 교육의 핵심은 평준화체제 하에서의 학생 선택권을 확대하는 것이다. 우리는 이를 '수직적 다양화'가 아닌 '수평적 다양화'라고 불러 왔다.

혁신고등학교는 학점제·무학년제 교육과정을 통해 학생들의 선택권을 확대하고, 전통적인 문·이과 계열 개념을 뛰어넘는 개방형 교육과정을 모색해야 한다. 혁신고등학교의 지정 기준, 교육 목표를 여기에 맞춰야 한다.

또한 단위학교에서 개설하기 어려운 교과에 대해서는 지역 공동으로 개설, 운영하는 방안이 제시되어야 한다. 예컨대 일반고에서 직업교육과정을 개설하거나, 인근의 특성화고에서 교과를 이수할 수 있도록 해야 한다.

특정한 교과에 대해 심화학습을 희망하는 학생들을 대상으로 지역 단위 공동 교육과정을 운영할 수도 있다. 경기도교육청에서 '교육과정 클러스터'라는 명칭으로 운영하는 교육과정이 그 사례이다. 인근의 여러 고교들이 각기 다른 심화선택교과를 개설하고, 타 학교 학생들도 수강할 수 있도록 하는 것이다.

이를 확대하면 지역교육지원청에서 직접 교과를 개설, 운영할 수도 있다. 단위학교에서 개설하기 어려운 심화선택교과, 혹은 사교육 수요가 많은 예체능 실기수업, 논술수업 등이 대상이 될 것이다. 이는 그동안 말로만 주장되었던 지역교육청의 학교교육 지원을 실질적으로 실현하는 효과도 있다. 진정한 지역교육'지원'청으로 거듭나는 것이다. 기존의 혁신교육지구에서 바로 이러한 지역 단위 공동 교육과정, 혹은 지역교육지원청 교과 개설을 시작할 수 있을 것이다.

세종시교육청은 '캠퍼스형 고교'와 '수요 맞춤형 특성화고' 설립을 추진 중이다. 캠퍼스형 고교는 인문학 중점고, 외국어 중점고, 과학 중점고, 예술 중점고, 직업계 특성화고 등 각기 다른 특성을 가진 학교 4, 5개를 하나의 대학 캠퍼스처럼 한 공간에 설립하여, 공간 활용의 효율성을 높이고(도서관, 체육시설 등의 공동 활용) 학생들의 다양한 교과 선택권을 확대하겠다는 것이다. 학생들은 자신의 진로와 특성에 맞춰 학교와 교과를 선택하면된다. 굳이 성적순으로 학생들을 선발할 필요가 없게 된다.

또한 '수요 맞춤형 특성화고'는 성인 대상 직업교육기관(폴리텍)과 지자체의 평생교육을 연계한 새로운 모형의 직업교육 모델을 만들겠다는 것이다. '캠퍼스형 고교'는 핀란드의 야르벤빠 고등학교를, '수요 맞춤형 특성화고' 역시 핀란드의 옴니아 직업학교를 연상시킨다. 이제 대한민국에서 전세계인들이 부러워하는 고등학교 모델의 구상이 시작된 것이다.

나아가 고교 교육과정의 다양화에 기초하여, (가칭)미래형 고등학교 교육과정을 진보교육감이 공동으로 개발할 수도 있다. 예컨대 미래사회에서 요구하는 핵심역량과 창의적 문제해설 능력을 위해 교육과정, 혹은 기존의 인문계, 자연계 구분을 뛰어넘는 융합형 교육과정을 개발하고, 그에 맞는 교과서를 공동으로 개발할 수도 있을 것이다. 또한 교육청에서 인증하는 시스템을 구축하고, 이러한 교육과정에서 일정한 기준 이상을 성취한 학생들은 그것이 입시에 반영되도록 대학에 요구할 수도 있을 것이다. 이제껏 대학입시에 고등학교 교육과정이 종속되었다면, 역으로 새로운 고등학교 교육과정으로 대학입시의 변화를 추동하는 것이다.

제2기 진보교육감 시대는 고교교육의 '수평적 다양화'를 실현하고, 그것에 기초하여 대학입시를 개혁하는 과제까지 실현해야 하는 것이다.

### 새로운 교육생태계를 위한 또 다른 시도, 교원 임용 방식의 변화

학교교육을 둘러싼 생태계의 조건이 변화한 만큼, 교사의 역할과 자질도 변화되어야 한다. 교과 지식의 전문성 못지않게 변화된 사회와 학생에 대한 이해와 공감, 타자와의 소통과 협력, 교육생태계 복원을 기획하고 실천하는 능력 등이 요구된다.

하지만 신규 교사 임용은 여전히 '객관적 공정성'의 함정에서 벗어나지 못하고 있다. '객관적 공정성'의 기준은 당연히 '교육학 및 교과 지식'이 된다. 교원 임용은 1차에서 기입형·서술형 및 논술형 필기시험을 치르고, 1차 시험 합격자를 대상으로 교직적성심층면접과 수업능력(실기와 실험을 포함한다)을 평가하는 2차 시험을 치르도록 규정되어 있다(교육공무원 임용 후보자 선정경쟁 시험규칙 제7조).

하지만 실제 임용과정에서 교육청별로 진행하는 2차 시험의 영향력은 매우 적다. 한국교육과정평가원이 출제하는 1차 시험 결과가 사실상 당락을 결정하는 것이다. 갈수록 경쟁률이 높아지는 상황에서 '공정성' 시비에 빠지지 않으려는 의도로 보인다. 또한 그동안 지방교육자치가 제대로 역할을 하지 못했다는 반증이기도 하다. 엄밀히 전라도 농촌 학교에서 근무할 교사를 서울 강남에 근무할 교사와 동일한 기준으로 선발해야 할 이유가 없다.

교대와 사대의 입학 점수와 교원 임용 경쟁률이 갈수록 높아지는 상황이니, 중상류층 출신 교원들이 급증하는 것은 어쩌면 당연해 보인다. 요즘 학교현장에서 "가난하고 공부 못하는 학생들을 도무지 이해하지 못하는 교사들이 늘어나고 있다."는 한탄이 들리는 것도 이 때문이다.

또한 현재의 교원 임용 방식은 교대, 사대의 학생 선발 방식과 교육과정 운영에도 영향을 미친다. 현재 교대, 사대는 성적 최상위 학생들을 선발하여 임용고사 대비에 초점을 맞춘 교육과정을 운영한다. 심지어 노량진 임용고사 학원의 유명 강사 시간표에 맞춰 교대와 사대의 강의시간이 변경되기도 한다. 한마디로 교사양성과정에서 비정상적이고 편법적인 교육과정 운영이 확대되고 있는 것이다. 한 과학교사는 "신규 교사 중에 실험을 할 줄 모르는 경우가 많다."고 탄식한다. 임용고사에서는 실험이 중요하지 않기 때문이다. 이렇게 임용된 교사들이 어떻게 자신의 학교에서 교육과정 정상화, 혹은 사교육 없는 학교를 상상할 것인가?

이러한 상황에서 교육감이 자신의 권한을 이용하여 2차 시험에서 교사의 변화된 역할과 자질을 제대로 측정한다면, 그 자체로 학교현장에 많은 변화를 가져올 수 있다. 경기도교육청에서는 교원임용사정관제 도입을 고려하는 중이다. 대학의 입학사정관제와 같이, '객관적 점수' 외에 경기혁신교육에서 요구하는 역량과 자질을 갖춘 교원을 선발하겠다는 것이다.

또한 경기도교육청은 교원대, 경인교대 등과의 MOU를 통해 경기혁신 교육을 주제로 하는 강좌를 운영하고 있다. 교대, 사대 졸업생 중 '성적이 우수한' 교원을 선발하는 것뿐 아니라, 교육청이 지향하는 교육철학과 비전을 예비교사들에게 직접 가르치려는 것이다. 교원대의 경우, 매 학기 수강신청마다 100명이 넘는 정원을 꽉 채운다. 짧은 교생실습 기간을 제외하고, 교대와 사대 학생들이 실제 학교현장의 경험을 배울 기회는 제한된다. 학교현장의 치열한 실천의 경험이 그들을 교사로 성장시키는 데 밑거름이 될 것이다.

보수교육감이 있는 대구시교육청의 경우, 예비교사제를 도입하였다. 필요 인원의 두 배를 뽑아, 일정한 수습 기간을 거치도록 하는 것이다. 이는 독일, 프랑스 등에서 운영 중인 제도이고, 김대중 정부 시절 도입을 시도하다가 무산된 적이 있는 수습교사제를 원용한 것이라고 한다. 예비교사제에 대해서는 양 극단의 평가가 존재한다. 수습 기간을 거치면서 성적으로 측정할 수 없는 교사로서의 자질과 역량이 검증될 수 있다는 의견이 있는가 하면, 기간제라는 과정을 통해 '말 잘 듣는 교사'를 선별하려는 의도라는 비판도 존재한다.

어찌되었든 대구교육청의 시도는 그동안 유명무실했던 2차 시험을 교육감의 권한으로 정상화시키겠다는 것이다. 대구교육청은 이전에도 2차 시험의 면접 비중을 늘린 적이 있다. 그에 맞춰 대구 지역의 교대, 사대들이 교육과정을 수정, 보완했다는 소식도 들린다.

농산어촌 지역의 기피 학교를 대상으로 하는 지역별 교사 임용도 도입할 필요가 있다. 농산어촌 지역을 별도의 트랙으로 선발하고, 해당 지역에서 일정 기간(10년) 이상 근무하도록 하는 방안이 그것이다. 이는 이명박

정부 시절 시도하다가 무산된 것이기도 하다. 농산어촌에 장기 거주하는 교사들이 지역 주민이라는 정체성을 갖고 학부모 및 지역사회와 소통한다면, 교육생태계 복원에 중요한 동력이 될 것이다.

이러한 새로운 교원 임용 제도를 통해 변화된 교육환경에서 요구되는 자질과 역량을 갖춘 교사들이 늘어날 것이다. 또한 교육생태계 복원이라는, 우리 사회의 중대한 과제를 실현하는 데에도 기여할 것이다. 나아가 교대와 사대의 학생 선발과 교육과정 운영에도 영향을 줄 것이다. 성적 못지않게 교사로서의 자질과 잠재력을 반영한 학생 선발이 늘어나고, 이는 전반적인 대학입시의 변화를 이끌어 낼 수도 있을 것이다. 또한 마치 대학입시를 위한 온갖 편법과 비교육적 관행이 난무하는 고등학교와 같은, 임용고사를 위한 편법적인 교육과정 운영이 줄어들 것이다.

13명의 진보교육감은 대한민국 학생들의 80%가 다니는 학교를 관장한다. 그만큼 한국 교육 전반에 미치는 영향이 막강하다. 다른 과제들은 여러 사회적 상황, 주체의 형성 등 복잡한 조건을 필요로 하지만, 교원 임용 방식의 변화는 교육감의 권한만으로 실현 가능한 것이다. 이는 무엇보다, 우리 학생들이 다니는 학교를 변화시킬 것이다.


### 10만 헝겊원숭이를 위한 제안

학교혁신 못지않게 계층과 세대를 뛰어넘는 증여와 돌봄의 공동체를 구성하는 것, 즉 새로운 교육생태계를 재구성하는 것 역시 2기 진보교육감 시대의 중요한 과제가 된다. 이를 위해서는 학부모들의 교육참여를 위한 정교한 정책이 요구된다. 경기도교육청에서 제정한 '학부모회 지원 조례

같이 학부모회 활동을 공식화하고, 학부모지원센터를 통해 학부모회 활동을 실질적으로 지원해야 한다. 학부모의 학교교육 참여는 자연스럽게 학교와 지역사회의 연계로 이어지고, 다양한 지역 학습자원의 교육참여로 연결될 것이다. 나아가 학교(교사)와 학부모, 지역사회가 함께 참여하는 지역 차원의 교육협의체, 미국과 일본의 PTA(Parent-Teacher Association)와 같은 거버넌스 구축도 가능할 것이다.

2014년 6월 교육감 선거에서 혁신학교 못지않게 중요한 공약으로 제시된 것이 '마을학교' '교육협동조합' '지역(마을)교육공동체'이다. 그 핵심 내용은 교육청, 지자체, 시민사회가 연계하여 교육협동조합, 혹은 사회적기업을 만들어 방과후학교를 위탁, 운영하는 것이다. 교육협동조합의 사업이 방과후학교에 머물 필요는 없다. 교복 공동구매, 학교 매점 운영, 학교급식 식자재 구입 등 교육복지를 위한 여러 활동을 전개할 수 있고, 다양한 인문학 프로그램, 청소년 체험 프로그램, 멘토링 프로그램 등을 자체적으로 기획, 운영할 수도 있을 것이다.

상상해 보라. 학부모들의 활발한 교육참여와 지역사회와의 연대를 바탕으로 학부모, 지역 주민, 청년이 참여하는 협동조합이 만들어지고, 그 협동조합에서 훈련된 강사들이 학교 방과후 프로그램뿐 아니라 지역 차원의 다양한 돌봄과 교육프로그램을 운영한다면 어떤 일이 벌어질 것인지. 아마도 학생들은 골목을 지날 때마다 '동네 어른'들을 만나게 될 것이다. 골목에서 다양한 계층과 세대를 아우르는 증여와 돌봄의 관계가 시작될 것이다.

또한 교육협동조합, 혹은 사회적기업은 취업난에 허덕이는 청년들의 일자리를 창출할 수 있다. 20대 청년들을 끊임없는 스펙경쟁과 좌절의 늪에서 구출하여, 마을의 동생들을 가르치고 돌보는 훌륭한 어른으로 성장시킬 수 있다. 앞서 언급한 '아름다운배움' 같은 조직이 기초자치단체 단위로 만들어져 수많은 위기 청소년들을 멘토링하고 돌보는 활동을 벌인다면 우리의 교육생태계는 건강하게 회복될 것이다.

물론 이러한 사업에는 '돈'이 든다. 진보교육감들의 공약으로 제시한 금액(예컨대 김승환 전북교육감은 4년간 100억을 공약했다.)보다 훨씬 많은 규모의 예산이 요구될 것이다. 부족한 돈은 다양한 방법으로 충당할 수 있을 것이다. 교육청의 예산뿐 아니라 지방자치단체의 교육경비지원금의 일부를 활용할 수도 있고, 사회적 기금을 조성할 수도 있을 것이다.

사회적 기금 조성에는 근대 학교교육 신화의 주인공들, 연령으로 따지면 5, 60대, 좁게 말하면 권위주의 정권 시절 사회민주화운동에 참여했던 이른바 386세대들의 참여를 조직할 수 있을 것이다. 젊음을 바쳐 사회민주화를 위해 헌신했던 열정을 미래 세대를 위한 '증여'로 실천하는 것이다.

만약 10만 명의 5, 60대 어른들이 사회적 기금 모집에 참여한다면 1만 명의 청년 멘토를 양성하고, 다시 10만 명의 위기 청소년들을 따뜻하게 돌볼 수 있을 것이다. 또한 협동조합을 통해 5, 60대 어른과 20대 청년, 10대 청소년들이 함께 소통한다면 세대와 계층을 뛰어넘는 증여와 돌봄의 공동체가 실현될 것이다.

우리는 이를 '10만 헝겊원숭이 만들기'로 명명하였다. 마치 율곡 이이가 일본의 침략에 맞서 '10만 양병설'을 주장했듯이, 붕괴된 교육생태계를 복원하고 새로운 사회를 만들어 가기 위한 운동을 우리 사회에 제안하는 것이다.

널리 알려진 심리학자 해리 할로의 헝겊원숭이 실험은 타자와의 접촉과 돌봄의 욕구가 식욕보다 앞선다는 것을 알려 준다. 타자와의 접촉과 교감, 공감과 연대가 사라진 이 시대에 헝겊원숭이는 증여와 돌봄의 관계를 회복하고 교육생태계를 재구성할 것이다. 그리고 대한민국의 민주주의와 진보적 개혁을 실현할 것이다.